Fußballgeschichten

Fußball-
geschichten

gondolino

Reihengestaltung: Rooobert Bayer
Coverillustration: Dagmar Cohnen
ISBN 3-8112-2436-0

Der Umwelt zuliebe gedruckt auf
chlorfrei gebleichtem Papier.

Inhalt

Konkurrenzkampf

Der Tag begann wenig verheißungsvoll, und ich hätte es ahnen sollen. Ich hätte ahnen sollen, dass an einem Tag, an dem mein Walkman kaputtgeht, etwas nicht in Ordnung ist.

Außerdem hatte ich die Nacht hustend verbracht und kaum geschlafen. Und das heute. Heute – der Tag, an dem der Talentsichter des FC Bayern sich angekündigt hatte. Heute Nachmittag um 16.00 Uhr würde er am Spielfeldrand stehen und die hoffungsvollen Jungtalente der Hessenauswahl begutachten.

Unser Trainer hatte bereits anklingen lassen, dass einer sicherlich zum Probetraining eingeladen würde.

Seitdem beäugten wir uns gegenseitig.

Ich war überhaupt nicht gut drauf und kam auch noch zu spät zum Frühstück. Als ich die Kantine betrat, ahnte ich noch nicht, wie der Tag enden würde. Ich bemerkte nur, dass meine Kumpels Mark, Rico und Haubi schon am Tisch saßen. Doch mein angestammter Platz war besetzt. Da saß ein blondes Jüngelchen – Benni hieß er, spielte beim FC Marburg und kannte den Sohn vom Kaiser Franz. Und ganz nebenbei bemerkt, besetzte er meinen Stammplatz. Die anderen schien es nicht zu kümmern, denn sie hingen Benni an den Lippen und lauschten ihm, als ob er ein Orakel verkünden würde. Fassungslos beobachtete ich die anderen.

„Guten Morgen“, ich wandte mich an den Neuen, „sitzt du gut?“

Rico und Haubi zupften verlegen an ihren Ohrläppchen herum, Benni blickte mich an und lächelte. Ich starrte zurück, ignorierte sein Lächeln und suchte mir einen anderen Platz am

Nebentisch. Dort saß ich, und bemühte mich darum, einen unbeteiligten Eindruck zu machen. Die anderen wandten sich gleich wieder Benni zu.

Langsam machte sich Wut in mir breit, während Benni von seinen Erfolgen als Stürmer erzählte. Er wusste auch, dass der Talentsichter angeblich nur nach einem talentierten Knipser Ausschau halten würde. Den anderen war die Enttäuschung ins Gesicht geschrieben. Haubi drehte sich zu mir: „Na, dann kann höchstens Paul hoffen – er ist unser Bester." Dabei griente er mich schief an.

„Das wird sich zeigen", antwortete Benni kühl und maß mich mit einem so abschätzigen Blick, dass sich mir die Haare aufstellten. Ein Raunen ging durch die Kantine, als Benni sich erhob und sich mit einem Schubser an mir vorbeischlängelte. Vor wenigen Momenten hatten die drei den Neuankömmling noch ehrfurchtvoll betrachtet. Jetzt schien jedoch bereits ein bisschen Lack ab zu sein. Mit Genugtuung bemerkte ich, dass ich den anderen doch etwas bedeutete. Ich gebe es zu, ich war eifersüchtig. Unser Trainer erzählt immer, dass der Konkurrenzkampf innerhalb einer Mannschaft sehr wichtig sei. Nur so würden sich die Spieler gegenseitig zu höheren Leistungen anstacheln. Aber wenn so ein Aufschneider – und das war Benni für mich – auftauchte, fühlte es sich gar nicht gut an.

„Na ja, Paul – wirklich nett warst du ja auch nicht, oder?" Ricos Worte summten in meinem Kopf. Er hatte Recht. Statt Benni als Kumpel zu begrüßen, hatte ich ihn gleich blöd angemacht. Wahrscheinlich hatte er mich deshalb angerempelt.

Nach dem Frühstück ging ich zum Bolzplatz. Es waren schon alle da. Außer Benni. Wir warteten auf ihn und den Trainer.

Haubi pfiff durch die Zähne. „Er ist Torschützenkönig – schon zum dritten Mal hintereinander!"

„Wow, dann wird er heute beim Training wohl gute Aussichten haben."

Ich verdrehte die Augen. „Haben wir es hier mit einem Superstar zu tun, oder wie?"

„Hey Paul, komm runter. Wenn er gut ist, dann ist er eben gut!" Der schüchterne Mark meldete sich zu Wort. Das tat er selten, und wenn er es tat, waren es meistens kurze, knackige Sätze. Danach war er wieder stumm wie ein Fisch.

„Na, wo bleibt euer Fußballgott?" Ich hetzte weiter gegen Benni. Ich wusste nicht, warum, aber das alles ging mir gegen den Strich. „Wetten, dass er nicht kommt? Wahrscheinlich hat er Schiss." Ich äffte Benni nach. „Ich kenne den Sohn vom Beckenbauer ..." In diesem Moment klopfte mir jemand auf die Schulter.

„Hallo Paul!", sagte Benni und lief an mir vorbei auf den Platz. Die anderen begrüßten ihn mit großem Hallo.

„Hey, Benni!"

Benni trug ein Trikot vom FC Bayern. „Das habe ich vom Beckenbauer geschenkt bekommen. Da, mit Autogramm!" Stolz präsentierte Benni sein Trikot, das in der unerbittlichen Sommersonne strahlte. Die Jungs erhoben sich und wollten das Autogramm der Lichtgestalt des deutschen Fußballs bewundern, doch der Trainer war bereits aufgetaucht und scheuchte sie zum Platz: „Aufwärmen, aber dalli!"

Bennis Gesicht verschloss sich mit einem Mal. „Gleich."

Aber Trainer Hartmann war unerbittlich. „Keine Widerrede. Auf den Platz, aufwärmen." Sein Blick wanderte von Benni zu mir und wieder zurück. „Paul, du bist heute Nachmittag in der Startelf. Benni und du, ihr bildet die Doppelspitze!"

Trainer Hartmann gab kurze Anweisungen und Entscheidungen bekannt. Ich ballte die Fäuste und presste meine Lippen zusammen. Ausgerechnet mit Benni in einem Team. Das hatte ich mir so nicht vorgestellt. Wir kannten uns nicht. Wir hatten keine Laufwege eingeübt und – wir waren Konkurrenten. Auch Benni schien nicht glücklich zu sein. Er sah mich an, als ob ich sein Feind wäre. Doch Hartmanns Blick ließ keinen Widerspruch zu, und so trotteten wir zum Aufwärmen los. Nach dem Aufwärmtraining übten wir Pässe. Es ging darum, sie möglichst präzise und schnell zu spielen. So wollten wir gewinnen.

Hartmann nahm uns richtig hart ran, aber im Gegensatz zu sonst rebellierte keiner von uns. Schließlich war es ein besonderer Tag, an dem wir uns auf dem Platz quälten. Wir waren bereit, alles zu geben, und ohne zu meckern wiederholten wir jede Übung so lange, bis Hartmann zufrieden war. Wir spielten Mann gegen Mann und kämpften um das runde Etwas, als wäre es ein besonderer Schatz. Benni und ich taten uns besonders hervor. Allerdings im negativen Sinn. Wir rammten die Schultern gegeneinander, reckten und grätschten nach dem Ball und blieben keine Zehntelsekunde lang am Boden liegen, sondern sprangen sofort wieder auf um weiterzuspielen oder um uns gegenseitig niederzubügeln. Verbissen bekämpften wir uns, um Hartmann und den anderen Jungs zu zeigen, wer von uns der Bessere ist. Wir rannten und rannten, bis uns die Zunge auf Halbmast hing und Hartmann uns eine Pause gönnte. Mit einem merkwürdigen Blick sah er von Benni zu mir und ging dann weg. Eine gespenstische Stimmung herrschte auf dem Spielfeld. Wir sprachen kein Wort, und die anderen fragten Benni auch nicht über Beckenbauer aus, sondern hielten sich etwas abseits von uns auf.

Am Nachmittag waren wir wieder frisch. Doch der äußere Schein trog. Mir war schlecht. Mir war elend. Die Angst hatte sich in meinem Bauch eingenistet. Es grummelte. Ich wollte mich nicht blamieren, und ich wollte nicht, dass Benni zum Probetraining eingeladen werden würde. Verflixt, mit diesem Rumoren im Bauch würde ich nicht überzeugend spielen können. Mir wurde schon bei dem Gedanken an das Spiel schwindelig, und ich fühlte die Angst, die mir wie kaltes Wasser den Rücken herab in die Hose lief. Ob es Benni auch so erging? Ich neigte leicht den Kopf, um Benni unauffällig ins Visier zu nehmen. Der saß total cool auf seinem Platz in der Kabine und lauschte den letzten Anweisungen Hartmanns. Ich hatte nur Rauschen im Ohr und konnte dem Trainer nicht folgen. „Alles klar, Paul?“

„Ja, ja“, antwortete ich abwesend. Nichts war klar, aber nach diesem Spiel würde jeder wissen, wer der bessere Stürmer war, denn die Antwort lag ja bekanntlich auf dem Platz.

Mark rempelte mich an, um meine Aufmerksamkeit zu bekommen: „Mensch Paul, reiß dich zusammen. Du bist unser Stürmer. Denk daran – du kannst nur gewinnen. Das Nein hast du schon!“

Wow, Mark entwickelte sich zum Motivationstrainer. Fehlte nur noch, dass er mich über glühende Kohlen schickte, wie damals Christoph Daum seine Spieler bei Bayer Leverkusen. Aber eigentlich hatte er Recht. Was hatte ich schon zu verlieren?

Wir liefen auf den Platz. Doch mich interessierte nur, wo der Talentsichter des FC Bayern stand. Ich schaute über die Zuschauermenge hinweg und bohrte meinen Blick in jeden halbwegs professionell aussehenden Mann. Nichts. Ich konnte keinen ausmachen.

Nach dem Warmmachen und Einschießen rief uns der Pfiff des Schiedsrichters zum Anstoßpunkt. Den Talentsichter hatte ich immer noch nicht ausgemacht, und das war jetzt auch egal, denn es ging los. Wir begannen lässig und cool. Zu lässig und zu cool. Denn urplötzlich kamen die anderen, überrannten uns, und schenkten uns in kürzester Zeit zwei Tore ein. Schon stand es 2:0 gegen uns und das vor der Halbzeitpause. Ich wurde wütend. Ich rannte, rackerte und half hinten in der Abwehr aus. Nach einer deftigen Strafpredigt von Hartmann in der Halbzeitpause gingen wir noch entschlossener an die Sache heran.

Wir kämpften, und Benni und ich behinderten uns gegenseitig. Dann sah ich eine Chance. Ich stürmte selbst mit neuer Beherztheit nach dem Anstoß direkt los, mitten rein ins Zentrum des Gegners, zog drei Abwehrspieler auf mich, schlug einen Haken, tunnelte einen Verteidiger – und dann hatte ich mich vertändelt. Verdammt! Doch Benni stand gut und war frei. Ausgerechnet er. Trotzdem passte ich auf ihn nach rechts. Benni schoss wie ein Pfeil auf das Tor zu. Der Ball flog wie an einer Schnur gezogen und prallte ins Tor. 2:1 endete das Spiel. Wir hatten verloren. Wortlos gingen wir unter die Duschen. Das heiße Wasser tat gut, doch als wir die Kabine wieder betraten, wartete Hartmann auf uns. Neben ihm stand ein älterer Herr mit Schiebermütze. Der Talentsichter. „Es tut mir Leid", sagte er, „ihr habt klasse gekämpft." Der Mann schob seine Mütze nach hinten. Dann fuhr er fort: „Fußball ist ein Mannschaftssport. Egoismus im Spiel ist unangebracht. Wer sich in den Dienst der Mannschaft stellt, sollte belohnt werden. Paul Wenger ..." Das Herz rutschte mir in die Hose.

„Ich erwarte dich am ersten Ferientag in der Säbener Straße. Alles Weitere erfährst du von deinem Trainer. Viel Erfolg."

Das war also das Ende eines ereignisreichen Tages. Ein kaputter Walkman ist nicht immer ein schlechtes Vorzeichen, dachte ich mir, während um mich herum der Jubel ausbrach. Nur Benni hatte sich verkrochen, um seine Wunden zu lecken. Das verstand ich.

Petra Balzer

Rettet den Bolzplatz

Die Plattensiedlung hatte schon bessere Tage gesehen. Grau und dreckig ragte sie am Westrand von Bochum in den Himmel, der durch die Industrieabgase düster gefärbt war. Doch die Kinder, die auf dem einzigen Bolzplatz in der Nähe spielten, waren diesen Anblick schon lange gewohnt. Deshalb waren sie ja auch hier auf dem Fußballplatz. Er war die einzige Grünfläche in der Gegend, wenn auch die wenigen Sträucher, die den Bolzplatz einsäumten, eher mickrig aussahen. Das Holz der Sitzbänke, die vor Jahren von mittlerweile aufgegebenen Betrieben gestiftet worden waren, war schon morsch und faulig.

Schon seit Jahren trafen sich die Brüder Kevin und Pascal mit ihren Freunden Tom, Leonie und David nachmittags auf dem Fußballfeld. Aber seit einiger Zeit war es mit der Ruhe vorbei. Immer wieder belagerten ältere Jungs das Spielfeld und vertrieben die Kleineren. An diesem Nachmittag war es wieder einmal so weit. Kevin und Pascal hatten voller Stolz Papas Sammlerstück mitgebracht. Es war ein Ball aus dem Jahre 1978, der alle Unterschriften der damaligen Nationalelf trug. Ohne das Wissen ihres Vaters hatten die beiden den Ball genommen, um ihn ihren Freunden zu zeigen. Spielen konnte man nicht damit, dafür war er viel zu wertvoll. Ihr Vater würde sich ohnehin schon aufregen, wenn er mitbekam, dass sie seinen Ball genommen hatten. Die fünf Freunde saßen ehrfurchtsvoll vor dem Fußball und versuchten, die Unterschriften zu entziffern.

„Magath – ich bin sicher, das hier heißt Magath. Und Rummenigge kann man ganz deutlich lesen", ereiferte sich Tom. Er war stolz darauf, dass er am meisten über die Nationalmannschaften den letzten Jahre wusste. Sein Vater war bei der Sportabteilung der Zeitung beschäftigt, deshalb kannte er sich so gut aus. Die anderen mussten dies neidlos anerkennen.

Die Kinder waren so ins Gespräch vertieft, dass sie gar nicht bemerkten, wie zwei ältere Jungs herankamen. Die beiden hatten lange, ungewaschene Haare, die ihnen wirr vom Kopf standen. Sie hatten sofort erkannt, dass die Kinder etwas Besonderes dabeihatten und waren neugierig geworden.

„Oh-oh", stöhnte Kevin, als er endlich auf die beiden Burschen aufmerksam wurde. „Schnell, versteckt den Ball!"

Aber es war schon zu spät. Die größeren Jungen stellten sich breitbeinig vor die fünf Kinder hin und blickten sie drohend an. Kevin kannte den einen vom Sehen, und er glaubte, dass er Kalle genannt wurde. „Na, ihr Babys, was habt ihr denn da Schönes?" Das Grinsen in dem pickeligen Gesicht war abscheulich, und Pascal schwante Schlimmes. Mit einem Satz sprang der Kerl zwischen die Kinder und schnappte sich den Ball. Kevin bekam ihn zwar noch an der Jacke zu fassen, aber der Bursche war mindestens sechzehn und viel stärker als die anderen. Hämisch lachend rannten die Großen mit ihrer Beute davon, und den fünf Kindern blieb nichts übrig, als ihnen hilflos nachzuschauen. Kevin ließ sich verzweifelt auf den Boden sinken.

„Was sollen wir nur tun? Wenn Papa das mitbekommt, dann gibt es höllischen Ärger.“

Als sich die Kinder wenig später voneinander verabschiedeten, waren Pascal und Kevin ein Häufchen Elend. Sie konnten nur hoffen, dass die beiden älteren Jungs den Ball in den nächsten Tagen zurückgaben.

Die nächsten beiden Tage schwebten die Kinder in der ständigen Angst, dass ihr Vater das Verschwinden des Balles bemerken würde.

Doch dann geschah etwas, das ihre Gedanken in eine andere Richtung lenkte. Tom kam ganz außer Atem angerannt.

„Ich habe furchtbare Neuigkeiten. Mein Vater arbeitet doch bei der Zeitung, und er hat erfahren, dass sie unseren Bolzplatz abreißen wollen, um hier einen großen Parkplatz hinzubauen.“

Die Kinder waren erst stumm vor Schreck, und dann sprachen alle wild durcheinander.

„Wer ...?“

„Wann ...?“

„Wieso ...?“

Als sich die Unruhe etwas gelegt hatte, begann Tom zu erzählen.

„Papa hat es von der Lokalredaktion erfahren. Die Stadt hat einen Antrag von einem Bauunternehmen vorliegen, und weil der Bolzplatz und die Grünfläche drum herum so heruntergekommen sind, werden sie dem Antrag wohl stattgeben.“

Nach diesem Schlag war keinem mehr nach Fußballspielen zu Mute. Sie zogen sich auf den alten Speicher im Haus von Leonies Eltern zurück und überlegten fieberhaft, was sie gegen den Parkplatz unternehmen könnten. Schließlich meldete sich David zu Wort. Der Junge war meistens sehr ruhig, aber wenn er einmal etwas sagte, dann hatte es Hand und Fuß.

„Was wäre, wenn wir den Bolzplatz und den Park etwas verschönern würden? Müssten die vom Rathaus dann nicht überlegen, ob sie doch alles so lassen, wie es ist?“

„Und wie willst du das machen?“, fragte Pascal. „Wir könnten vielleicht den Müll einsammeln und die Hecken etwas schneiden, aber ob das etwas bringt?“

„Zu fünft schaffen wir das niemals! Aber wenn wir ein paar Helfer hätten, dann ließe sich schon etwas bewegen.“ Leonie war eine Idee gekommen.

„Immerhin ist der Bolzplatz nicht nur für Kinder. Es gibt viele ältere Leute aus der Gegend, die hier ihre Hunde ausführen oder an warmen Tagen auf den Parkbänken sitzen und sich ausruhen. Wir müssten alle Bewohner der Straße zusammentrommeln.“

Am Abend wandte sich Tom mit der Idee an seinen Vater, der sofort begeistert war und sich bereit erklärte, die Handzettel drucken zu lassen, mit denen die Kinder alle Anwohner am kommenden Samstag zum Bolzplatz einladen wollten.

Tom, David, Leonie, Kevin und Pascal verteilten zwei Tage später die Handzettel in alle Briefkästen.

Alle waren überrascht, wie viele Anwohner am Samstag schließlich auf den Bolzplatz strömten. Toms Vater ergriff das Wort:

„Wie vielleicht einige schon gehört haben, will die Stadt dieses letzte grüne Fleckchen in unserem Stadtteil einebnen und einen Parkplatz bauen. Was das bedeutet, kann sich jeder selbst ausrechnen. Unsere Kinder verlieren nicht nur ihr einziges Fußballfeld, sondern auch die letzte grüne Oase verschwindet. Daher sind wir auf die Idee gekommen, diese Grünfläche so herzurichten, dass sie ein schönes Bild abgibt. Gleichzeitig werde ich im Rathaus beantragen, dass das Projekt Parkplatz fallen gelassen wird. Aber das können wir nur schaffen, wenn alle zusammenhalten. Ich schlage daher vor, dass wir uns in Gruppen einteilen. Maurer, Schreiner und sonstige handwerklich Begabte gehen nach links, die anderen nach rechts. Wir werden einen Plan erstellen, was zu tun ist und wer welche Aufgabe übernimmt.“ Seine Ansprache wurde mit großem Applaus quittiert, und als eine Sammelbüchse zum Kauf von Materialien herumging, spendeten alle bereitwillig. Es fanden sich auch ungefähr sechzig Erwachsene, die bereit waren, bei den handwerklichen Arbeiten zu helfen. Toms Vater machte mit Hilfe von fünf anderen Erwachsenen einen Plan. Die Tore mussten vollständig ersetzt werden. Die Linien auf dem Spielfeld sollten nachgezogen werden. Die Parkbänke waren so gut wie eingefallen, neue Büsche mussten gepflanzt werden. Während die Erwachsenen sich schwungvoll daranmachten, die nötigen Arbeiten durchzuführen, setzten sich die Kinder der Straße zusammen. Sie bildeten jetzt offizielle Fußballmannschaften und schrieben Trainingspläne und Benutzungszeiten für den neuen Bolzplatz. Die ganze Sache musste professionell aufgezogen werden, um Erfolg beim Bürgermeister zu haben.

Vierzehn Tage lang schufteten alle von nachmittags bis abends, und das Ganze nahm zunehmend Gestalt an. Schreiner ersetzten das Holz der Parkbänke, ein neuer Sandbelag wurde auf den Platz aufgetragen, Maler zeichneten die Markierungen neu ein, die Tore wurden ausgerichtet, gestrichen und mit neuen Netzen versehen. Der karge Park um den Platz blühte plötzlich mit frisch gepflanzten Sträuchern und Blumen, die Hecke verloren ihre wilden Auswüchse. Von einem hässlichen Entlein mauserte sich die Grünfläche in wenigen Tagen zu einem schönen Schwan. Schließlich war es so weit. Die Arbeiten waren vollendet.

Toms Vater marschierte mit drei weiteren Erwachsenen und Leonie und David zum Bürgermeister. Der war zwar sehr verblüfft, als ihn diese Abordnung besuchte, aber er ließ sich sofort von ihrer Begeisterung anstecken. Es stellte sich heraus, dass die Sache mit dem Parkplatz sowieso noch nicht entschieden gewesen war. Jetzt, nachdem aber alles so schön neu hergerichtet war und das alles die Stadt keinen Cent gekostet hatte, war der Bürgermeister selbstverständlich bereit, das Parkplatzprojekt in einer Schublade verschwinden zu lassen. Als ihn Toms Vater dann noch zur Einweihungsfeier einlud, strahlte der Bürgermeister übers ganze Gesicht. So etwas machte sich immer gut, vor allem bei den nächsten Wahlen.

Kurz darauf war es dann soweit. Der Bürgermeister zerschnitt unter Applaus symbolisch das rote Band, das Leonies Eltern zwischen den Eingangspfosten zum Bolzplatz angebracht hatte. Als schließlich die Fässer mit dem Freibier geöffnet wurden und die ersten Würste auf dem Grill lagen, trat ein sichtlich beschämter Kalle auf die fünf Freunde zu. Verstohlen drückte er Kevin den gestohlenen Ball in die Hände. Er murmelte kurz: „Tut mir Leid, kommt nicht wieder vor“, und verschwand dann in der Menge. Der Vater von Kevin und Pascal trat neugierig näher. In der ganzen Aufregung der letzten Wochen hatte er das Fehlen seines Balles gar nicht bemerkt. Aber jetzt verstand er sofort, dass etwas im Busch war.

„Ist das nicht mein Ball von der Weltmeisterschaft 1978? Was habt ihr Lauser jetzt wieder angestellt?“, fragte er.

„Ach nichts“, meinte Kevin unschuldig.

„Das ist nur ein Geheimnis. Zwischen uns und Kalle ...“, versuchte Pascal zu erklären, und Leonie vervollständigte geistesgegenwärtig:

„Rummenigge.“

Oliver Höger

Simones Einsatz

Simone stand gelangweilt am Küchenfenster und sah hinab auf die Strasse, auf der einige geparkte Autos standen aber sonst niemand zu sehen war. Jetzt in den Schulferien waren fast alle ihre Freunde mit ihren Eltern in den Urlaub gefahren.

„Warum gehst du denn nicht nach draußen? Es ist doch so tolles Wetter, Simone“, wollte ihre Mutter wissen, die gerade mit einer Bekannten im Wohnzimmer saß und Kaffee trank.

„Die sind doch alle im Urlaub. Nur ich sitze alleine zu Hause herum“, schmollte das blonde Mädchen und drückte dabei ihre Nase an der Scheibe platt.

Ihre Mutter schüttelte nur missbilligend den Kopf.

„Nächstes Jahr fahren wir auch wieder in den Urlaub. Du weisst ganz genau, dass dein Vater dieses Mal keine Zeit dafür hat. Jetzt sei doch endlich einmal vernünftig!“

Simone schlurfte genervt aus der Küche und ging in ihr Zimmer.

Vernünftig sein. Immer sollte sie vernünftig sein.

Petra, ihre beste Freundin, war nach Spanien geflogen, Sabine war bei ihrer Grossmutter in Hamburg, und Saskia vergnügte sich irgendwo in Amerika.

Alle hatten es jetzt schön, lagen in der Sonne und wurden knackig braun. Das Leben konnte so grausam sein.

Das Mädchen nahm sich eine dünne Jacke aus dem Schrank und ging dann nach draußen ins Freie. Vielleicht tat ihr die frische Luft ja gut und vertrieb dabei etwas ihre düsteren Gedanken.

Die Sonnenstrahlen blendeten sie für einen Moment, und außer dunklen Schatten konnte Simone fast nichts wahrnehmen.

„Hi Simone", wurde sie plötzlich von einem Jungen angesprochen, der gerade um die Ecke gebogen war, und der nun direkt neben ihr stand.

Nachdem sie erkannt hatte, dass es sich um Sven handelte, der mit ihr in eine Klasse ging, begrüßte sie ihn.

„Hi Sven. Na, musst du deine Ferien auch zu Hause verbringen?", fragte sie mit nach unten gezogenen Mundwinkeln.

Der Angesprochene lächelte sie mitfühlend an.

„Ja, aber das ist kein Problem. Ich nutze die Zeit und trainiere Fußball."

Das blonde Mädchen sah ihn etwas begriffsstutzig an.

„So, so, Fußball also. Echt aufregend."

Sven lachte.

„Nein, das macht wirklich eine Menge Spaß. Komm doch einfach mit auf unseren kleinen Sportplatz, und schau es dir einmal an."

Da Simone nichts Besseres vorhatte und auch nicht alleine durch die Straßen des Dorfes ziehen wollte, nahm sie den Vorschlag an. Gemeinsam gingen sie zu diesem angeblichen Sportplatz, der aus einer holprigen Wiese bestand, auf der zwei Holztore aufgestellt worden waren.

„He Sven, hast du etwa Verstärkung mitgebracht?", wurden sie von Dirk Bender, einem etwas dicklichen Jungen, begrüßt, dessen Haare immer in die Luft ragten, als ob er in eine Steckdose gefasst hatte.

„Simone möchte gerne bei unserem Fussballspiel zuschauen."

Nun kamen noch drei weitere Jungs heran, die das Mädchen alle von der Schule kannte.

„Dann sollten wir zwei Mannschaften bilden", schlug Tobias vor, stutzte dann aber. „Wo ist denn Holger?"

„Der hat heute keine Zeit. Hat Mathe-Nachhilfeunterricht."

Sven prustete los.

„Oje, armer Holger."

Nun hatten die Jungs aber ein kleines Problem.

Sie waren nur zu fünft, und das reichte nicht, um zwei Mannschaften zu bilden.

„So ein verdammter Mist", fluchte Thomas, der Kleinste aus der Gruppe.

„Aber wir sind doch zu sechst", sagte Sven mit einem verschmitzten Lächeln und drehte sich dabei zu Simone um.

Plötzlich richteten sich auch alle anderen Blicke auf Simone, die ganz sprachlos dastand und nur irritiert von einem zum anderen sah.

„Mädchen können doch überhaupt nicht Fußball spielen. Du immer mit deinen blöden Ideen, Sven", sagte Dirk verächtlich.

„Natürlich können wir Fußball spielen! Wenn ihr Jungs das könnt, dann können wir das schon lange!", wetterte Simone wütend zurück.

„Gut. Das wäre also geklärt", sagte Sven mit einem Grinsen im Gesicht und begann dann gleich damit, zwei Mannschaften zu bilden.

„Thomas und Simone sind in meiner Mannschaft."

„Na dann wünsche ich dir viel Glück mit deiner Damenmannschaft", flüsterte der dicke Dirk ironisch und nahm den Ball in die Hand.

„Welche Position willst du spielen, Simone?"

„Welche ... welche Position? Wie meinst du das?"

Das blonde Mädchen sah Sven mit hochgezogenen Augenbrauen an.

„Möchtest du in die Verteidigung, in den Sturm oder lieber ins Tor?"

Simone überlegte kurz.

„Ich denke, ich gehe ins Tor. Ja ... ich gehe ins Tor.“

Dann konnte das Spiel endlich beginnen.

Das Mädchen stand zwischen zwei Holzpfosten und beobachtete genau das Spielfeld. Sven war der größte der Gruppe, und er konnte wirklich sehr gut mit dem Ball umgehen. Seine etwas längeren, dunkelbraunen Haare wehten um seine Ohren, wenn er rannte.

Er umspielte Dirk ohne größere Mühe, und auch Tobias hatte kaum eine Chance, ihm das Leder vom Fuß zu nehmen. Geschickt schoss er den Ball zu Thomas, und dieser machte ein Tor.

„Von wegen Damenfußball, mein Lieber“, ärgerte er Dirk im vorübergehen.

Dirk hatte nun den Ball, und ohne lange zu zögern, schoss er direkt auf das Tor von Simone.

„Oje“, dachte sie nur, als der schwarz-weiße Ball auf sie zuflog. Sie streckte ihre Hände aus und ... sie hatte ihn gehalten.

Das war ja gar nicht so schwer, und es hatte auch überhaupt nicht weh getan. Simone war wohl am meisten davon überrascht.

„Super gehalten“, wurde sie von dem kleinen Thomas gelobt, und auch Sven schenkte ihr ein viel sagendes Lächeln.

Dirk hingegen hüpfte wie Rumpelstilzchen über den Fußballplatz und ärgerte sich. Jürgen, der Tormann auf der anderen Seite, hielt sich den Bauch vor Lachen.

Während des ganzen Spieles hatte die gegnerische Mannschaft einfach keine Chance, einen Ball in das Tor von Simone zu bekommen. Immer wieder fing sie die Bälle geschickt auf, und Sven und Thomas passten darauf auf, dass sich Dirk und Tobias dem Tor nicht zu sehr näherten.

„Die hält ja wirklich jeden Schuss", fluchte Dirk, nachdem der Ball wieder in den Händen von Simone gelandet war.

„Ich habe dir doch gesagt, dass wir Mädchen auch Fußball spielen können! Da staunst du, mein Lieber, oder?", sagte Simone mit einem Lachen.

Als das Spiel beendet war und Svens Mannschaft mit 7:0 gewonnen hatte, sollte eine neue Mannschaft ausgewählt werden.

„Jetzt ist Simone aber in meiner Mannschaft!", bestimmte Dirk, und dabei zwinkerte er dem Mädchen zu.

Sven zwinkerte Simone ebenfalls zu.

„Ob wir da noch eine Chance haben? Aber gut, Tobias und Jürgen sind nun bei mir, und Thomas ist noch in deiner Mannschaft."

„Gehst du wieder ins Tor, Simone?", wollte Dirk wissen und sah sie mit Hundeaugen an.

„Aber klar doch."

„Hier, Simone, du kannst gerne meine Handschuhe haben", bot ihr Jürgen an und gab ihr seine neuen Torwarthandschuhe.

Sein Gesicht war voller Sommersprossen, und seine roten Haare schimmerten wie Kupfer in der Sonne.

„Danke", antwortete Simone etwas verlegen.

Das Spiel begann, und Sven umdribbelte Dirk ohne Gnade, dann schoss er auf das Tor.

Simone hatte keine Mühe, das Leder zu fangen, da der Schuss recht schwach gewesen war.

„Du kannst ruhig richtig schießen!", forderte das Mädchen nun Sven auf, der vorher, als Jürgen im Tor stand, sehr viel fester geschossen hatte.

Der Junge sah sie etwas irritiert an.

„Gut ...", stotterte er und bekam dabei einen roten Kopf.

Das Spiel lief weiter, und wieder bekam Sven den Ball vor die Füße. Nun zog er richtig durch. Wie ein Pfeil flog der Fussball auf das Mädchen zu.

Simone schaffte es zwar, den Ball zu fangen, aber die Wucht des Schusses hatte sie trotz Handschuhen heftig an ihren Fingern gespürt.

„Autsch", stöhnte sie leise, während sie den Fussball in den Händen hielt.

„Mann, die lässt wirklich nichts in ihr Tor", sagte Dirk mit großen Augen und voller Bewunderung.

Sven war zu Simone gelaufen und sah sie dabei entschuldigend an.

„Ich ... ich habe wohl etwas zu fest geschossen. Tut mir wirklich leid. Aber du hast prima gehalten. Ehrlich!"

Trotzdem hatte Simone keine Chance, torlos vom Platz zu gehen, und so kam es, dass die Mannschaft von Sven sehr knapp mit 3:2 gewann.

„Ich muss jetzt leider nach Hause", sagte Simone, zog sich die Handschuhe aus und gab sie an Jürgen zurück. Ihre Hosen waren etwas grün von der Wiese, aber ihre Mutter würde deshalb sicherlich keinen Ärger machen.

„Spielst du morgen wieder mit?", fragten Dirk und Thomas wie aus einem Munde, und plötzlich mussten alle lachen.

„Gerne. Es hat mir wirklich viel Spaß gemacht."

Sven begleitete Simone nach Hause, da auch er pünktlich zum Essen zu Hause sein musste.

„Du warst wirklich super im Tor. Hast du schon öfter Fußball gespielt?"

Simone lächelte ihren Klassenkameraden herausfordernd an.

„Nein, das war heute eigentlich das erste Mal. Ich glaube, wenn Dirk nicht gesagt hätte, dass Mädchen kein Fußball spie-

len können, dann hätte ich auch überhaupt nicht mitgespielt."
Jetzt musste Sven lachen.
„Dafür hast du es uns aber ganz schön gezeigt. Ich möchte nicht wissen, wie gut du im Tor bist, wenn du weiterhin bei uns mitspielst. Dann haben wir es echt schwer!", grinste Sven.
„Ihr werdet es sehen!", sagte Simone und verabschiedete sich dann von Sven.
Ihre Mutter stand im Wohnzimmer und wartete schon auf sie.
„Na, hast du eine Beschäftigung gefunden?", wollte sie wissen, und dabei sah sie ihre Tochter fragend an.
„Na klar, ich habe heute mit den Jungs Fußball gespielt."
„Fußball gespielt ...", fragte Simones Mutter irritiert. „Du kannst Fußball spielen?"
„Aber klar doch! Was Jungs können, das können Mädchen doch schon lange, oder?"

Andreas Seiller

Die geklauten Trikots

Wer nimmt heute die schmutzigen Trikots mit nach Hause?", fragte der Trainer, als sich die Leinsteiner Kicker umgezogen hatten.
Keiner meldete sich.
„Heute ist Leo dran. Der drückt sich sonst immer", sagte Sebastian.
„Lieber nicht. Das letzte Mal waren die Trikots nicht gewaschen. Und davor hat er sie zu Hause vergessen", feixte Johannes.
„Genau, und der Schiedsrichter war total sauer auf uns, weil

er das Spiel um eine halbe Stunde verschieben musste“, ergänzte Ulf.

„Ich weiß, aber wir sollten ihm noch eine letzte Chance geben“, meinte der Trainer lachend und drückte Leo die Tasche mit den Trikots in die Hand.

„Aber wenn du wieder Mist baust, kriegst du Ärger“, drohte Johannes, und Ulf schlug vor, ihn dann für die Rückrunde zu sperren.

„Ist ja schon gut!“ Leo lief rot an und verließ hastig die Umkleidekabine.

Auf dem Nachhauseweg begegneten ihm Sven und Tobias, die in seine Parallelklasse gingen und beim FC Mottenstein Fußball spielten.

„Hallo Leo. Wo kommst du denn her?“, fragte Sven und blieb vor ihm stehen.

„Vom Sportplatz. Wir hatten heute ein Spiel“, antwortete Leo ausweichend und wollte weitergehen. Er mochte die beiden nicht, weil sie immer Stunk machten. Aber Sven ließ nicht locker.

„Und, wie ist es ausgegangen?“

„Wir haben gewonnen.“

„Tatsächlich. Obwohl du mitgespielt hast? Da müssen die anderen aber grottenschlecht gewesen sein“, stichelte Sven.

„Ach, lasst mich doch in Ruhe“, antwortete Leo und schob ihn beiseite.

„He, lass deine Finger von mir“, herrschte ihn Sven an und vertrat ihm den Weg. Leo wurde ärgerlich.

„Was wollt ihr eigentlich von mir?“

„Nichts. Wir wollen uns nur ein bisschen mit dir unterhalten.“

„Ich habe es aber eilig.“

„Das ist aber schade“, mischte sich Tobias ein und legte ihm vertraulich den Arm um die Schultern.

„Erzähl, hast du überhaupt schon mal ein Tor geschossen? Das kann ich mir gar nicht vorstellen bei deinen dünnen Beinchen.“

Leo schüttelte ihn wütend ab.

„Das wirst du schon sehen, wenn ihr am nächsten Sonntag gegen uns spielt. Dann machen wir euch nämlich platt.“

„Uns, du meinst wirklich uns?“ Tobias grinste ihn herablassend an. Jetzt reichte es Leo.

„Genau. Ihr seid nämlich Luschen. Sonst wärt ihr auf der Tabelle nicht so weit hinter uns.“

„Das kann sich noch ändern.“

„Ich lach mich tot. Um gegen uns zu gewinnen, müsstet ihr nämlich Fußball spielen können. Mit einer großen Klappe schießt man keine Tore.“

„Werd ja nicht frech, sonst kriegst du eine Abreibung“, drohte Sven.

„Ihr habt doch angefangen. Und jetzt lasst mich endlich gehen.“

„Nur, wenn du zurücknimmst, was du eben gesagt hast.“

„Ich denk nicht dran.“

„Für so eine halbe Portion nimmst du deinen Mund aber ziemlich voll“, provozierte ihn Sven weiter.

„Ich zeig dir gleich, wer hier eine halbe Portion ist.“ Leo bebte vor Wut.

„Puh, das klingt ja richtig gefährlich“, zog ihn Tobias auf. Und Sven fing an, ihn zu schubsen. Leo stellte die Sporttasche ab und stemmte sich gegen ihn.

„Los, nimm seine Tasche!“, rief Sven und hielt Leo fest.

„He, lass das, da sind unsere Trikots drin“, schrie Leo und versuchte, sich loszureißen, als Tobias mit der Tasche davonrannte.

Sven stieß ihn zu Boden und folgte seinem Freund.

„Na wartet“, brüllte Leo und rappelte sich auf, um die beiden zu verfolgen. Aber er hatte sich beim Fallen den Fuß verstaucht und war zu langsam, um sie einzuholen. Die Jagd ging um mehrere Häuserblocks, bis zu dem Mehrfamilienhaus, in dem Sven und Tobias wohnten. Jetzt hatte Leo überhaupt keine Chance mehr. Die beiden schlossen die Eingangstür auf und verschwanden im Treppenhaus. Schwer atmend blieb Leo davor stehen. Durch die Glasscheibe konnte er sehen, wie die beiden Jungs mit der Tasche im Keller verschwanden.

Leo überlegte. Was sollte er jetzt tun? Er konnte doch unmöglich seine Mannschaftskameraden um Hilfe bitten. Wenn die von dieser Sache erfuhren, würde er zu leiden haben. Dann machten die ihm das Leben zur Hölle. Nein, er musste sich die Tasche unbemerkt wiederbeschaffen. Und zwar schnell. Nicht auszudenken, was passierte, wenn er am nächsten Sonntag ohne die Trikots zum Spiel käme. Vom Spott der Mottensteiner ganz zu schweigen. Nein, so eine Blamage würde er nicht überleben.

Langsam humpelte er nach Hause und dachte sich einen Plan aus. Er musste eine Möglichkeit finden, unbemerkt in das Mietshaus zu kommen. Da fiel ihm seine Klassenkameradin Marianne ein, die auch dort wohnte.

Am nächsten Tag wartete er auf eine günstige Gelegenheit, sie anzusprechen, ohne dass es jemand merkte. Normalerweise ging er Marianne nämlich aus dem Weg, damit keiner glaubte, er interessiere sich für diese Streberin. Aber Marianne war ständig von anderen Mädchen umgeben. In seiner Verzweiflung machte Leo deshalb etwas, das er sonst unter allen Umständen vermied: Er schrieb einen Brief. Darin stand kurz und bündig: Muss dich unbedingt alleine sprechen. Komm bitte heute

Nachmittag um vier Uhr auf den Kirchplatz. Aber erzähle niemand etwas davon. Die Sache ist streng vertraulich.

Leo

Als er an Marianne vorbei in den Klassenraum ging, bückte er sich und tat so, als hebe er etwas auf.

„Hier, ich glaube, das hast du verloren", sagte er und drückte dem Mädchen, das ihn ganz verdutzt anstarrte, den Brief in die Hand.

Als Marianne ihn gelesen hatte, wurde sie ganz rot und nickte ihm zu. Das hatte also geklappt. Leo atmete erleichtert auf. Es passte ihm allerdings überhaupt nicht, dass ihn Marianne die ganze Stunde über nicht mehr aus den Augen ließ und ihn jedes Mal verschwörerisch anlächelte, wenn er sie zufällig ansah.

Als er am Nachmittag um Punkt vier auf den Kirchplatz kam, wartete Marianne schon auf ihn und sah ihn erwartungsvoll an. Verlegen suchte er nach den richtigen Worten. Er konnte ihr doch unmöglich sagen, um was es wirklich ging. Schließlich begann er: „Du, ich brauche unbedingt deine Hilfe."

„Wirklich. Bei was denn?", fragte sie fast ein wenig enttäuscht, als ob sie einen Heiratsantrag erwartet hätte.

„Hm, könntest du ... du mir vielleicht bei den Matheaufgaben helfen? Ich meine, wir ... wir könnten doch zusammen für die nächste Arbeit lernen", stotterte er.

„Aber klar", strahlte sie ihn an. „Am besten gleich morgen. Wann soll ich denn zu dir kommen?"

„Bei mir geht es leider nicht", sagte er schnell. „Könnten wir vielleicht bei dir ...?"

„Wenn du willst. Aber warum ist das eigentlich vertraulich?"

„Ach, ich möchte einfach nicht, dass jemand erfährt, dass wir zusammen ... Ich meine ...“

„Aber was wäre denn daran so schlimm?“ Sie wirkte verstimmt.

„Na ja, es ist mir halt peinlich ...“

„Wenn ich dir peinlich bin, kannst du dir ja jemand anderes suchen“, meinte sie ärgerlich.

„Nein, so habe ich das nicht gemeint. Ich möchte nur nicht, dass jemand erfährt, dass ich Nachhilfe brauche und ausgerechnet dich ...“

„Na gut, wenn du damit ein Problem hast“, unterbrach sie ihn spitz.

„Danke.“ Leo war erleichtert. „Aber jetzt muss ich leider gehen.“

„Schon? Ich dachte, wir könnten noch etwas zusammen unternehmen.“

„Ein andermal“, winkte Leo ab und machte sich schnell aus dem Staub. Er dachte ja nicht im Traum daran, mit dieser eingebildeten Ziege mehr Zeit zu verbringen, als er unbedingt musste. Und alles nur wegen dieser beiden Mistkerle.

Als er am nächsten Tag zu Marianne ging, achtete er darauf, dass ihn niemand sah. Die nächste Stunde kostete ihn viel Überwindung, aber da musste er eben durch.

„Du bist gar nicht bei der Sache“, beschwerte sich Marianne, als sie ihm die Aufgaben zum dritten Mal erklärte.

„Doch, doch, mach nur weiter“, sagte er und schaute immer wieder verstohlen auf die Uhr. Als die Zeit endlich um war, verabschiedete er sich hastig und rannte die Treppe hinunter. Geräuschvoll öffnete und schloss er die Haustür und wartete, bis oben die Wohnungstür ins Schloss fiel. Erst dann schlich er leise in den Keller. Die Tür zum Waschraum stand offen. Und da war auch die Sporttasche. Schnell nahm er sie an sich und rannte damit nach Hause, um sie seiner Mutter zu geben, damit sie die Trikots waschen konnte.

Als er am Sonntag mit der Sporttasche in die Umkleidekabine kam, klatschten alle Beifall.

„Juchu, er hat sie tatsächlich dabei“, schrie Ulf.

„Was ihr immer denkt“, sagte Leo verärgert.

„Ich glaube es nicht“, rief Herr Rott kurz darauf und hielt ein Trikot in die Luft.

„Aber das ist doch gewaschen“, entrüstete sich Leo. Doch da stockte ihm der Atem. Die Trikots waren zwar tatsächlich blitzsauber, aber es waren gar nicht ihre, sondern die der Mottensteiner. Er hatte die falsche Tasche erwischt. So ein Mist. Das verdammte Ding sah aber auch genauso aus wie ihre Tasche, nur dass auf der Vorderseite FC Mottenstein stand. In der Eile hatte er das glatt übersehen. Leo sackte in sich zusammen. In diesem Moment klopfte es an die Tür.

„Ich muss dringend mit Leo sprechen. Kann ich hereinkommen“, fragte eine Mädchenstimme.

„Ach du grüne Neune. Jetzt hat er nicht nur die falschen Trikots mitgebracht, sondern auch noch ein Mädchen“, ereiferte sich Ulf. Leo glühte vor Scham. Da steckte Marianne auch schon zaghaft den Kopf durch den Türspalt und sagte: „Entschuldigt bitte, aber ich will euch nur eure Trikots bringen.“

„Du!“, entfuhr es Leo. „Aber warum ...?“

„Ach, ich habe nur zufällig gesehen, wie Sven vorhin am Kiosk seine Tasche neben deine gestellt hat und dann mit der falschen davon gegangen ist. Wie komisch, dass er es noch nicht gemerkt hat“, sagte sie. Das war glatt gelogen, aber Leo zog es vor zu schweigen. Marianne hatte ihm in letzter Minute aus der Patsche geholfen. Eigentlich war sie gar nicht so übel.

„Danke. Dann will ich den Mottensteinern mal ihre Tasche bringen", stammelte er und ging mit Marianne hinaus auf den Flur.

„Wie bist du denn wirklich an die Trikots gekommen?", fragte er sie leise, als sie allein waren. Sie grinste.

„Ich hab gesehen, wie du mit der Tasche aus unserem Mietshaus gelaufen bist. Später habe ich dann gehört, dass Sven seine Sporttasche mit den Trikots gesucht hat. Und als ich im Keller eure Tasche fand, habe ich sofort geschnallt, was da passiert sein musste. Ich habe die Trikots gewaschen und vor Sven in Sicherheit gebracht."

„Mensch, das war echt klasse", sagte Leo beeindruckt. „Wenn du Lust hast, könnten wir nächste Woche mal was zusammen unternehmen."

„Klar", strahlte Marianne.

Plötzlich stürzte Sven aus der Umkleidekabine. Er trug seine normalen Sportsachen und ein Leibchen darüber, auf dem die Spielernummer stand.

„Wie siehst du denn aus?", kicherte Marianne.

„Klappe!", schnauzte er sie an.

„Sven hat unsere Trikots verschlampt. Deshalb müssen wir heute so spielen", erklärte ein anderer Mottensteiner düster. „Aber dafür wird er büßen."

„Was für ein Jammer. Der arme Sven ist aber auch so was von unordentlich. Da ist es doch ein glücklicher Zufall, dass wir eure Trikots gefunden haben", grinste Leo honigsüß.

„Wieso ihr?", fragte Sven perplex.

Leo zuckte die Schultern: „Ja, da sieht man es mal wieder. Wer anderen eine Grube gräbt, fällt selbst hinein."

Ingeborg Mucha

Plötzliche Fußballbegeisterung

Connie lümmelte gelangweilt auf ihrem Stuhl herum. Den Kopf hatte sie lässig aufgestützt, mit der rechten Hand malte sie Kringel und Kreise auf ein Blatt Papier, das auf dem Tisch vor ihr lag.

In der Redaktionssitzung für die Schülerzeitung, bei der sie mitarbeitete, ging es gerade um die Rubrik Sport – nicht ihr Thema. Darum hörte sie auch nicht besonders aufmerksam zu. Bis ihr Name fiel.

„Hä?“, fragte sie aufgeschreckt und blickte Jan, den Redaktionschef, irritiert an.

„Tja, hättest du zugehört, wüsstest du, worum es geht“, tadelte er. „Ich habe gerade gesagt, dass du diesmal den Artikel zu unserem Titelthema schreiben sollst.“

Titelthema? Nun war Connie ganz Ohr! Mit einem kleinen Ruck setzte sie sich aufrecht hin und schaute Jan konzentriert an.

„Ja klar, gerne!“, meinte sie und fügte verlegen hinzu: „Aber ich habe leider nicht mitgekriegt, was das Thema ist.“

„Fußball“, kam die Antwort postwendend. Connie wurde blass.

„Fußball?“, rief sie entsetzt. „Jan, was soll das? Du weißt genau, dass ich von Fußball keine Ahnung habe. Und ich habe auch absolut keinen Bock auf diesem Kram.“

„Genau deswegen habe ich dich ausgewählt“, antwortete Jan mit einem frechen Grinsen im Gesicht, wurde gleich darauf jedoch wieder ernst.

„Nun mal Spaß beiseite. Es hat schon einen Grund, warum du diesen Artikel schreiben sollst. Ich möchte einfach mal was anderes – nicht das übliche von wegen Fußballweltmeisterschaft und welcher Spieler in welchem Verein ... oder auch nicht ... und wie viel es gekostet hat." Er winkte ab. „Na ja, du weißt schon. Was man halt immer über Fußball liest und was jemand, dem das Thema Fußball liegt, mit Sicherheit auch wieder schreiben würde. Es muss doch aber auch noch andere Seiten des Fußballs geben. Über die möchte ich gern etwas lesen. Und da du gut im Recherchieren bist ..."

„Jan, bitte tu mir das nicht an!", bettelte Connie mit Panik im Blick. Doch Jan ließ sich nicht erweichen.

In den nächsten Tagen ging man Connie möglichst aus dem Wege, wenn man nicht eine Ladung ihrer schlechten Laune abbekommen wollte. Wer ihr aber doch zu nahe kam, musste sich erst mal ihre Schimpftiraden anhören.

„Ausgerechnet Fußball ... das blödeste Thema überhaupt ... ich steig aus der Schülerzeitung aus .. blöder Jan ... ich hasse ihn!", zeterte sie unentwegt. Doch letztlich half es nichts, und sie wusste das ganz genau. Da sie niemals freiwillig bei der Schülerzeitung aufhören würde, weil sie insgeheim hoffte, Jans Nachfolgerin zu werden, und Jan sich nicht umstimmen ließ, was diesen Artikel betraf, musste sie sich wohl oder übel an die Arbeit machen. Denn der Abgabetermin rückte immer näher.

An einem verregneten Nachmittag setzte Connie sich also vor ihren Computer und meldete sich im Internet an.

„Tja, und nun?", fragte sie sich selbst.

Wenn man das Wort Fußball in die Suchmaschine eingab, geschah genau das, was sie befürchtet hatte – nichts, was für sie von Interesse war. Was sollte sie denn mit den Seiten des 1. FC Hintertupfingen, oder wie sie alle hießen, anfangen? Es war ihr auch völlig egal, wo sie am besten die ganzen Fanartikel –

angefangen beim Schal bis hin zur Bettwäsche – kaufen konnte. Sie war nicht an Fußballbedarf interessiert. Und die Ergebnislisten der Kreis- und Bundesligaspiele halfen ihr ebenfalls nicht weiter.

„Mist!“, brummte sie. „Was mach ich denn jetzt?“

Die Suchworte Fußball + Geschichte brachten auch nichts. Sie versuchte weitere Kombinationen, doch sie fand nichts, was sie zu einem guten Artikel inspiriert hätte.

Also gab sie nochmal das Wort Fußball ein und begann, sich mühsam durch die siebenundzwanzigtausend Vorschläge zu scrollen. Vielleicht würde ja eine der vielen Überschriften sie doch ansprechen.

Der 1. FC Bayern München ... der TSV ... Fußballclub Heimatshausen ... Seniorenmannschaft des TSV ... Spielergebnisse des ...

Seite für Seite der Suchergebnisse blätterte Connie durch, aber immer nur das Gleiche: Fußballvereine, die sich vorstellten, Spielergebnisse, Händlerseiten. Es war zum Verrücktwerden!

Dann sprang ihr etwas ins Auge. Stiftung Jugendfußball. Das klang interessant. Connie öffnete die Seite.

Sehr viel Information für ihren Artikel konnte sie nicht entnehmen, aber es gab einige Links, und plötzlich war sie in einer anderen Fußballwelt. Das musste es sein, was Jan gemeint hatte!

Auf diesen Seiten ging es nicht um Ergebnisse, Geld, Sponsoren oder welcher Verein der beste war.

Begriffe wie Fußball für den Frieden, Colourful Football, Streetfootballworld waren auf diesen Seiten zu finden. Es war die Rede von weltweiten Projekten, die durch Fußball die Menschen zu einem friedlicheren und toleranten Miteinander führen wollen.

Je weiter Connie in die Thematik einstieg, umso begeisterter wurde sie.

Sie nahm Kontakt auf zu den Organisatoren der einzelnen Projekte und bekam mehr Informationsmaterial. Tagelang las sie nur noch. Ihre Freunde bekamen sie nach der Schule kaum zu Gesicht. Und in den Pausen war man weiterhin gut beraten, ihr aus dem Wege zu gehen, denn wer in ihre Reichweite kam, wurde gnadenlos zugetextet.

„Wusstest du", ging es dann los, „dass in Medellin, der zweitgrößten Stadt Kolumbiens, das Projekt Fùtbol por la paz ins Leben gerufen wurde – das heißt übrigens Fußball für den Frieden –, damit man den Kindern in diesem armen Land Alternativen bieten kann? Die fangen da manchmal schon ganz früh an mit Drogen, Verbrechen oder Bandenkriegen, weil keiner sich richtig um sie kümmert. Aber in den Straßenfußballteams werden sie aufgefangen. Sie haben Spaß und lernen gleichzeitig, dass man seine Probleme auch anders lösen kann."

„Aha", bekam Connie dann meistens zur Antwort, gepaart mit einem genervten Blick. Doch nichts konnte Connie stoppen, wenn sie von einer Sache überzeugt war. Dem nächsten, der ihr über den Weg lief, erzählte sie: „Das mit dem Straßenfußball ist in Kolumbien mittlerweile so bekannt, dass an den Wochenenden allein in Medellin mehr als dreihundert Mannschaften miteinander und gegeneinander spielen. Das ist ziemlich beeindruckend, denn bis vor noch nicht allzu langer Zeit waren die Straßenbanden dort so verfeindet, dass sich sogar die Jugendlichen in unserem Alter gegenseitig erschossen haben. Aber jetzt ist es schon viel besser geworden."

Es kam sogar vor, dass Connie neben jemandem herrannte, der verzweifelt versuchte, ihr zu entkommen. Tim, der Connie eigentlich ganz gern mochte, sah keine andere Möglichkeit mehr, als in der Jungentoilette zu verschwinden, weil er keine Lust mehr hatte, sich anzuhören, dass es ...

„... diese Friedensfußballprojekte mittlerweile auf der ganzen Welt gibt. In Norwegen heißt es zum Beispiel Colourful Football und es geht darum, dass Menschen unabhängig von ihrer Nationalität, ihrer Hautfarbe oder ihres Glaubens miteinander Fußball spielen. Nur so zum Spaß natürlich, nicht professionell und um viel Geld damit zu verdienen. In England und den USA gibt es ähnliche Projekte. Kickt Kriminalität und Drogen aus der Gemeinschaft, heißt dort die Devise."

Tim war froh, die Tür der Jungentoilette hinter sich schließen zu können. Ärgerlicherweise stand Connie noch immer davor, als er einige Zeit später vorsichtig die Nase herausstreckte.

„Du, und mittlerweile gibt es auch in Deutschland so ein Projekt", fuhr Connie unbeirrt fort. „Bei uns heißt es Straßenfußball für Toleranz. Bei den Spielen treffen dann Jugendliche aus verschiedenen Jugend-Szenen aufeinander und auch Ausländer oder Asylbewerber."

„Okay." Tim gab sich seufzend geschlagen. „Ich bin stolz auf dich, dass du all das rausgefunden hast. Und wozu sollen diese Projekte nun gut sein?"

Connie blickte ihn fassungslos an. Sprach sie etwa chinesisch? Laut sagte sie jedoch: „Also, die Projekte haben verschiedene Ziele. Aber im Wesentlichen geht es zum einen darum, Kinder und Jugendliche davor zu bewahren, in Drogensucht und Kriminalität abzurutschen, zum anderen sollen die Projekte helfen, Rassismus, Vorurteile und solche Sachen zu bekämpfen. Die Jugendlichen sollen lernen, aufeinander zuzugehen und wenn es Probleme gibt zu reden und sich nicht gleich die Köpfe einzuschlagen. Es gibt sogar ein Projekt, in dem Israelis mit Palästinensern in einem Team spielen. Oder ..."

Tim unterbrach Connies Redeschwall. „Und du sollst nun also einen Artikel darüber schreiben?“, fragte er.

„Na ja, so hat Jan das nicht gesagt. Er wollte nur mal was anderes haben als die üblichen Fußballsachen“, antwortete Connie.

„Tja, das was du da so seit Tagen jedem erzählst, ist mit Sicherheit was anderes. Warum also schreibst du jetzt nicht einfach deinen Artikel?“

Connie sah Tim irritiert an.

„Aber den hab' ich doch schon fast fertig“, meinte sie.

„Fein! Dann mach' ihn ganz fertig, zeige ihn Jan, und wenn er in der Schülerzeitung erscheint, können wir alle ihn lesen und genau erfahren, worum es bei diesen Projekten eigentlich geht. Wäre das nicht sinnvoller, als wenn du jedem von uns nur ein Stückchen erzählst und uns damit total nervst?“

Dann ließ er Connie stehen, die ihm mit offenem Mund nachstarrte.

Seine Botschaft war allerdings angekommen. In den nächsten Tagen legte sie sich mächtig ins Zeug, um die letzten Informationen zusammenzubekommen und ihren Artikel zu schreiben. Dann ging sie damit zu Jan.

Erwartungsvoll blickte sie ihn an, während er die Seiten las.

„Na?“, fragte sie aufgeregt, als er fertig war. Einen Moment lang ließ er sie zappeln, blickte sie nur mit hochgezogenen Augenbrauen an. Dann räusperte er sich.

„Super, Connie. So was in der Art hatte ich mir vorgestellt. Ich wusste doch, dass du das hinkriegst!“, meinte er lächelnd, und Connie wurde vor Stolz ganz rot.

Als die Schülerzeitung vier Wochen später erschien, kam Tim mit einem Exemplar auf Connie zu. Auf dem Titelbild prangte unter der Überschrift Fußball für den Frieden ein Foto von

Kindern, die in ziemlich zerlumpten Klamotten aber mit glücklichen Gesichtern Fußball spielten.

„Siehst du, Connie“, sagte er und blinzelte sie schelmisch an. „Jetzt haben wir eine Ahnung von dem, was da für eine Bewegung über den Erdball rollt.“

Catrin Liebscher

Im Wald

Ben hatte Langeweile. Er schoss den Fußball immer wieder hoch gegen eine Wand und stoppte ihn dann mit dem Fuß, mit der Brust oder mit dem Kopf. Dann kam Florian vorbei.

„Hallo Ben.“

„Hallo Flori!“

„Hast du Lust auf ein richtiges Spiel?“

„Ja, klar“, antwortete Ben. Darauf hatte er schon die ganze Zeit gewartet. Es war noch recht früh am Morgen, und ein frischer Wind strich durch die Bäume.

„Lass uns ein paar Leute zusammentrommeln“, meinte Florian.

„Und wen?“

„Ich dachte an Eddi, Martin, Franz, Julian, Peter, Ulf und Sven.“

„Ja, okay, dann holen wir die jetzt ab.“

Sie machten sich auf den Weg, um die anderen zum Fußballspielen zu bewegen. Nachdem sie bei fast allen geklingelt hatten, liefen sie zu fünft bis ans Ende des Dorfes.

Im letzten Haus wohnte Sven. Er hatte den kürzesten Weg zum Sportplatz und blickte von seinem Fenster aus direkt auf den Wald. Abends konnte er mit seinem Fernglas die Rehe beobachten. Im hinteren Teil des Gartens war ein Baumhaus. Bei gutem Wetter war Sven dort oft anzutreffen. Sie rüttelten ein wenig an der Leiter des Baumhauses. „Sven!“, rief Florian.

Nach einem kurzen Moment lugte ein schwarzer Lockenkopf heraus. „Mensch, was gibt's denn? Wer da?“, kam es etwas verärgert zurück.

„Wir sind es, wir sind auf der Suche nach Spielern für ein Fußballspiel.“

„Also, ich weiß nicht so recht. Eigentlich dürfte ich nicht mitkommen, weil ich Mathe lernen muss.“ Svens Laune sank in den Keller.

„Und wenn du einfach mitkommst und später Mathe machst?“, fragte Florian.

„Also gut, ich bin dabei.“ Sofort hellte sich Svens Miene auf, und er kletterte geschwind die Leiter herunter. „Dann aber schnell, ehe mein Vater aus den Ställen zurück ist.“

Endlich sollte es losgehen. Nach kurzer Zeit erreichten sie den Sportplatz. Dort warteten schon ungeduldig drei andere auf sie. Der Franz, der Eddi und der Peter. Die drei hatten vor dem Fußballspiel noch einiges zu erledigen gehabt, darum waren sie direkt zum Sportplatz gekommen.

„Hey, schön, dass ihr da seid. Wir warten hier schon eine halbe Ewigkeit“, riefen die drei den anderen entgegen.

„Nun übertreibt mal nicht. So lange waren wir gar nicht unterwegs.“

Die drei auf dem Baumstamm grinsten frech. Jetzt konnte es losgehen. Sie nahmen Aufstellung auf dem Platz und liefen dem runden Leder hinterher, um sich aufzuwärmen, bevor es zum richtigen Spiel ging.

Doch dann war es soweit. Das richtige Spiel begann. Florian passte den Ball zu Ben. Der schoss aufs Tor, welches aus wackligen Baumstämmen und einem provisorischen Netz bestand. Ulf, der im Tor stand, versuchte, den Ball zu bekommen. Er schmiss sich der Länge nach hin, konnte den Ball aber nicht mehr aufhalten. Ulf war darüber sehr verärgert. Nur Ben freute sich.

„Juhu, Treffer!"

Die anderen drei packte jetzt der Ehrgeiz. „Na wartet", rief Martin, „wir holen schon noch ein Tor."

Franz hatte jetzt den Ball. Er gab den Ball ab an Eddi. Eddi tat so, als würde er den Ball nach rechts zu Franz schießen, dann machte er eine plötzliche Bewegung und ließ Ben mit einer geschickten Körperdrehung ins Leere laufen.

Aber Ben gab nicht auf. Er versuchte, den Gegner vom Ball zu trennen, indem er sich mit dem ganzen Oberkörper Franz in den Weg stellte. Mit der Fußinnenseite blockte er den Ball im richtigen Moment ab und zog dann mit dem Ball auf und davon. Das rief Julian auf den Plan, der darauf wartete, dass Ben ihm den Ball zuspielte. Während Julian mit dem Ball Richtung Tor unterwegs war, grätschte ihm Martin plötzlich so schwer zwischen die Beine, dass er der Länge nach hinfiel. Erst dachten alle, er würde sofort wieder aufstehen, doch nichts dergleichen geschah. Julian blieb liegen. Jetzt machten sich die anderen doch ein wenig Sorgen und liefen zu ihm hin. „Hey Julian, was ist los?"

Julian stöhnte vor Schmerzen auf. „Mein Bein tut so weh, ich kann nicht aufstehen."

Die anderen sahen sich Hilfe suchend um. „Was machen wir jetzt?" Florian bot sich sofort an. „Ich laufe schnell zum Dorf und hole einen Arzt, der sich um Julian kümmern kann."

Florian lief, so schnell er konnte. Er klingelte hektisch bei Svens Eltern.

„Hallo Florian, was gibt's?", fragte Svens Vater. „Und weißt du zufällig, wo Sven ist? Wir suchen ihn schon die ganze Zeit."

Florian lief rot an und stotterte: „Ähm, ja. Nein." Dann lenkte er schnell vom Thema ab, um Sven nicht zu verraten. „Also, weshalb ich hier bin. Julian ist verletzt und braucht einen Arzt. Er liegt auf dem Sportplatz. Könnten Sie bitte einen rufen?"

Svens Vater nahm sofort seine Jacke und rannte hinüber zu Doktor Becher und klingelte bei ihm. Florian lief hinterher.

Da es Samstag war, dauerte es eine Weile, ehe die Tür geöffnet wurde. In der Tür erschien der Doktor in einer abgewetzten Jogginghose und einem karierten, löchrigen Hemd. „Oh, Herr Hegner", sagte er zu Svens Vater. „Entschuldigen Sie bitte meinen Aufzug, ich war gerade im Garten."

„Kein Problem, es geht um einen Notfall, Herr Doktor."

„Ich komme sofort." Der Arzt verschwand schnell im Haus, holte seinen Arztkoffer, und schon machten sich die drei auf den Weg zum Sportplatz. Als sie dort ankamen, lag Julian noch immer auf dem Boden. Er schaute erleichtert hoch, als er den Arzt erblickte. „Na, dann werde ich das Bein mal untersuchen." Der Arzt betastete das geschwollene Bein von Julian und verarztete es notdürftig. Dann griff er Julian unter die Arme. „Versuch mal, ob du jetzt aufstehen kannst, ich halte dich."

„Autsch", fluchte Julian. Er bemühte sich, und es gelang ihm, sich am Doktor hochzuziehen.

Während der Arzt sich um Julian gekümmert hatte, hatte Svens Vater Sven einen ernsten Blick zugeworfen und ihm zugeraunt: „Wir sprechen uns nachher." Sven graute schon vor dem Ärger, aber erst mal war er noch in Sicherheit und konnte weiterspielen.

Auf der einen Seite bei Herrn Becher und auf der anderen Seite bei Svens Vater untergehakt, verließ Julian den Sportplatz. Im Gehen warfen ihm seine Freunde mitfühlende Blicke zu.

„Das wird schon wieder“, ermutigte ihn Florian.

Dann war der Trubel um Julian vorbei. So richtige Stimmung zum Fußballspielen herrschte zwar nicht mehr, aber trotzdem spielten sie das begonnene Spiel weiter. Nach einer Weile stellte sich auch der Spaß wieder ein. Ben trickste Martin aus. Er flankte den Ball zu Florian. Und der lief mit dem Ball in Richtung Tor. Doch kurz bevor er sein Ziel erreichte, entriss ihm Franz den Ball mit einem gekonnten Stoß. Anschließend passte Franz den Ball zu Martin. Und plötzlich hatte Martin freie Bahn. Er schoss den Ball, doch der flog hoch über das Tor hinaus und landete mitten im Gebüsch. „Wartet, ich hole ihn“, meinte er und verschwand im Gestrüpp. Doch er kam und kam nicht zurück.

„Was ist los da hinten?“, wollte Florian wissen. Er hörte nur ein lautes Fluchen. Da er keine Antwort bekam, ging er nachsehen. Verdammt, der Fußball lag mitten in einem großen Ameisenhaufen, und die Ameisen krabbelten fröhlich auf dem Ball herum. „Oh, Mist. Wie kriegen wir den da wieder raus?“

„Gute Frage“, meinte Martin und versuchte mit einem Stock, die Ameisen von dem Ball herunterzufegen, was ihm aber nicht so recht gelang. Ehe er die ersten heruntergeschubst hatte, hatten sich schon wieder neue Ameisen auf dem Ball eingefunden.

„Was macht ihr denn da?“ Die anderen auf dem Sportplatz wurden schon unruhig. „Hey, was ist los?“, fragten sie.

„Ach, der Ball ist voller Ameisen“, kam es verärgert aus den Büschen zurück. Die anderen konnten darüber nur lachen und spielten inzwischen Fange. Während Florian und Martin krampfhaft versuchten, den Ball zu befreien, schlich sich von hinten eine weitere Gefahr an. Ein Wildschwein näherte sich. Als Florian kurz hochblickte, sah er es aus dem Augenwinkel. Er erschrak. Leise flüsterte er Martin ins Ohr. „Jetzt ganz ruhig und nicht bewegen. Hinter uns ist ein Wildschwein."

Martin erzitterte vor Angst. „Ich hab Angst vor den Viechern. Lass uns abhauen. Der Ball ist egal."

„Okay." Dann schlichen sie möglichst langsam und vorsichtig hinter den Büschen hervor, damit das Wildschwein sie nicht bemerkte und rannten wie vom Teufel besessen los.

„Lauft, schnell! Da hinten ist ein Wildschwein!" Jetzt nahmen auch die anderen die Beine in die Hand. Florian sah, wie Ben hinter ihm hinfiel. Doch er stand sofort wieder auf und rannte weiter. Er hatte sich nur ein wenig das Knie aufgeschrammt, ansonsten war ihm nichts passiert. Sie rannten, was das Zeug hielt und blieben nicht stehen, bis sie das Haus von Sven erreicht hatten.

„Puh, das war knapp", jappste Florian. Auch die anderen atmeten schwer. Da kam Sven ganz gemächlich angeschlendert. „Na, du hast ja Nerven!", meinte Florian zu ihm.

„Wieso? Wildschweine tun uns doch nichts. Mein Vater ist Jäger, der weiß das und hat es mir erzählt." Die anderen kamen sich jetzt lächerlich vor, weil sie solche Angst gehabt hatten.

„Und jetzt?"

„Jetzt holen wir noch den Fußball."

„Wie willst du den aus dem Ameisenhaufen rauskriegen?", fragte Florian entmutigt.

„Ich weiß, wie", schaltete sich Sven ein, und er ging in den Schuppen und kam mit einer großen Zange wieder, die man zum Müllaufsammeln benutzte.

„Mensch, Sven, du bist Klasse. Hast immer eine Lösung parat. Bist echt cool!"

Ben klopfte ihm auf die Schulter. Dann gingen alle zurück zum Fußballplatz und angelten den Ball tatsächlich mit der Zange aus dem Ameisenhaufen. Zu guter Letzt warfen sie ihn ein paarmal zu Boden, damit auch die letzten Ameisen von ihm abließen. Der Ball war gerettet.

Zum Fußballspielen war es allerdings jetzt schon zu spät. Es war Mittag geworden, und die meisten mussten zum Essen nach Hause. Doch das störte die Jungen nicht, denn letztlich war aus einem einfachen Fußballspiel ein kleines Abenteuer geworden. Diesen Tag würden sie nicht so schnell vergessen.

Regina Münchgesang

Der Trick

Kai zog ab. Der Ball prallte mit einem dumpfen Plopp von der tristen Betonmauer ab und kam zurückgeflogen. Mit Mühe stoppte Kai den Ball, bevor er in Mamas winzigem Blumenbeet landen konnte. Der kleine Hof war alles andere als ein tolles Spielfeld, aber Kai konnte sich nicht beschweren. Immerhin hatte er so etwas wie ein Spielfeld. Die anderen Häuser in der alten Siedlung hatten nur einen Vorgarten, der fast überall von Gras und Gestrüpp überwuchert war. Bis auf das Haus hinter der Betonmauer. Dort lag ein wundervoller Kurzrasen, gepflegt und perfekt gemäht. Das war der Garten vom alten Herrn Bergmann, und dieser Garten war tabu. Schon Kais Vater hatte als Kind hier gewohnt, und bereits damals war Herr Bergmann pingelig gewesen. Er hatte mehr als einen Ball behalten, der unbeabsichtigt über die Mauer geflogen und bei ihm gelandet war.

Herr Bergmann war so etwas wie der Schrecken der Kinder in der Straße. Ein brummeliger alter Mann mit mürrischen Augen und einer so tiefen rauen Stimme, dass alle Kinder einen großen Bogen um ihn machten. Vater hatte erzählt, dass Herr Bergmann immer nur darauf gewartet hatte, dass ein Ball in seinem Garten landete. Und dann, wenn man bei ihm klingelte, hatte er seine wütenden Schimpftiraden losgelassen und den Ball nicht mehr herausgegeben. Vater meinte, dass Herr Bergmann in letzten Jahren wohl so um die zwanzig Bälle einbehalten hatte.

Wieder drosch Kai kraftvoll auf den Ball ein, der mit großem Karacho zurückkam. Als Kai ihn stoppen wollte, glitt der Ball jedoch über seinen Spann, machte einen hohen Bogen, flog fast in Zeitlupe auf die Mauerkante, rollte einen Moment auf ihr entlang und plumpste dann herunter. Leider auf der falschen Seite. Stumm und starr vor Schreck blieb Kai stehen. Oje, das war eine Katastrophe. Kai hatte doch nur den einen Ball. Seitdem Papa arbeitslos war, war das Geld sehr knapp. Mama arbeitete zwar halbtags in einem Supermarkt um die Ecke, aber das kleine Gehalt und das Arbeitslosengeld reichten kaum aus, um die dreiköpfige Familie zu ernähren. Und jetzt war Kais Ball weg. Sein absolutes Lieblingsspielzeug. Er wollte sich schon traurig abwenden, als plötzlich völlig unerwartet sein Ball in einem wunderschönen Bogen über die Mauer kam. Kai war ganz baff. Konnte es sein, dass Herr Bergmann, ohne dass es jemand bemerkt hatte, ausgezogen war? Kai rief ein lautes Danke in Richtung Mauer und stürmte nach oben zu seinem Vater, der wieder einmal dabei war, Bewerbungen zu schreiben.

Den Vorfall erwähnte Kai zwar nebenbei beim Abendessen, aber seine Eltern hatten andere Sorgen und zuckten nur mit den Achseln. Was interessierte sie schon der alte Herr Bergmann.

Als Kai die Sprache dann auf die Fußballkleidung brachte, die er unbedingt brauchte, wenn er weiter in der Mannschaft spielen wollte, wurde es still am Tisch. Sein Vater sah ihn traurig an.

„Nächstes Jahr vielleicht, Kai. Wir können es uns momentan einfach nicht leisten. Der Boiler in der Küche ist kaputt, und der Hahn im Bad tropft. Das müssen wir reparieren lassen."

Kai blickte verzweifelt auf seinen Teller.

„Lass den Kopf nicht so hängen, Junge. Bis dahin habe ich bestimmt wieder einen richtigen Job, und dann bekommst du das beste Fußballtrikot, das es zu kaufen gibt. Und ein Paar neue Schuhe dazu." Für einen Moment hellte sich Kais Miene etwas auf, aber dann erinnerte er sich daran, dass sein Vater ihm letztes Jahr schon einmal seine Fußballsachen versprochen hatte. Er hatte aber immer noch keine neue Arbeit, und Kai wusste, dass seine Eltern ihn wahrscheinlich nur trösten wollten. Wenn nicht ein Wunder geschah, würde er niemals ein richtiges Trikot bekommen.

Seine schlechte Laune verstärkte sich am nächsten Tag noch mehr, als er beim Training war. Kai war einer der besten Stürmer des Clubs, aber in seinem ausgewaschenen T-Shirt und den abgewetzten Sporthosen sah er einfach lächerlich aus. Seine Mitspieler ließen ihn das auch ständig wissen.

Immer wieder hörte er, wie sie ihn hinter seinem Rücken verspotteten. Ein paar der besseren Spieler sagten es ihm sogar direkt ins Gesicht.

„Wenn du dir keine Klamotten leisten kannst, dann setz' dich doch am besten auf die Tribüne."

„Wir sollten einen Hut herumgehen lassen, damit du dir endlich etwas zum Anziehen kaufen kannst."

„Vielleicht lässt der Bürgermeister ja für dich sammeln."

Kai musste die Tränen unterdrücken. Er war sogar kurz davor, gar nicht mehr zum Training zu kommen, um den ewigen Hänseleien aus dem Weg zu gehen. Kai war so in seine Gedanken versunken, dass er keinen Blick zu den Zaungästen warf, die die Trainingseinheit aufmerksam beobachteten. Und so fiel ihm auch der schlanke ältere Mann mit dem schütteren Haar nicht auf, der den höhnischen Zurufen von Kais Mitspielern aufmerksam lauschte und sich dann nachdenklich auf den Heimweg machte.

Ein paar Tage später passierte es dann wieder, dass Kais Ball über die Betonmauer fiel. Obwohl er fünf Minuten wartete, wurde der Ball nicht zurückgeworfen. Und weil Kai sich nicht traute, beim Nachbarn zu klingeln, ging er traurig ins Haus.

Als seine Mutter dann abends vom Einkaufen zurückkam, hielt sie Kais Ball und ein funkelnagelneues Trikot mit Sporthose in ihren Händen.

„Das hat jemand für dich vor die Tür gelegt, Kai. Wer das nur war?“ Kai war vollkommen baff. Das war doch nicht möglich. Aber das war sein Ball. Ohne Zweifel. Und die Fußballkleidung war genau in den Farben von Kais Mannschaft. Aber das würde ja bedeuten, dass Herr Bergmann ...

„Entweder ist nebenan wirklich jemand anderes eingezogen, oder Bergmann ist auf seine alten Tage milde geworden“, meinte Kais Vater. „Auf jeden Fall musst du dich morgen bei ihm bedanken.“

„Und dann nimmst du ihm auch etwas von dem Pflaumenkuchen mit. Darüber freut er sich bestimmt.“

Also stand Kai am folgenden Nachmittag vor der Nachbarstür und klingelte mit pochendem Herzen. Er hörte schlurfende Schritte. Als die Tür aufging, stand dort ein älterer Herr, der ihn freundlich anlächelte.

„Hallo Kai. Hat dir das Trikot gefallen?" Seltsam, aber die Stimme war gar nicht so tief und Furcht erregend, wie Kai sie in Erinnerung hatte.

„Ja, vielen Dank, Herr Bergmann. Ich hatte schon so viele Probleme, weil ich nur Straßenkleidung hatte."

„Das habe ich mitbekommen. Aber ich habe auch erkannt, dass aus dir mal ein hervorragender Stürmer werden kann. Und als alter Fußballer kann ich es nicht mit ansehen, wenn ein solches Talent verschenkt wird."

„Sie haben selbst Fußball gespielt?", fragte Kai erstaunt.

„Na klar. Bis in die Oberliga hab ich es geschafft. Bleifuß-Bergmann haben sie mich genannt. Aber komm doch rein, dann erzähle ich dir etwas mehr darüber."

Und bei Tee und Pflaumenkuchen breitete Herr Bergmann seine ganze Karriere vor dem Jungen aus. Kai staunte nicht schlecht, was der alte Kicker so alles erlebt hatte. Zum Abschied versprach Kai, am nächsten Tag wieder zu kommen. Mama hatte bestimmt noch etwas Kuchen übrig.

Beim nächsten Treffen berichtete Herr Bergmann, dass er bereits seit einigen Jahren Witwer war. Seine Kinder waren schon lange aus dem Haus und arbeiteten mittlerweile im Ausland. Seine Enkel hatte er deshalb erst einmal gesehen.

„Dabei würde es mir solchen Spaß machen, ihnen zum Beispiel zu erzählen, wie ich damals in den Fünfzigern beim Endspiel der Jugendmannschaften mit meinem gefürchteten Dribbeltrick in letzter Minute den rettenden Ausgleich erzielte."

„Können Sie diesen Trick denn noch?", fragte Kai gespannt.

„Aber natürlich. Ich bin vielleicht ein bisschen eingerostet, aber ich hab nicht vergessen, wie er geht. Wenn du willst, gehen wir in den Garten, und ich zeig ihn dir." Das musste man Kai nicht zweimal sagen. Den Rest des Nachmittags verbrachte Herr Bergmann damit, Kai genau zu zeigen, wie man die gegnerische Verteidigung schwindlig spielte.

Beim nächsten Training waren die Mitspieler ganz schön erstaunt, als Kai im neuen Outfit aufkreuzte. Endlich wurde er als vollwertiger Mitspieler akzeptiert. Als er dann schließlich beim Abschlussspiel auch noch den berühmten Dribbeltrick von Bleifuß-Bergmann vorführte und die komplette Hintermannschaft einschließlich Torwart ausspielte, waren alle vollkommen aus dem Häuschen.

Kai hatte sich völlig verändert. Er spielte Fußball, als würde es um sein Leben gehen.

Die Zaungäste klatschten begeistert Beifall, und Herr Bergmann stand unter ihnen, und ein leises, zufriedenes Lächeln umspielte seine Lippen.

Am kommenden Samstag stand plötzlich ein Bagger im Hof von Kais Eltern, und ein Bautrupp machte sich daran, die alte düstere Betonmauer, die ihr Grundstück von dem von Herrn Bergmann trennte, einzureißen. Kai und seine Eltern traten neugierig in den Hof, als Herr Bergmann sich zu ihnen gesellte.

„Ich hoffe, es macht Ihnen nichts aus, wenn diese abscheuliche Mauer verschwindet. Sie stört mich eigentlich schon lange."

Und mit einem Augenzwinkern in Kais Richtung fügte er hinzu:

„Außerdem hat es der junge Mann hier dann einfacher, auf sein neues Spielfeld zu gelangen. Vielleicht bringt er in Zukunft auch noch ein paar Freunde mit, damit wir richtig spielen können. Ich hab noch so ein paar Tricks drauf, die ich den Jungs zeigen könnte. Und wenn Kai dann ab und zu einen selbst gemachten Pflaumenkuchen mitbringt, dann wäre es sogar noch besser."

Oliver Höger

Kuchen, Eis und Fußball

Obwohl das Wetter wirklich sehr schön war, hatte ich richtig miese Laune. Das lag daran, dass ich ausgerechnet heute zum Geburtstag meiner Oma fahren musste, während meine Freunde auf unserem Fußballplatz ein Turnier veranstalteten.

„Kann ich nicht zu Hause bleiben?", fragte ich meine Mutter mit einem flehenden Blick.

„Nein, Robin. Deine Oma feiert heute ihren Geburtstag, und die ganze Familie wird dort sein! Ohne Ausnahme!"

Da sich meine Mutter unnachgiebig zeigte, versuchte ich, bei meinem Vater etwas zu erreichen.

„Soll ich nicht lieber hier bleiben und die Garage aufräumen oder den Rasen mähen?", wollte ich scheinheilig wissen. Mein Vater geriet prompt ins Grübeln. Hatte ich seinen wunden Punkt getroffen? Hatte ich etwa wirklich eine Chance, dieser langweiligen Familienfeier zu entgehen?

„Das hört sich sehr verlockend an, Sohnemann ... wirklich sehr verlockend, aber da ich keinen Ärger mit deiner Mutter möchte, solltest du das lieber nächste Woche erledigen. Wirklich eine super Idee, die Garage hätte eine Aufräumaktion sehr nötig."

Eigentor – mir fiel die Kinnlade herunter. Jetzt musste ich doch zu Oma, und für nächste Woche hatte ich mir außerdem noch eine Menge Arbeit eingebrockt.

Toll, das hatte ich ja wirklich prima hinbekommen.

Mit einem Gesicht wie sieben Tage Regenwetter setzte ich mich zwei Stunden später ins Auto und beschloss, die ganze Fahrt über nicht mit ihnen zu reden. Anscheinend interessierte es aber keinen von den beiden, oder sie hatten meinen kleinen „Sprachstreik" nicht bemerkt.

„Ich habe Durst!", sagte ich nach einer Weile laut und verschränkte dabei die Arme demonstrativ vor meiner Brust. Ha, sie hatten sicherlich nichts zu trinken dabei, und so konnte ich meine schlechte Laune noch etwas verschlechtern.

„Hier mein Schatz. Diese Limo magst du doch am liebsten, oder?"

Nun war ich aber verblüfft. Meine Mutter hielt mir doch tatsächlich eine Flasche meiner Lieblingssorte vor die Augen.

„Äh ... ja ... ja, die Sorte ist ganz okay."

Mein Durst war gestillt. Was wäre aber, wenn ...

„Ich habe auch Hunger!"

Darauf waren meine Eltern sicherlich nicht vorbereitet. Meine Miene wurde vorsorglich schon einmal noch griesgrämiger.

„Willst du lieber ein Brötchen mit Schinkenwurst oder mit Fleischkäse?"

Das war ein Komplott! Niemals zuvor hatten sie extra für die Fahrt zu meiner Großmutter etwas zu essen mitgenommen. Wie sollte man denn da noch wütender werden?

„... Schinkenwurst", stotterte ich und nahm dann lustlos das Brötchen entgegen.

Ich hatte ja überhaupt keinen Hunger, und so kaute ich mühsam darauf herum.

„Onkel Franz kommt, und ich glaube, er bringt heute seinen Neffen mit. Er müsste so in deinem Alter sein."

Toll. Jetzt kam da auch noch ein Junge, den ich überhaupt

nicht kannte und der mir bestimmt ganz unsympathisch war. Sicherlich so ein Streber wie Onkel Franz, der immer ein Hemd und eine Nickelbrille trug und nur so vor Klugheit strotzte. Super. Der Tag wurde ja immer besser.

Stöhnend sah ich aus dem Fenster in den blauen Nachmittagshimmel hoch und stellte mir vor, wie meine Freunde nun Fußball auf unserem Sportplatz spielten und dabei eine Menge Spaß hatten. Ich jedoch würde mich heute zwischen meine Onkel und Tanten setzen, mich mit einem Streber abgeben müssen und sicherlich sogar beim Geschirrabräumen eine tragende Rolle bekommen.

„Wir sind gleich da, mein Schatz“, säuselte meine Mutter und lächelte mich aufmunternd an.

Lustlos stieg ich aus dem Wagen, als wir vor dem Haus meiner Oma hielten. Ich hörte aus dem großen Wohnzimmer bereits das schrille Lachen von meinen Verwandten.

„Nur Mut, Robin, sie werden dich schon nicht auffressen!“

Mein Vater hatte gut reden. Ich wusste ganz genau, was auf mich zukommen würde, und diese Vorahnung schnürte mir bereits etwas die Kehle zu.

Mit lautem Hallo wurden wir begrüßt.

Vorsichtig hatte ich mich hinter meinem Vater etwas in Deckung gebracht, aber leider ohne Erfolg.

„Ist das etwa der kleine Robin? Mein Gott, bist du gewachsen, und wie lieb er aussieht ...“

Diese und mehrere Dutzend weiterer Sprüche musste ich über mich ergehen lassen. Aber das war ja noch nicht das Schlimmste! Jetzt kamen meine Tanten auf mich zu.

Eine nach der anderen drückte mich fest an sich, und dann gab es von jeder einen oder mehrere dieser feuchten Küsse, die ich so sehr hasste.

Endlose Minuten später hatte mich jede meiner Tanten abgeknutscht, und ich konnte mich in eine ruhige Ecke verziehen.

„Na, lebst du noch?", lächelte mich ein fremder Junge an, der plötzlich hinter mir aufgetaucht war.

„Gerade noch so", sagte ich leise.

„Ich heiße Nicolas und bin mit meinem Onkel Franz hier."

Das war also der Neffe von Onkel Franz.

Komisch, er sah gar nicht so aus, wie ich ihn mir vorgestellt hatte.

Er trug keine Nickelbrille, tat nicht sonderlich intelligent, und ein Streber war er sicherlich auch nicht. Seine roten Haare standen wirr in die Luft, und in seinem Gesicht gab es wohl einige hundert Sommersprossen.

„Ich heiße Robin", sagte ich zu ihm, und damit war das Eis zwischen uns bereits gebrochen.

„Sollen wir etwas nach draußen gehen?", wollte er wissen.

„Gute Idee!", antwortete ich.

Unbemerkt gelangten wir auf den Hof – fast unbemerkt.

Meine Mutter hatte unser Verschwinden mit wachsamen Augen verfolgt.

„Geht bitte nicht zu weit weg. Später gibt es Kuchen und Eis!"

Nicolas und ich hatten es geschafft. Wir standen unter der alten Eiche, auf die ich schon hundertmal geklettert war, und freuten uns, dass wir unseren Tanten und Onkeln entronnen waren.

„Kannst du eigentlich Fußball spielen?", fragte mich Nicolas plötzlich und sah mich dabei aufmerksam an.

Ob ich Fußball spielen könnte? Vor ihm stand der beste Fußballspieler unseres Dorfes! Was für eine Frage.

„Natürlich kann ich Fußball spielen! Und du?"

Nicolas grinste mich an, und seine Sommersprossen rückten dabei etwas nach oben.

„Ich habe vorhin in der Scheune einen Ball entdeckt. Hast du Lust auf ein kleines Fußballspiel?"

Und ob ich Lust hatte. Nicolas würde sich wundern, wenn ich ihn in Grund und Boden spielen würde. Pah, ob ich Fußball spielen könnte ... er würde gleich sein blaues Wunder erleben.

Es dauerte keine zwei Minuten, da stand der rothaarige Junge mit einem alten Lederball vor mir.

„Wie oft kannst du den Ball in der Luft halten, ohne dass er herunterfällt?"

Ich musste nicht lange nachdenken, schließlich hielt ich ja den Rekord in unserer Mannschaft.

„Achtundvierzig Mal", sagte ich stolz, und Nicolas pfiff anerkennend durch die Zähne.

„Das ist wirklich eine ganze Menge", gab er neidlos zu.

„Gut, spielen wir!"

Weil wir nur zu zweit waren, spielten wir Mann gegen Mann.

Einer hatte den Ball, und der andere musste versuchen, ihm diesen abzunehmen.

Da ich in unserer Mannschaft im Mittelfeld spielte, konnte ich ganz gut dribbeln, aber ich merkte sofort, dass Nicolas auch ein sehr wendiger Spieler war. Ich hatte große Mühe, ihn auszutricksen.

Wir rannten gemeinsam über die Wiesen, nahmen uns gegenseitig den Ball ab, umspielten uns und es machte richtig viel Spaß.

„He, ihr zwei, es gibt Kuchen und Eis", rief uns plötzlich mein Vater zu.

„Prima", sagte Nicolas, „ich habe jetzt richtig Hunger bekommen, und Durst habe ich auch!"

Gemeinsam waren wir stark, und so trauten wir uns wieder unter unsere Tanten, die uns aber gar nicht mehr so richtig beachteten, und ihre Gespräche unbeirrt weiterführten.

Es gab frischen Erdbeerkuchen mit Sahne, und das war nicht nur mein Lieblingskuchen sondern auch der von Nicolas. Er aß vier Stücke, ich gab nach dem dritten Stück auf – immerhin hatte ich ja auf der Fahrt hierher auch noch ein ganzes Schinkenbrötchen gegessen.

Obwohl wir beide nach dem Kuchen eigentlich mehr als satt waren, konnten wir uns das leckere Vanilleeis mit heißen Himbeeren aber nicht entgehen lassen.

Mit dicken Bäuchen saßen wir anschließend auf unseren Stühlen und konnten uns kaum noch bewegen.

„Ich kann nicht mehr", stöhnte mein neuer Freund, und dabei legte er den Löffel auf den leeren Teller.

„Ich glaube, ich platze", presste ich mühsam hervor.

Onkel Franz kam an unseren Tisch.

„Na ihr beiden. Wollt ihr nicht ein bisschen Fußball spielen?"

Nicolas und ich sahen ihn nur kopfschüttelnd an.

Wir konnten beim besten Willen keinen einzigen Meter mehr rennen.

„Nicolas spielt in der Jugendmannschaft vom 1. FC Köln", sagte Onkel Franz stolz, und dabei strich er seinem Neffen durch die roten Haare.

Mein Gegenüber bekam einen ganz roten Kopf.

Kein Wunder, dass er so gut Fußball spielen konnte.

„Mann, ehrlich?", fragte ich voller Bewunderung.

Nicolas nickte.

„Ja, ich bin da aber erst seit einem Jahr. Wir trainieren fast jeden Tag, und wir haben sogar schon gegen die Jugendmannschaft vom 1. FC Bayern gespielt."

Donnerwetter, und ich hatte geglaubt, der Neffe von Onkel Paul sei ein Streber mit einer dicken Nickelbrille – dabei war er ein kleiner Fußballstar.

Wir redeten an diesem Tag noch viel miteinander, und Nicolas versprach mir, dass er mir die Autogramme der Bundesliga-Spieler des 1. FC Köln besorgen würde.

Als das Fest zu Ende war, wäre ich gerne noch geblieben.

Es hatte richtig Spaß gemacht, Nicolas kennen zu lernen.

Er versprach mir, dass er im nächsten Jahr auch wieder mitkommen würde, wenn Oma ihren Geburtstag feierte.

Als ich bereits im Auto saß, fiel mir plötzlich noch eine ganz wichtige Frage ein.

„Wie lange kannst du eigentlich den Ball in der Luft halten, Nicolas?"

Der Junge mit den roten Haaren sah mich mit einem breiten Grinsen an.

„Einhundertdreiundzwanzig Mal."

Aber ich hatte nun ja ein Jahr Zeit, in dem ich ordentlich üben konnte.

Warte nur ab, Nicolas, dachte ich mir, bei Omas nächstem Geburtstag hast du nichts zu lachen.

Andreas Seiller

Der größte Fan

Der Ball rollte bis vor seine Füße. „Komm schon! Worauf wartest du noch? Kick ihn rüber!“, brüllte einer der Spieler.

Karsten stierte auf das runde Leder an seinen Füßen. Er versuchte zu schießen, aber es ging einfach nicht. Seine Füße gehorchten ihm nicht. Immer noch nicht. Schnell bückte er sich und griff den Ball mit den Händen, um ihn den anderen zuzuwerfen.

„Gebt’s ihnen!“, brüllte er seiner Mannschaft zu und setzte zu einem lauten Pfiff an. Er legte sich seinen Fanschal enger um den Hals und zog die Kappe in sein Gesicht. Dann jubelte er lauthals der Mannschaft seines Bruders zu. „Ihr seid die Größten! Wahnsinn!“

Sein Bruder Tim winkte Karsten kurz zu, dann konzentrierte er sich wieder auf das Spiel. Wie ein Wahnsinniger jagte er über den Platz. Er war der beste Rechtsaußen seiner Altersklasse, und Karsten bewunderte seinen älteren Bruder ohne Ende. So wie er spielte, so würde Karsten auch gerne spielen. Mit so flinken Beinen über den Platz jagen. Aber Karsten saß im Rollstuhl, seine Beine würden nie mehr einen Ball treten können.

Dafür aber kannte Karsten sich bestens aus. Keine Regel war ihm zu schwierig, nichts entging ihm, wenn es um seine Lieblingsmannschaft ging. Sein Zimmer war mit Postern berühmter Spieler und Torwarte gepflastert, auf seinem Schreibtisch lagen stapelweise Fußballsammelkarten. Seine Mutter sagte immer, er könnte ein ganzes Buch schreiben, so viel beschäftigte er sich damit.

Karsten verfolgte weiter das Spiel. Besonders seinen Bruder Tim beobachtete er und feuerte ihn an. Tim dankte ihm seinen Einsatz mit einem Lachen und einem freundlichem Kopfnicken. Erschöpft strich Tim sich über seine verschwitzte Stirn, dann nahm er Anlauf und donnerte auf den Ball zu. Karsten hielt den Atem an. „Tor!“, brüllte er und riss die Arme hoch. „Tor, Tor, Tor! Super, Tim. Klasse gemacht!“ Die Spieler von Tims Mannschaft fielen sich in die Arme. Das war das entscheidende Tor, das Tims Mannschaft zum Sieg verhalf. Die Spieler strahlten freudig, die Gegner senkten ihre Köpfe und machten ein bedrücktes Gesicht.

Tim rannte auf Karsten zu. „Wir haben es geschafft. Wir sind dabei. Na, was sagst du zu deinem Bruder!“

„Super!“ Karsten strahlte. „Na ja, du bist eben mein Bruder. Was soll man da anderes erwarten.“ Karsten grinste.

„Angeber!“, sagte Tim freudig und klopfte seinem Bruder auf die Schulter.

„Ich würde auch so gerne wieder mitspielen können“, sagte Karsten wehmütig, als sich die beiden Jungen auf den Heimweg machten.

„Ich weiß“, sagte Tim. „Vielleicht klappt das ja auch irgendwann mal wieder. Du musst eben Geduld haben.“

Karsten wurde sauer. „Geduld, Geduld. Ich habe jetzt schon ewig Geduld, und trotzdem hat sich noch nichts verändert. Wäre doch nur dieser blöde Unfall damals nicht gewesen.“

Karsten hatte einen Kopfsprung in einen zu flachen See gemacht. Dabei war er am Boden aufgekommen und hatte sich so stark verletzt, dass er seitdem seine Beine nicht mehr bewegen konnte.

Und das war ihm passiert. Ausgerechnet ihm, dem absoluten Sportass, dem tollsten Fußballspieler seines Alters. Dem Torjäger der Schule. Und jetzt konnte er nur noch zusehen.

„Hey, lass den Kopf nicht hängen. Die Ärzte haben doch gesagt, dass es noch Hoffnung gibt. Und selbst wenn nicht, keiner weiß so viel über Fußball wie du. Keiner kann es mit deinen Fußballkenntnissen aufnehmen." Tim lächelte etwas gequält, weil er wusste, wie gerne Karsten wieder bei allem dabei wäre.

„Hast ja recht", sagte Karsten wieder etwas besser gestimmt.

„Und nächstes Wochenende ist ja das Spiel. Klasse, dass wir noch Karten bekommen haben. Das wird sicher eine Mordsgaudi."

Tim strahlte Karsten an und freute sich, dass sein Bruder wieder bessere Laune hatte. Und wenn der dazu noch wüsste, welche Überraschung sich Tim für ihn ausgedacht hatte, dann würde er mitsamt seinem Rollstuhl einen Luftsprung machen. Denn mit sowas rechnete Karsten im Leben nicht.

Eine Woche später war es soweit. Das Spiel stand an. Im Radio liefen rund um die Uhr Durchsagen, dass die ganze Innenstadt mit Fußballfans überfüllt war. Kein Parkplatz war mehr zu bekommen. Rund um das Stadion herrschte Ausnahmezustand. Die Luft war erfüllt mit stimmungsvollem Grölen. Wer jetzt noch keine Karten hatte, hatte Pech gehabt. Selbst auf dem Schwarzmarkt gab es keine mehr. Und dort waren sie vor wenigen Tagen noch zu einem Wahnsinnspreis verkauft worden.

Aber das interessierte Karsten und seinen Bruder nicht. Sie hatten schließlich Karten. Schon vor Monaten hatte Karsten sich darum gekümmert, und sie hatten ihr ganzes Taschengeld ausgegeben, um auch gute Plätze zu bekommen. Ihre Oma hatte noch was dazuschießen müssen, sonst hätte ihr Geld gar nicht gereicht.

Aber nun hatten sie die Karten. Ganz vorne. Auf den besten Plätzen. Mit bester Sicht auf das ganze Spielfeld. Und ihr Opa hatte ihnen noch ein kleines Fernglas mitgegeben, damit sie auch die kleinste Mücke auf dem Torpfosten erkennen konnten.

Die Jungs strahlten, als der Vater sie ins Auto setzte und zum Stadion fuhr. Die Straßen waren überfüllt mit grölenden Fußballfans. Überall aus den Autos hingen die Fahnen der Mannschaften. Die Jungs und Männer pfiffen und schwenkten Spielertrikots und Fahnen.

Dann waren sie endlich beim Stadion angekommen. Der Vater nickte ihnen noch einmal zu, verabschiedete sich von ihnen und fuhr davon.

„Nach dem Spiel hole ich euch wieder ab. Wir treffen uns dann wieder hier!"

Die beiden Jungs nickten und suchten sich ihren Weg durchs Getümmel. Im Stadion fanden sie recht schnell ihren Platz. Sie machten es sich auf ihrer Bank bequem, und Tim besorgte Cola und Popcorn. Gerade, als sie ihre Mützen und Fanschals zurechtrückten, ertönte die Nationalhymne. Die Spieler stellten sich in der Reihe auf und sangen mit schiefen Stimmen mit.

Endlich ging es los. Die Spieler rannten über den Platz. Tim und Karsten pfiffen und schrieen, so laut sie nur konnten. Das Popcorn lag halb verstreut zu ihren Füßen. Tim trampelte vor Aufregung auf die Holzbohlen unter seinen Füßen. Karsten wedelte wie wild mit den Armen. Es war so spannend. 1:1 stand es in der zweiten Halbzeit. Die Zeit verging wie im Fluge. Nur noch wenige Minuten bis zum Spielende. Und noch immer stand es unentschieden. Die Fans auf beiden Seiten waren angespannt.

Wer würde das Spiel gewinnen?

Karsten kramte nach dem Fernglas. Tim blies in seine Tröte.

Der Stürmer ihrer Mannschaft preschte nach vorne. Die Abwehr der Gegner schien plötzlich zu schlafen. Der Ball bahnte sich den Weg zum Tor des Gegners. Die Jungs erstarrten. Karsten wollte sich gerade eine Hand voll Popcorn in den Mund stopfen und hielt mitten in der Bewegung inne. Die Spannung stieg ins Unermessliche. Dann endlich. Der Spieler nahm noch ein paar Schritte Anlauf. Der Torwart der Gegner tippelte unruhig in seinem Tor herum. Dann setzte der Stürmer an, schoss und ...

„Tor, Tor, Tor!“, brüllten sie, als ihre Lieblingsmannschaft endlich das entscheidende Tor schoss. Das Stadion bebte, die Fans der Siegermannschaft jubelten. Der Schiedsrichter pfiff ab. Das Spiel war zu Ende. Die Gewinner lagen sich in den Armen.

Tim und Karsten klatschten sich in die Hände.

„Mensch, war das ein Spiel. Was für ein Tag. Toller kann es ja schon gar nicht mehr kommen.“

Da grinste Tim geheimnisvoll und murmelte leise. „Wer weiß.“ Aber Karsten nahm das vor lauter Freude gar nicht wahr.

Plötzlich kam eine Lautsprecherdurchsage.

„Tim und Karsten sollen sich bitte zum Hintereingang begeben. Tim und Karsten, bitte.“

Die beiden Jungs guckten sich an. Es konnten ja nur sie gemeint sein. Ob ihr Vater etwa schon da war?

Sie machten sich also auf den Weg zum Hintereingang. Das war der Weg, auf dem die Spieler kamen und gingen.

„Was die wohl wollen“, wunderte sich Karsten. „Kommt Papa vielleicht zum Hintereingang?“

„Nicht, dass ich wüsste!“, sagte Tim.

Vor einer großen, schweren Tür stand dann ein Mann des Sicherheitsdienstes.

„Seid ihr Karsten und Tim?", fragte er.

Die beiden Jungs nickten etwas unsicher.

„Alles klar. Dann kommt mal mit!"

Er steckte ihnen ein kleines Schildchen an und forderte sie auf, ihm zu folgen.

Die beiden Jungs zögerten eine Sekunde, liefen dann aber doch hinterher.

Karsten schielte auf das Schild. „VIP", las er.

„Sind wir jetzt wichtige Personen?", fragte er Tim flüsternd.

„Scheint so", erwiderte Tim.

Gemeinsam mit dem Mann des Sicherheitsdienstes liefen sie einen langen Gang entlang.

Wieder kamen sie an eine schwere Tür. Der Mann öffnete diese und ließ die Jungen hinein.

„Na, dann viel Spaß!", sagte er und drehte sich wieder um.

Karsten bekam den Mund nicht wieder zu.

Vor ihnen standen die Spieler der Siegermannschaft. Ihrer Lieblingsmannschaft.

„Herzlich willkommen!", riefen die Spieler freundlich. „Du bist sicher Karsten", sagte der Torwart zu Karsten.

Karsten blieb vor Überraschung der Mund offen stehen.

„Wir haben gehört, du weißt besser über uns Bescheid, als wir selbst."

Karsten nickte nur.

„Und da dachten wir uns, du solltest uns einmal kennen lernen."

Er hielt den Ball von dem gerade erst beendeten Spiel in der Hand. Die Spieler zückten einen Stift, und einer nach dem anderen unterschrieb auf dem Ball.

Dann reichten sie den Ball Karsten.

Auf dem Ball stand: Für unseren größten Fan Karsten.

„Wahnsinn! Danke!“, sagte Karsten überwältigt und strahlte über das ganze Gesicht.

Danach kamen die Spieler alle zu ihm, hoben ihn aus seinem Rollstuhl und trugen ihn gemeinsam wieder ins Stadion.

Dort wurde die Mannschaft wieder bejubelt, und Karsten durfte mittendrin dabei sein.

Da war es ihm plötzlich ganz egal, ob er den Ball nun mit seinen Füßen schießen konnte oder nicht.

Immerhin durfte er hier bei der Mannschaft sein und mit ihnen feiern.

Nur eins blieb ein Geheimnis. Wie sein Bruder es geschafft hatte, Karsten zum „größten Fan“ der Mannschaft zu machen.

Aber manchmal waren Geheimnisse ja auch ganz toll.

Kirsti Senftleben

Der Siegerball

Abpfiff. Die Spieler der C-Jugend des FC Winnbach schlichen niedergeschlagen vom Fußballfeld.

„Schon wieder verloren“, ärgerte sich Torhüter Christian.

„Ja, langsam gewöhnt man sich dran“, seufzte Lars.

Seit ihr Torjäger Ronny wegen einer Beinverletzung ausgefallen war, hatten sie noch kein einziges Spiel gewonnen. Und ihre Mannschaft war auf den vorletzten Tabellenplatz gerutscht. Dabei waren sie die Favoriten gewesen, denn im letzten Jahr waren sie überlegen Kreismeister geworden und in die Bezirksliga aufgestiegen. Das hatte ihnen den ehrenvollen Beinamen

„die Winner" eingebracht. Aber wenn das so weiterging, würden sie nicht die Winner, sondern die Looser der diesjährigen Spielrunde sein und wieder absteigen. So eine Blamage. Seine Mitspieler setzten sich niedergeschlagen in die Umkleidekabine.

„Die anderen hatten auch mehr Glück als wir", versuchte Michel ihre erneute Niederlage zu erklären.

„Genau, wir hätten mindestens vier Tore schießen können, wenn die Bälle nicht ständig knapp am Tor vorbei oder an die Latte geflogen wären", meinte Torsten.

„Und der Schiri hat auch nur für die anderen gepfiffen", beschwerte sich Ferdinand.

Torsten nickte. „Aber wenn du besser aufgepasst hättest, wären die anderen nicht so oft am Ball gewesen."

„Ach, jetzt willst du wohl mich dafür verantwortlich machen, dass wir verloren haben. Dabei hast du jeden Ball verschossen."

„Stimmt", pflichtete ihm Lars bei. „Aber der Jonas hat auch keinen gescheiten Pass zustande gebracht."

„Wieso ich?", fragte Jonas empört. „Als wärst du heute in Hochform gewesen."

„Was willst du damit sagen?", fuhr ihn Lars an.

Die Stimmung wurde immer gereizter.

„Jetzt fangt bloß keinen Streit an", schrie Christian dazwischen.

„Ach, du musst ja ganz ruhig sein. Wenn du besser gehalten hättest, hätten wir nicht so hoch verloren", erregte sich Michel.

„Halt die Klappe, du Idiot!"

Die Tür flog auf und Herr Kopp, ihr Trainer, kam herein.

„Was ihr da heute abgeliefert habt, spottet wirklich jeder Beschreibung. Habt ihr denn völlig vergessen, wie man Fußball spielt?"

„Uns fehlt halt der Ronny. Wenn der dabei gewesen wäre, hätten wir bestimmt gewonnen", warf Lars kleinlaut ein.

„Was soll das heißen? Ist der Ronny etwa der einzige, der hier Fußball spielen kann?"

„Nee, aber der ist nun mal unser Spielmacher und schießt die meisten Tore", erwiderte Lorenz.

Herr Kopp schüttelte unwillig den Kopf. „Wann begreift ihr eigentlich, dass Fußball ein Mannschaftssport ist? Wenn ihr nicht so gut spielen würdet, wovon im Moment allerdings keine Rede sein kann, könnte der Ronny auch keine Tore schießen. Also reißt euch gefälligst am Riemen."

„Der hat gut reden", seufzte Ferdinand, als ihr Trainer gegangen war.

„Na, ihr Luschen", feixte Hanno von der gegnerischen Mannschaft, als er an der Tür vorbei kam.

„Zieh Leine", blaffte Christian, „das nächste Mal zeigen wir euch schon, wo der Hammer hängt."

„Dass ich nicht lache. Ohne Ronny seid ihr doch nur ein Haufen Versager", grinste Hanno selbstgefällig und ging schnell weiter, weil ein Turnschuh in seine Richtung flog.

„Er hat ja Recht", meinte Torsten resigniert. Ohne Ronny ging bei ihnen wirklich gar nichts. Warum, wusste er auch nicht so genau. Vielleicht hatten sie sich zu sehr auf ihren besten Stürmer verlassen und trauten sich einfach zu wenig zu.

Am Sonntag darauf mussten sie gegen die Tabellenersten, die Rothemden vom FC Rotheim, spielen.

„Das wird heute ein schönes Desaster geben", sagte Christian pessimistisch, als er mit Michel ins Stadion kam. Auf der Zuschauertribüne drängten sich die Fans des FC Rotheim und stimmten sich in Sprechchören schon auf den Sieg ein. Sie hatten mehrere Transparente ausgerollt, die für den FC Winnbach alles andere als schmeichelhaft waren. Auf dem einen stand „Die Winner sind Spinner“, auf einem anderen „Winnbach ade, verlieren tut weh“ und „Winnbach gewinnt mit Rabatz – hahaha – den letzten Platz“.

Auf der anderen Seite der Tribüne, wo sich die Fans der Winner versammelt hatten, herrschte dagegen bedrücktes Schweigen.

„Kopf hoch, ihr könnt es schaffen“, versuchte Christians Vater sie aufzumuntern, als er an ihnen vorbei zur Tribüne ging.

„Ja, auf den letzten Tabellenplatz“, grinste ein Rothemd, als er sie überholte.

Die beiden Jungs gingen schnell ins Vereinsheim, wo ihre Mannschaftskameraden schon auf sie warteten. Sie hatten sich um Ronny geschart, der noch immer eine dicke Bandage um sein Bein trug.

„He, Christian, schau mal, was der Ronny uns mitgebracht hat“, rief Ferdinand euphorisch.

Er hielt ihm einen Fußball entgegen, der nicht mehr ganz neu aussah.

„Ja und?“, fragte er.

„Mensch, das ist der Ball, mit dem die Deutsche Nationalmannschaft 1974 die Fußball-Weltmeisterschaft in München gewonnen hat.“

„Was? Das glaube ich nicht“, sagte Christian.

„Doch, das stimmt. Den Ball hat Ronnys Großvater von seinem Onkel bekommen, der damals als Linienrichter dabei war.“

„Ja, und dann hat mein Großvater, der damals beim FSV Weidenstadt als Stürmer spielte, mit diesem Ball eine ganze Saison lang unzählige Tore geschossen und mit seiner Mannschaft die Bezirksmeisterschaft gewonnen. Seitdem liegt er in einer Vitrine in seinem Wohnzimmer“, erklärte Ronny.

Die Winner betrachteten den Ball ehrfürchtig.

„Und den willst du uns geben?", fragte Michel aufgeregt.

„Genau, denn mit diesem Ball werdet ihr heute hundertprozentig gewinnen. Das ist ein Siegerball", meinte Ronny im Brustton der Überzeugung.

„Glaubst du das wirklich?", fragte Christian skeptisch.

„Nein, das weiß ich einfach", sagte Ronny. „Es gibt nun einmal Dinge, die irgendetwas Besonderes an sich haben, ohne dass man es erklären kann. Das ist wie bei einem Auto, das ohne Reparatur 100.000 Kilometer fährt, während das andere laufend in die Werkstatt muss, obwohl beide vom gleichen Band kommen."

„Wie bei unserem Fernseher", warf Jonas ein. „Der ist schon zwanzig Jahre alt und will einfach nicht kaputtgehen!"

„Ja, das ist schon seltsam. Wir haben in drei Jahren drei neue Fernseher kaufen müssen", nickte Lorenz.

Und Torsten meinte, sein Vater, der in einem Orchester spielte, schwöre auf eine bestimmte Geige, weil bei ihr noch nie eine Saite gerissen sei. Anschließend erzählte Ferdinand von einem Bekannten, der im Casino nur gewann, wenn er seinen Talisman, einen alten Siegelring, trug. Jetzt wussten auch die anderen von solchen Geschichten zu berichten.

„Es wird Zeit, Kinder. Die Rotheimer laufen sich schon warm", rief ihr Trainer in die Kabine. „Und lasst euch von denen bloß nicht unterkriegen. Ihr könnt auch ohne Ronny gewinnen."

„Dürfen wir heute mit diesem Ball spielen?", fragte ihn Michel.

„Wieso ausgerechnet mit dem?"

„Weil das ein ganz besonderer Ball ist", meinte Ronny geheimnisvoll. „Das ist ein Siegerball."

„Ach so“, nickte der Trainer und verdrehte die Augen. „Na, dann gebt mal her.“

„Ihr schafft es. Ich drück euch die Daumen“, sagte Ronny, als er mit der Mannschaft ins Freie humpelte, und klopfte jedem aufmunternd auf die Schulter. Die Winner bildeten auf dem Spielfeld einen Kreis, fassten sich bei den Händen und brüllten auf Kommando: „Die Winner sind zurück. Der Sieg ist unser mit Geschick und Glück.“

Michel, der Ronnys Part als Libero übernommen hatte, war wie umgewandelt.

„Los, Jungs, zeigt, was ihr könnt“, mobilisierte er seine Kameraden, als sie sich an der Mittellinie aufstellten. Nach dem Anstoß waren die Rothemden am Ball, wurden von den Winnern aber immer wieder erfolgreich ausgebremst. Dann stürmte Rothemd Rüdiger Groß auf das Winnbacher Tor zu. Lars versuchte, ihm den Ball abzunehmen und grätschte zwischen seine Beine. Die Winnbacher hielten entsetzt die Luft an. Das gab einen Elfmeter. Christian ging im Tor in Stellung, aber der Ball war unhaltbar. Die Rotheimer jubelten. Verdammt, das ist doch unser Siegerball, dachte Michel grimmig. Verbissen kämpfte er weiter, so wie die ganze Mannschaft, die nach diesem Dämpfer in Hochform kam. Die Rothemden bekamen keine einzige Torchance mehr. In der 35. Spielminute folgte dann die Revanche: Michel, der im Strafraum von einem Rotheimer gefoult wurde, verwandelte den fälligen Elfmeter in ein sicheres Tor. Die Winnbacher Fans jubelten. Der Ausgleich war geschafft. Und so blieb es bis zur Halbzeit. Nach der Pause gewann das Spiel weiter an Tempo und die Rothemden hatten zunehmend Mühe, die Konter der Winner abzuwehren. Schließlich brachen die letzten fünfzehn Minuten an. Die Winnbacher Fans begannen, rythmisch zu klatschen: „Winner vor, noch ein Tor." Das gab der Mannschaft noch einmal Auftrieb. Das Spiel konzentrierte sich jetzt ganz auf das Tor der Rotheimer, die mittlerweile nur noch in der Defensive spielten.

„Winner vor, noch ein Tor", scholl es wieder und wieder von der Winnbacher Bank.

„Das schafft ihr", schrie Trainer Kopp. Und Ronny, der trotz seiner Verletzung von der Bank aufgesprungen war, brüllte: „Haut endlich den Ball rein."

Dann, in der 80. Minute, gab es einen Eckball. Ferdinand lief an, holte aus und schoss das Leder zu Lars. Der passte zu Torsten, der den Ball geschickt aufnahm und sich umdrehte, dabei geschickt zwei Rothemden ausspielte und mit dem Ball davonjagte. Und Schuss. Der Ball flog unhaltbar für den Tormann der Rotheimer ins Netz. Das war das 2:1 für die Winner, die sich überglücklich in die Arme fielen.

„Tor! Tor!", johlten die Fans und sprangen begeistert von ihren Sitzen. Die Rothemden versuchten verzweifelt, noch einen Ausgleich herbeizuführen, aber die Abwehr der Winner stand wie eine Eins. Als das Spiel abgepfiffen wurde, war der Jubel unbeschreiblich. Mit diesem Sieg hatte schließlich keiner mehr gerechnet. Jetzt gab es auf den Rängen kein Halten mehr. Begeisterte Fans stürmten das Spielfeld und trugen die Spieler auf den Schultern um den Platz, begleitet vom frenetischen Beifall der Winnbacher.

Auch Ronny humpelte strahlend zu seinen Kameraden, um sie zu ihrem grandiosen Sieg zu beglückwünschen. Christian kam ihm mit dem Siegerball, den er wie ein zerbrechliches Ei vor sich her trug, entgegen.

„Mensch, war das ein aufregendes Spiel", stöhnte er. „Der Ball hat uns wirklich gerettet."

Ronny nickte verlegen.

„Gratuliere“, sagte sein Großvater, der ihm nachgeeilt war. „Jetzt habt ihr wieder zu eurer alten Form zurückgefunden.“

„Kein Wunder – mit dem Ball“, meinte Christian.

„Wieso?“, fragte Herr Kling erstaunt. „Ist das ein besonderer Ball?“

„Aber, ich dachte sie wüssten ...“, meinte Christian unsicher.

Ronny wurde puterrot im Gesicht.

„Was soll ich wissen?“ Herr Kling runzelte die Stirn.

„Ich meine, das ist doch ihr Ball, der, mit dem die Weltmeisterschaft gewonnen wurde.“

„Nee, mein Junge, das kann nicht sein. Der liegt zu Hause in der Vitrine.“

„Das verstehe ich nicht“, stammelte Christian verwirrt. „Und was ist dann mit dem Ball?“ Er sah Ronny fragend an.

„Na ja, das ist eigentlich meiner“, gestand Ronny leise. „Großvater hatte sich nämlich geweigert, mir den Weltmeister-Ball zu leihen. Und da dachte ich ...“

„... dass du uns einen Bären aufbinden könntest“, ergänzte Christian erbost und knallte ihm den Ball verächtlich vor die Füße. „Na, wenn das die anderen erfahren.“

„Sachte, sachte“, schmunzelte Herr Kling. „Ronny hat es doch nur gut gemeint. Und auf diese Weise habt ihr schließlich erfahren, dass ihr auch ohne Ronny und ohne einen besonderen Ball gewinnen könnt, wenn ihr euch anstrengt und an euch glaubt.“

Ingeborg Mucha

Begegnung mit dem König I

Dunkle Wolken hingen über der Ortschaft Derby. Es sah aus, als würde es bald regnen.

Luis saß auf einer Anhöhe und blickte sich gelangweilt um. Seit drei Tagen waren sie nun hier – und von Tag zu Tag wurde es öder. Sie wollten die Faschingsferien einmal anders verbringen, und als Fußballfans hatten Luis und sein Vater durchgesetzt, dass sie ins Geburtsland des Fußballs reisten.

Es war Faschingsdienstag, und es war ein neuer ätzender Tag für Luis. Seine Eltern waren zum Shoppen gegangen. Nun saß er unter einer alten Buche und langweilte sich.

Keine Jungs weit und breit zu sehen, mit denen er kicken konnte. Das Einzige, was ihn interessierte, war Fußballspielen. Immerhin war er im Land des Fußballs – im Land der Beckhams und Gascoignes. Aber wo waren die nur? Luis hatte nicht den blassesten Schimmer. Betrübt schaute er in den Himmel. Es blitzte gewaltig. Der Blitz erhellte nicht nur den Himmel über den Pfarrbezirken All Saints und St. Peter's sondern auch den nahe gelegenen Fluss, der sich gurgelnd durch die triste Landschaft wand. Und unverzüglich folgte ein schauriger Donner, der nichts Gutes verhieß. Doch bevor Luis sich erheben konnte, folgte der nächste Blitz, der mit ungeahnter Kraft in den Baum schlug, unter dem er saß.

Schwärze.

Stille. Dann in der Ferne ein gleißend helles Licht. Es kam rasend schnell näher.

Luis schauderte, als ein elektrischer Schlag durch seinen Körper jagte. Seine Finger zuckten. Einen Augenblick lang spürte er plötzlich seinen Körper, so wie man Kleidung aus Polyester fühlt, wenn man sie anzieht. Er spürte das ihn umgebende Fleisch, sein Gewicht, das Ziehen der Schwerkraft, den Druck seines Körpers auf die Fußsohlen. Ein greller Kopfschmerz, ein einzelner Herzschlag, dann war das Gefühl verschwunden, und er war umgeben von einem durchdringenden Licht. Er zuckte zusammen und blinzelte.

Er stand im hellen Sonnenlicht. Die Luft war kühl und feucht. Vögel sangen in riesigen Bäumen, die um ihn herum in die Höhe ragten. Sonnenstrahlen sprenkelten den lehmigen Boden. Er stand in einem dieser Strahlen neben einem schmalen und schlammigen Pfad, der sich durch den Wald schlängelte.

Direkt vor sich sah er durch eine Lücke in den Bäumen ein Dorf.

Zuerst nahm er eine Ansammlung von Büschen und Sträuchern wahr, dann sah er Bauernhäuser, aus deren Strohdächern grauer Rauch aufstieg. Dann erkannte er eine Steinmauer und die dunklen Steindächer des Städtchens selbst. Es war ein mittelalterliches Dorf.

Wo war er? Das konnte doch unmöglich Derby sein.

Er sah näher hin, vielleicht befand er sich ja plötzlich im Garten des archäologischen Museums. Doch es waren keine Ruinen oder Ausgrabungsgegenstände zu erkennen. Stattdessen erfasste er verwundert, dass die Türme und die Festungsmauern intakt waren. Er fühlte sich leicht benommen und fast schwindelig vor Aufregung, während er alle Einzelheiten in sich aufnahm.

In der Ferne sah er etwas, eine schwarze Wolke. Eine Wolke, die unaufhaltsam auf ihn zukam. Oh Gott, was war das? Was sollte er jetzt tun? Immer näher rückte sie heran. Sie rollte bereits den Hügel hinauf – doch dann kehrte sie um und walzte zum Dorf zurück. Noch eine Drehung. Nun ging es wieder den

Hang hinauf – direkt auf Luis zu. Er vernahm ein Geräusch. Ein Geräusch wie ein leichtes Donnergrollen. Er lauschte und erkannte, was es mit dem Grollen auf sich hatte.

Mit Schaudern stellte Luis fest, dass es keine Wolke war. Es war eine Menschenmenge, die auf ihn zustürmte. Sie schien sich in zwei Hälften zu teilen. Luis kletterte schnell auf den ersten Ast des Baumes, um sich zu verstecken. Doch zugleich bemächtigte ihn eine Erregung, von der er nicht wusste, woher sie kam.

Die Woge aus Leibern kam näher. Geschrei erfüllte die Luft. Luis wusste, dass ihm gleich der kalte Schweiß ausbrechen würde. Er atmete tief ein und stieß den Atem dann geräuschvoll aus. Sogar die Luft war anders. Irgendwie prickelnd und aromatischer, als wäre mehr Sauerstoff enthalten.

Die Menschen kämpften um etwas. Dieses Etwas war nahezu rund und kullerte hin und her. Sie bewegten die Kugel mit den Füßen hin und her. Luis rieb sich verwundert die Augen. Tatsächlich – diese Menschen spielten Fußball oder etwas Ähnliches. Doch es hatte mit den Spielen, die Luis von der Bundesliga kannte, nichts gemeinsam. Dreck stob durch die Luft. Kein Schiedsrichter weit und breit, der den Knuffen, Tritten und Schlägen Einhalt gebot. Und es war eine Vielzahl mehr an Menschen als die 20 Spieler, die sich normalerweise auf einem abgegrenzten Feld um den Ball balgten. Er konnte sie nicht zählen, so viele waren es. Die Meute hatte den Baum, auf den sich Luis gerettet hatte, erreicht.

Entsetzt beobachtete Luis das Hauen und Stechen zwischen den beiden Gruppen, die sich wieder in Richtung Dorf bewegten. Nur ein schmächtiger Junge blieb etwas zurück. Er stand vor dem Baum und betrachtetet den Stamm der Buche, in der Luis saß.

Oh nein! Luis erkannte, dass er an der Borke des Stammes deutliche Schlammspuren hinterlassen hatte. Die Fußspuren verrieten ihn.

Der Junge sprang einfach nur in die Luft, packte den Ast und zog sich schnell daran hoch. So schnell, dass Luis keine Zeit geblieben war, um zu reagieren. Auf dem Boden unter ihnen trieben die Menschen derweil hinunter zum Fluss, und es wurde stiller.

Der Junge redete mit ihm, doch er verstand nicht viel. Welche Sprache war das? Luis sagte einfach „Ja“, um irgendetwas zu sagen.

„Ja?“, wiederholte der Junge. Er sprach die Silbe langsam aus, zog ein bisschen die Lippen zurück und zeigte die Zähne dabei.

Er versteht mich nicht, dachte Luis. Er beschloss, etwas anderes zu versuchen. „Oui?“, fragte er.

„Oui?“, wiederholte der Junge undeutlich. Dieses Wort schien ihn aber auch zu verwirren.

Na ja, Französisch verstand er anscheinend auch nicht. Vielleicht sollte er einfach ein bisschen Latein von sich geben. Er war zwar keine große Leuchte in Latein, aber vielleicht hatte es ja endlich etwas Gutes, sich in der Schule mit Caesar herumzuquälen.

Luis sprach den Jungen an, und dessen Miene erhellte sich. Volltreffer!

Der Junge hieß Oliver und war Sohn eines Pfarrers, dessen Gemeinde in All Saints lag. Luis begnügte sich damit, ihm zu sagen, dass er aus Nürnberg käme. Nun musterten sie sich beide gegenseitig von Kopf bis Fuß, beäugten sich aus den Augenwinkeln und betrachteten neugierig die jeweilige Kleidung des anderen. Eine kurze Weile saßen sie schweigend da, bis der Junge ihn aufforderte mitzukommen.

„Heute findet, wie jedes Jahr, ein Wettspiel zwischen All Saints und St. Peter's statt. Es ist an der Zeit, dass wir uns meiner Mannschaft, den All Saints, anschließen. Uns ist jede Hilfe willkommen", schloss der Junge mit einem schelmischen Grinsen.

Schnell kletterten sie den Baum hinab und liefen geschwind der dunklen Welle von Menschen nach. Am Rande des schlammigen Pfades waren bereits einige Spieler zurückgeblieben, da sie größere Kampfspuren davongetragen hatten. Der ein oder andere hielt sich den Kopf und tupfte mit dem Tuch seines Gewands blutende Wunden ab.

Nach kurzer Zeit erreichten sie den Ort des Geschehens. Immer noch wogte das Spiel hin und her. Oliver erklärte ihm, dass der Pfarrbezirk gewinnt, der den Ball bis zum Fluss bringt.

„Und das soll ein Ball sein?", fragte Luis belustigt, als er das runde Etwas mitleidig betrachtete.

Verwundert blickte ihn Oliver an. „Was ist daran falsch? Wir haben ganz normal eine Schweinsblase nach Gutdünken ausgewählt und mit Luft gefüllt."

Luis fluchte innerlich. Er sollte aufpassen. Je mehr er redete, desto eher würde er sich verraten. Nur, was konnte er schon verraten? Er wusste ja selbst nicht, was geschehen war. Er glaubte allerdings, dass er auf merkwürdige Art und Weise in die Vergangenheit gereist ... Seine Gedanken wurden jäh unterbrochen, als ihn der Ball am Kopf traf und vor seine Füße fiel. Sofort nahm ihn Luis auf und zog ihn mit der Fußsohle schwungvoll nach hinten. Anschließend spielte er den gelupften Ball mit dem Spann zum Boden, sodass er mit dem zurückspringenden Ball direkt jonglieren konnte. Aus den Augenwinkeln nahm er wahr, wie ihn manche Mitspieler bewundernd begafften. Doch ehe er sich in seinem Ruhm sonnen konnte, wurde er heftig angerempelt und landete unsanft im zähen Schlamm.

Wütend rappelte er sich hoch. Er hörte das Rasseln seines Atems und das Patschen und Saugen seiner Füße im Schlamm. Er schnaufte und fixierte dabei einen Mann, in dem er den Übeltäter vermutete. Sicherlich gehörte er zu St. Peter's. Luis stürzte sich mit einem Schrei auf den Mann. Doch Oliver versuchte, ihn zurückzhalten. Luis knurrte, fuhr herum und hob blindwütig seine Hand.

Da stürzten sich plötzlich vier Männer auf ihn und hielten ihn gepackt. Sie hatten Mühe, ihn zu bändigen. Luis wehrte sich wie ein wilder Bär.

„Herrgott nochmal, komm zu dir, es ist König Heinrich VIII.“, raunte ihm Oliver beinahe verzweifelt zu.

König Heinrich VIII. stand mit verschränken Armen vor ihm. „Lasst ihn los!“, befahl er leise.

Nur zögerlich und misstrauisch ließen die anderen Luis los, blieben aber wachsam und in seiner Nähe, als fürchteten sie, die Raserei könne jeden Moment wieder von vorn losgehen.

„Mir scheint, dieser barbarische Sport hat Eure Sinne benebelt“, sprach der König Luis an. In seiner Stimme lag ein belustigter Ton.

„Es ist kein barbarischer Sport. Mann muss nur wissen, wie man ihn spielt“, antwortete ihm Luis trotzig.

Die Zuschauer zogen scharf die Luft ein.

Heinrich VIII. hob eine Augenbraue und besah sich Luis genauer.

„Ihr seid ein Fremdling, gewandet Euch merkwürdig und wisst Euch nicht zu benehmen. Und Ihr habt obendrein die Frechheit, uns zu beleidigen!“ Der Ton des Königs hatte eine bedrohliche Tonlage angenommen. Die Leibwache rückte näher an Luis heran. Luis spürte, dass es gefährlich wurde.

„Im meinem Land wird dieser Sport mit mehr Eleganz gespielt und ist unterhaltsamer als ein Ritterturnier."

„Wohl an, beweist es mir. Sollte es Euch nicht gelingen, landet Ihr im Kerker. Morgen nach der Sext erwarte ich Euch hier am gleichen Ort!"

Luis hatte keine Ahnung, wer oder was eine Sext war. Aber so schnell ließ er sich nicht einschüchtern. Außerdem hatte er Lust auf ein vernünftiges Fußballspiel. „All Saints erwartet die elf besten Spieler von St. Peter's!"

Petra Balzer

Begegnung mit dem König II

Sein Herz klopfte heftig. Luis konnte nur noch an das Spiel denken, und prompt bekam er Bauchschmerzen.

Und Oliver ging es nicht besser. Seit er leibhaftig dem König gegenübergestanden hatte, hatte sein Verstand ausgesetzt. Jetzt hatte er nur noch Angst und klammerte sich an Luis, der gerade Olivers Vater die wichtigsten Regeln für das Spiel diktierte, sodass die Regeln als Depesche an den König gesendet werden konnten.

Luis stand mit Oliver im Schlick des Flusses, der sich an Derby vorbeischlängelte. Hier sollte das Fußballspiel der All Saints gegen die Mannschaft Heinrichs VIII. stattfinden. Luis blickte sich um. Der Ort war nicht schlecht, doch es gab noch eine Menge zu tun. Zunächst musste ein Fußballfeld hergerichtet werden, das seinen Ansprüchen genügte. Er war heilfroh, dass er zu Hause dabei war, das Abzeichen des DFB zu machen und deshalb einige Theorie gebüffelt hatte.

„Oliver, hol jeden verfügbaren Mann herbei. Wir haben einiges zu tun!“

„Du meinst die besten Spieler?“, vergewisserte sich der Junge.

„Nein, die Spieler wählen wir später aus. Jetzt werden wir ein Fußballfeld herrichten.“

Oliver blickte Luis erstaunt an, besann sich kurz und rannte dann davon. Nach einer Weile kam er mit einer lärmenden Schar Männer des Pfarrbezirkes All Saints zurück, die voller Erwartung auf Luis blickten.

Luis erklärte ihnen seinen Plan. Zunächst würden sie das Feld markieren. Dazu müssten sie eine Länge von mindestens 90 Metern und eine Breite von 45 Metern messen und kennzeichnen. Die Männer aus Derby blickten ihn verständnislos an.

„Meter?“, fragte ihn Oliver verzweifelt, „Wovon redest du?“

Luis seufzte vernehmlich. Na, das konnte ja heiter werden. Klar, die Maßeinheit Meter kannte man im Mittelalter ja noch gar nicht, sie sprachen von Fuß. Doch wie lang war ein Fuß? Jetzt musste er auch noch rechnen. Himmel. Aber er konnte sich vage erinnern, dass ein „Nürnberger Fuß“ etwa 30 Metern entsprach. Na ja, das Spielfeld musste ja nicht den strengen Regeln des DFB entsprechen. Jetzt musste er ein Auge zudrükken.

Luis schritt die Länge des Feldes ab und markierte dabei jeweils Anfang und Ende der Länge. Nachdem das Rechteck gezeichnet war, begann er mit den Linien für den Strafraum und Torraum, die er mit Kalk auf den Boden streute. Der Zimmermeister half ihm mit einem Groma, die rechten Winkel des Feldes zu messen und einzuhalten. Mit einem Scharriereisen glätteten derweil Oliver und seine Freunde die Torpfosten, von denen sie dann jeweils zwei in einem Abstand von ca. 7,32 Metern aufstellten.

Dann sahen die Männer von All Saints Luis verwundert zu, wie er ungefähr 11 Meter vor dem Tor einen Punkt markierte. Ehrfürchtig und würdevoll erklärte Luis ihnen, dass dies der Elfmeterpunkt sei. Mit ernster Miene erläuterte er ihnen, dass ein Elfmeter ein Spiel häufig entscheiden konnte. Der Elfmeterpunkt war der Schlusspunkt. Das Fußballfeld war fertig.

Als die Sonne sich bereits verabschiedete, blickte Luis zufrieden und auch voller Stolz auf das Spielfeld, das er mit so wenigen Hilfsmitteln, aber umso engagierteren Helfern geschaffen hatte. Oliver stand neben ihm: „Wir werden niemals gewinnen, und wir dürfen auch nicht gewinnen!"

„Wir gewinnen, verlass dich darauf!"

Doch Oliver teilte die Zuversicht von Luis nicht. „Bist du des Wahnsinns. Er ist der König. Wir dürfen nicht gewinnen."

Die eindringlichen Worte ärgerten Luis. Gerade hatten sie den ersten Schritt getan und das nur, um dann zu verlieren? Leider fehlte ihm das lateinische Wort für Memme, sonst hätte Oliver was erleben können. „Im Spiel gibt es keinen König oder Bauer, nur Stürmer und Verteidiger."

Oliver hielt den Atem an, bei diesen ketzerischen Worten. Doch er erkannte, dass er Luis nicht überzeugen konnte und fügte sich in sein Schicksal. Er rief die besten Männer des Bezirkes zu sich. Nun wollten sie die Startelf auswählen, die morgen gegen den König antreten würde.

Luis blickte die Reihe der Männer ruhig an und ließ seinen Blick hin- und herschweifen.

„Der lange Lulatsch, wer ist das?"

Nach ein paar erklärenden Worten rief Oliver den langen Henry herbei.

„Du wirst ins Tor gehen und jeden Ball vor der Linie abstauben!“

Henrys Schultern strafften sich, und automatisch streckte er sich noch ein bisschen. Luis wählte weiter aus: den bulligen Ken, der als Verteidiger sicherlich ein Fels in der Brandung sein würde, und James, der als Linksaußen die Flanken schlagen würde, damit der Stürmer Tore schießen konnte. Doch wer sollte Stürmer sein? Er selbst würde als Mittelfeldspieler das Spiel dirigieren. Es war seine angestammte Position, die er in der Jugend des FC Nürnberg spielte. Oliver würde als Rechtsaußen fungieren. Er war gut, aber ein Knipser war er sicherlich nicht. Wo war ein schneller, drahtiger Kerl, der am Ball zaubern konnte? Er wandte sich an Oliver: „Wir brauchen einen schnellen, wendigen Flitzer, der obendrein noch ein gewisses Ballgefühl hat. Kennst du jemanden?“

Oliver überlegte, legte den Kopf schräg, so wie er es immer tat, wenn er nachdachte. „Eigentlich nicht, nur Barry, der Taschendieb, ist schnell. Schon allein deshalb, um seiner gerechten Strafe zu entgehen.“

„Das ist unser Stürmer. Hol ihn!“

„Aber Luis, er ist ein gemeiner Dieb!“

„Willst du gewinnen oder nicht?“

So trottete Oliver davon, um nach Barry zu suchen, während Luis die Mannschaft von All Saints zu trainieren begann. Mit einfachen Zeichnungen im Schlick erklärte er ihnen die Taktik und Laufwege für das Spiel. Gebannt lauschten die Männer seinen radebrechenden Worten und nickten zustimmend, als sie erkannten, welche Spielzüge er ihnen vorgab. Oliver kam einige Zeit später mit Barry, dem Taschendieb, dazu.

In den späten Abendstunden lag das Dörfchen Derby friedlich da. Nichts deutete auf die kommenden Ereignisse hin. Nur am Fluss sah man einige Gestalten im Schein von Fackeln hin- und herdribbeln.

Noch hatte Luis ein Lied auf den Lippen, das er mit warmem Atem vor sich her pfiff. Er wischte sich den Schweiß, der ihm übers Gesicht lief, ungeduldig weg. Die Mannschaft von All Saints hatte sich vollzählig versammelt. Der Schiedsrichter und die Linienrichter, die sie aus einem Nachbarort geholt hatten, waren bereits auf ihren Posten. Zuschauer aus ganz Derby warteten bereits seit dem frühen Morgen auf das große Ereignis, dessen Nachricht sich wie ein Lauffeuer in der Umgebung von Derby verbreitet hatte.

Luis ging am Fluss entlang, um sich zu sammeln und sich auf das Spiel einzustellen. Plötzlich erfüllte Geschrei die flirrende Luft, Schlachtrösser schnaubten, Wasser spritzte auf, und eine Kohorte schwarz gekleideter Männer preschte durch die dampfige Luft, bis eines dieser Pferde direkt vor Luis hielt. Aufgewühlte Erde regnete auf den Jungen herab. Er blinzelte, legte die Hände schützend an die Stirn und blickte nach oben, geradewegs in ein Paar schwarzer Augen, die ihm spöttisch zublinzelten.

„Bereit, die gerechte Strafe zu empfangen?"

Es war wohl ein Begleiter des Königs. Ein Schnösel, der ihn geringschätzig von oben herab betrachtete.

„Hochmut kommt vor dem Fall!", warf ihm Luis entgegen.

Der Schnösel fuhr auf: „Wie kannst du es wagen, mit einem Ritter des Königs so zu sprechen! Antworte!"

Luis gab sich nach außen hin unbeeindruckt: „Meine Antwort gebe ich auf dem Platz!"

Nach den Regeln, die Luis aufgestellt hatte, befanden sich nun 22 Spieler auf dem Spielfeld. Der Schiedsrichter und die Linienrichter aus der Nachbargemeinde waren sich ihrer ehrenvollen Aufgabe bewusst. Die Torwarte stellten sich zwischen die jeweiligen Pfosten.

Der Schiedsrichter pfiff mit Hilfe seiner Finger das Spiel an, das von Hurra-Rufen der Fans beider Mannschaften begleitet wurde.

Es war soweit: der Anpfiff. Der Ball wurde von Luis, der Kapitän der All Saints-Mannschaft war, mit einem fulminanten Schuss nach vorne gebracht, direkt vor die Füße von Barry, dem Taschendieb. Luis hatte sich nicht getäuscht. Barry lief und spielte wie ein Brasilianer. Er konnte dribbeln. Er konnte rennen. Raffiniert wie er war, hebelte er manches Mal die Abwehr des Königs aus. Doch Barry vergaß immer wieder, den Ball an den besser postierten Oliver abzuspielen. Stattdessen schlug er einen Haken zu viel, stolperte und vereitelte eine sichere Torchance nach der anderen. Luis raufte sich die Haare. Die Fans stöhnten und die gegnerische Mannschaft höhnte.

Zur Halbzeit stand es 0:0.

Luis schimpfte: „Fußball ist ein Mannschaftsspiel. Wenn ein Spieler frei vor dem Tor steht, dann gibt man an ihn ab." Und er redete seinem Team ins Gewissen, animierte es und machte ihm Hoffnung. Als die Spieler aufs Spielfeld zurückkamen, leuchteten ihre Augen und sie hatten ihre Schultern gestrafft.

In der zweiten Halbzeit gab Barry den Ball ab. Die All Saints Spieler munterten sich auf, wenn ein Pass nicht so recht glückte. Aber ein Tor hatten sie immer noch nicht geschossen. Doch sie gaben nicht auf.

Doch dann hatte Barry eine tolle Chance. Pfosten! Verdammt, es war zum Haareausreißen.

Es war nur noch wenig Zeit. Die Sanduhr lief ab. Da wurde Barry von einem Schnösel des Königs unsauber zu Boden gebracht, exakt im Strafraum. Der Schiedsrichter blickte finster, pfiff und zeigte auf den Elfmeterpunkt. Die Spieler jubelten, doch dann wurde ihnen sichtlich flau im Magen. Wer übernahm die Verantwortung, schnappte sich den Ball und würde schießen? Stille senkte sich über Derby. Die Fans beider Mannschaften wussten, dass ein entscheidender Moment gekommen war. Eiskalt lief es Luis den Rücken herunter, als er den Ball nahm und zum Punkt ging. Der Ball lag im Gras. Luis schloss kurz die Augen, dann lief er an. Er zirkelte den Ball ins rechte obere Toreck.

Wumm! – Tor! Tor! Tor!

Das Spiel war aus. König Heinrich VIII. trat zu Luis. Er reichte ihm die Hand und lächelte: „Es war ein unterhaltsames Spiel. Ihr hattet Recht!“

Meldung in der Augsburger Allgemeinen vom 19.2.2004

„Über den englischen König Heinrich VIII. hat man in der Schule gelernt, dass er sechs Frauen hatte und deshalb eine eigene Kirche gründete. Er fand aber noch Zeit, Fußball zu spielen, stellte sich jetzt heraus ... Der König orderte ihm Jahr 1525 zehn Paar Fußballschuhe.“

Petra Balzer

Der Unfall

Heute war wieder einmal Samstag. Fußballzeit. Oliver schwang sich auf sein Fahrrad, um zum Sportplatz zu radeln. Fröhlich vor sich hin pfeifend trat er kräftig in die Pedale, um sich schon ein wenig für das bevorstehende Spiel aufzuwärmen. Plötzlich schoss aus einer der Querstraßen ein weißer Mercedes heraus. Oliver hatte keine Zeit mehr zu bremsen oder auszuweichen. Das Auto erfasste ihn voll an der rechten Seite und riss ihn vom Fahrrad. Er spürte nur noch, wie er zu Boden prallte. Dann verlor er sein Bewusstsein. Als er wieder zu sich kam, sah er einen Mann in einem weißen Sanitätskittel, der mit besorgtem Blick über ihn gebeugt stand. Oliver spürte in seinem rechten Bein einen stechenden Schmerz, und seinen rechten Arm konnte er auch nicht so recht bewegen.

„Was ist passiert?", fragte er leicht verwirrt.

„Du hattest einen Unfall, und ich bin der Arzt."

„Ist es sehr schlimm?", fragte er.

„Das kann ich dir noch nicht genau sagen. Wir fahren dich jetzt erst einmal in eine Klinik. Dort werden wir dich gründlich untersuchen und dich dann erst mal für eine Nacht zur Beobachtung dabehalten."

In dem Augenblick fiel Oliver das Fußballspiel ein. Die anderen mussten wohl ohne ihn gegen die grün-weißen Füchse spielen. Aber seine Leute würden sicher das Spiel gewinnen.

Die Sanitäter hoben ihn auf eine Trage und schoben ihn in den Krankenwagen. Oliver erhaschte einen kurzen Blick auf die Unfallstelle. Auf der Straße lag sein zerbeultes Fahrrad, und daneben stand ein eingebeulter weißer Mercedes. Ringsherum hatte sich eine Menschentraube gebildet, die über den Unfall diskutierte. Einige Fetzen der Diskussion drangen zu ihm rüber: „Wer weiß, ob der Junge je wieder wird laufen können.“ Bei diesen Worten fragte sich Oliver, ob er wohl je wieder Fußball spielen könnte. Aber er ließ den Gedanken sofort wieder fallen, da es ihm im Moment egal war. Sein Kopf schmerzte, und er war müde, so unendlich müde. Dann fielen ihm die Augen zu. Im Halbdämmern hörte er die Sirenen des Krankenwagens, der durch die Stadt Richtung Krankenhaus raste. Kurz darauf schob man ihn einen langen, neonbeleuchteten Gang entlang bis vor eine große Tür mit der Aufschrift RÖNTGEN. Die Untersuchungen zogen sich hin. Oliver sah immer wieder Ärzte, die sich über sein Bein beugten und sich dann berieten. Dann rollte man ihn in den OP und gab ihm eine Narkose. Oliver versank in tiefe Träume.

Als er wieder aufwachte, lag er in einem Krankenzimmer. Ihm gegenüber lag ein anderer Junge, der einen Verband um den Kopf gewickelt hatte.

Der andere sprach ihn an: „Na, bist du aufgewacht? Ich bin Janosch, und wer bist du?“

„Ich heiße Oliver.“

Janosch lächelte ihn freundlich an. Das gefiel Oliver, und so lächelte er, noch etwas matt von der Narkose, zu Janosch zurück. Da öffnete sich die Tür des Krankenzimmers. Olivers Eltern standen in der Tür.

„Mensch, Junge, du machst ja Sachen“, kam es von seiner Mutter, und sie umarmte Oliver vorsichtig und drückte ihn leicht an sich.

Sonst mochte Oliver das gar nicht, aber heute tat es ihm wohl, hatte er doch so einige Ängste ausgestanden. Jetzt war er froh, nicht allein zu sein. Erneut öffnete sich die Tür. Eine freundlich wirkende Ärztin in einem blauweißen Kittel trat ein und bat Olivers Eltern, für einen Moment das Krankenzimmer zu verlassen.

Sie wandte sich an Oliver. „Ich habe mit dir etwas zu besprechen." Oliver setzte sich ein wenig in seinem Bett auf, um die Ärztin besser sehen zu können. Sie begann weiterzureden: „Ja, Oliver, wir mussten dein Bein leider operieren, da es doch sehr stark beschädigt war vom Aufprall des Autos. Dann hast du noch eine Gehirnerschütterung, aber die geht bald vorüber, darüber brauchst du dir keine Gedanken zu machen. Aber was dein Bein anbelangt ..." Die Ärztin schwieg für einen Moment und holte tief Luft. Oliver spürte ein ungutes Gefühl in der Magengegend. Nein, nur nicht das! Es war fast wie ein Hilfeschrei aus seinem Inneren. „Also, was ich sagen will", sprach die Ärztin jetzt weiter, „es ist nicht sicher, dass du dein Bein je wieder richtig bewegen kannst."

Das hatte gesessen. Er hatte es befürchtet. Oliver fiel innerlich in sich zusammen. Er sah die Ärztin an, als wäre sie ein Geist.

„Heißt das, dass ich nie wieder Fußball spielen kann?"

„Ich fürchte, ja." Betroffen blickte die Ärztin zu Boden. Dann hob sie den Kopf und blickte Oliver ganz fest in die Augen: „Aber manchmal gibt es ja auch Wunder, wer weiß."

In Oliver regte sich plötzlich sein Kampfgeist. So schnell würde er sich nicht geschlagen geben. So schnell würde er seinen Traum vom Fußballspielen nicht aufgeben. Er hatte schon so viele Kämpfe ausgefochten und gewonnen, und er würde es auch diesmal tun! Aufgeben ist was für Weicheier. Und ein Weichei war er nicht!

„Ich werde wieder laufen und Fußball spielen, koste es, was es wolle!"

Entschlossen sagte er diesen Satz zur Ärztin, die noch vor seinem Bett stand. Sie merkte, wie ernst es Oliver damit war.

„Gut. Ich bin froh, dass du diese schlimme Nachricht so aufgefasst hast, Oliver. Ich werde dir so bald wie möglich die Physiotherapeutin vorbeischicken, aber erst mal muss die Wunde verheilen."

Nach einer Woche Bettruhe war die Wunde so gut verheilt, dass die Arbeit mit der Physiotherapeutin beginnen konnte. Oliver konnte es kaum erwarten. Die Therapeutin machte mit ihm Bewegungsübungen. Auch wenn es ihm hin und wieder mächtig wehtat, Oliver biss die Zähne zusammen und kämpfte. Aktiv und mit viel Willensstärke kämpfte er darum, bald wieder laufen zu können. Sein Zustand besserte sich durch seine intensiven Bemühungen sehr rasch. Nach drei Wochen hartem Training mit der Physiotherapeutin hatte er es soweit gebracht, dass er wieder in kleinen Schritten gehen konnte.

„Ich gratuliere, du hast es tatsächlich geschafft, Oliver."

Wieder stand die Ärztin an seinem Bett und warf ihm diesmal einen anerkennenden Blick zu. „Du wirst heute entlassen."

Über Olivers Gesicht spannte sich ein breites Lächeln. „Danke."

„Nichts zu danken. Das hast du allein deinem Einsatz zu verdanken. Ich habe es selbst kaum für möglich gehalten, aber du hast es geschafft." Diese Worte machten Oliver stolz, und er lächelte die Ärztin zufrieden an. „Also dann, Oliver, alles Gute für dich!", und die Ärztin verschwand aus der Tür.

Am Nachmittag war es dann so weit. Seine Eltern holten ihn aus der Klinik ab und brachten ihn nach Hause. Von Tag zu Tag konnte er besser laufen. Doch mit der Zeit fiel ihm zu Hause die Decke auf den Kopf. Er wollte endlich wieder Fußball spielen. Geduld war noch nie seine Stärke. An einem schönen Tag machte er sich heimlich auf den Weg zum Fußballplatz.

„Hey, schau mal, wer da kommt!“

Olivers Freunde kamen freudestrahlend auf ihn zugelaufen.

„Oliver, wie geht's?“

„Gut, ich bin bereit, heute mitzutrainieren.“

„Na, dann los!“

Und sie begannen mit ein paar Aufwärmübungen. Während dieser Übungen bemerkte Oliver schon so ein Ziehen im rechten Bein, aber er ignorierte es einfach. Sein Wunsch, endlich wieder Fußball zu spielen, war einfach größer. Bei den Trainingsübungen führte er den Ball am rechten Fuß, und ein anderer Spieler versuchte, ihm den Ball abzujagen. Das ging alles noch recht gut. Dann stieß er den Ball mit einem gekonnten Innenspannstoß in die von ihm vorgesehene Richtung einem seiner Mitspieler zu, als er plötzlich mit dem Fuß umknickte.

„Aua!“ Oliver lag am Boden.

„Oliver, was ist los?“, kam sofort einer seiner Freunde zu ihm gerannt.

„Mein rechtes Bein.“

Der Trainer kam ebenfalls herbeigelaufen und sah sich Olivers Bein an. „Oh, das sieht gar nicht gut aus.“

„Mist“, fluchte Oliver und ärgerte sich gleichzeitig über sich selbst, dass er so leichtsinnig gewesen war. Er wusste genau, dass er noch nicht wieder spielfähig war.

„Ich fahre dich zu einem Arzt“, sagte der Trainer.

Der Arzt schaute sich das Bein an, und Oliver bekam einen Verband und strenge Anweisung, das Bein nicht zu belasten. Mit Krücken verließ er die Arztpraxis wieder.

Seine Eltern waren natürlich sauer. „Was hast du dir nur dabei gedacht?“ Kopfschüttelnd stand sein Vater vor ihm.

„Tut mir Leid“, meinte Oliver. Er war wütend auf sich selbst.

Sein Bein hatte ihm den Dienst versagt, und nun konnte er das Fußballspielen erst recht vergessen.

Es klopfte an seiner Zimmertür. Olivers Trainer trat ein.

„Herr Maltke!“ Die Überraschung war Oliver anzumerken. Er strahlte über das ganze Gesicht. Oliver mochte seinen Trainer sehr, und es war ihm ein großer Trost, ihn zu sehen.

„Oliver, ich möchte dir einen Vorschlag machen, damit du mir hier nicht versauerst. Ich weiß doch, wie sehr du Fußball liebst.“

„Was denn für einen Vorschlag?“ Neugier sprach aus Olivers Augen.

„Nun, dein Zuhause liegt auf meinem Weg zum Fußballplatz, und wenn du Lust hast, dann fahre ich dich ab sofort jeden Tag zum Fußballplatz, so lange wie du nicht selbst spielen darfst. Dann kannst du uns wenigstens zuschauen. Wäre das was für dich?“

„Und ob!“ Oliver war begeistert von diesem Vorschlag. „Sie sind echt der Größte, Herr Maltke!“

„Keine Ursache, Junge, ich mag dich halt sehr gern.“ Und in einem etwas energischeren Ton: „Na, dann komm, Junge. Auf geht's!“

Ab sofort saß Oliver jeden Tag am Rand des Fußballfeldes und schaute dem Spiel der anderen zu. Und er lernte von dort aus noch vieles, was er beim Spiel selbst nicht so beachtet hatte. Heute war ein ganz besonderer Tag. Die grün-weißen Füchse waren wieder einmal ihre Gegner.

Im Augenblick überquerte der Ball gerade die Seitenlinie und es gab Einwurf. Ein Spieler seiner Mannschaft nahm den herankommenden Ball mit der Brust an, dann dribbelte er ihn ein Stück und passte den Ball ganz flach seinem Mitspieler zu. Der war jetzt in Richtung Tor unterwegs. Es war ein spannendes

Spiel. „Ja, los komm, schieß schon!“ Oliver fieberte auf seiner Bank kräftig mit. Dem Spieler gelang es, sich den Weg aufs Tor freizumachen, und er trat mit dem Fuß gegen den Ball, der mit Schwung direkt in die obere linke Ecke des Tores flog.

„Hurra, Tor!“, schrie Oliver und riss die Arme hoch in die Luft vor Freude. Seine Mannschaft war ja so gut! Es stand jetzt schon 3:0. Die grün-weißen Füchse hatten einfach keine Chance zu gewinnen. Während er so zu den anderen schaute und ihren Jubel genoss, fühlte er sich zum ersten Mal seit seinem Unfall richtig zufrieden mit seinem Leben, und er wusste, bald würde er wieder der Champion des Fußballfeldes sein. Oliver war glücklich. Er wusste, er würde den Kampf gewinnen!

Regina Münchgesang

Fußballhelden

Die Spannung war kaum noch auszuhalten. Ich saß im Matheunterricht und konnte mich einfach nicht auf die Worte von Frau von Baumgartner konzentrieren, die an der Tafel stand und irgendwelche unverständlichen Formeln von sich gab.

Im Zeitlupentempo bewegte sich der Zeiger auf meiner Uhr, und ich fürchtete, diese letzte Schulstunde würde einfach nie ein Ende nehmen.

Ich hatte nichts, aber auch gar nichts von der Wahrscheinlichkeitsrechnung verstanden, aber das war mir an diesem Tag sowieso egal. Heute war der Tag der Entscheidung, heute wurde die Fußballschülermannschaft für unsere Schule ausgewählt.

Noch bevor die Schulglocke richtig zu läuten begonnen hatte und diese Unterrichtsstunde damit endlich beendet war, riss ich die Klassenzimmertür auf und rannte durch den langen Flur hinaus in den strahlenden Sonnenschein und die herrliche Sommerluft.

An diesem Tag hatte ich das Schulgebäude sogar um wenige Sekunden früher verlassen als mein bester Freund Alexander, der sonst immer der Erste war und sich damit auch schon so manches Nachsitzen eingehandelt hatte.

„Auf zum Sportplatz“, rief er mir nur zu, während er seine Schultasche bereits auf dem Gepäckträger des Fahrrades festzurrte.

„Ja, die Schnellsten haben die besten Chancen!“, antwortete ich ihm nur und trat dann kräftig in die Pedale.

Für alle Jungs in unserer Schule, die nur halbwegs gut Fußball spielen konnten, war der heutige Tag – die Auswahl der Schülermannschaft – der Höhepunkt des Jahres.

Wer in diese Mannschaft aufgenommen wurde, der war plötzlich Jemand in der Schule. Die Schülerzeitung riss sich um jeden Spieler, lange Artikel wurden geschrieben, und jedes Mädchen wollte mit einem dieser Helden befreundet sein.

Und das Schöne daran war, wie einfach man einer dieser begehrten Schüler werden konnte: Man musste einfach nur Fussball spielen können, mehr nicht!

Niemand forderte einen Test in Mathe – Tore zählen konnten wir alle.

Man musste sich nicht in Englisch oder Französisch unterhalten, und man bekam nicht einmal einen Tadel, wenn man auf dem Sportplatz laut fluchte – zumindest, solange dies in einem bestimmten Rahmen blieb.

Aber das Allerbeste daran war, dass bei einem Fußballspiel gegen eine andere Schülermannschaft die komplette Schule zum Sportplatz ging und die eigenen Fußballer anfeuerte.

Toll, oder? Ich wollte mir unbedingt diesen Traum erfüllen, und heute hatte ich die Gelegenheit dazu.

„Oh, Mist, wo kommen die den alle schon her?“

Alexander staunte Bauklötze, und auch ich war nicht wenig überrascht darüber, dass bereits gute drei Dutzend Schüler vor dem Sportplatz standen, die auch unbedingt die Helden unserer Schule werden wollten.

„Die sind mit dem Schulbus hierher gebracht worden“, stellte ich sauer fest, lehnte mein Fahrrad an einen Baum, schnappte mir meine Sporttasche und eilte zu der versammelten Truppe, die bereits der Rede unseres Sportlehrers lauschte.

„... zieht ihr euch bitte um und dann beginnen wir mit dem Aufwärmen auf dem Platz“, hörte ich noch die letzten Wortfetzen.

Das Umziehen war ein richtiger Kampf in der kleinen Kabine, in der sich normalerweise ja höchstens dreizehn Jungs aufhielten, nun waren es aber über dreißig.

Nachdem ich in dem Gedränge erst die Sporthosen meines Nachbarn angezogen hatte, danach aber meine eigenen erwischte, lief ich hinaus auf den Sportplatz.

Als alle Teilnehmer bereit waren, begann das Auswahlverfahren, das uns bei etwa 20 Grad im Schatten ganz schön schwitzen ließ.

„Wer fünf ganze Runden um den Platz in neun Minuten schafft, hat die erste Qualifikation bereits erreicht“, sagte unser Sportlehrer laut und dann drückte er seine Stoppuhr.

„Los geht's“, rief er laut, und das bunte Feld von über dreißig Schülern, setzte sich umständlich in Bewegung.

Schon die zweite Runde trennte die konditional Stärkeren von den japsenden Jungs, die immer mehr zurückblieben oder aber bereits nach der dritten Runde ganz aufgaben und nach Luft ringend an der Außenlinie stehen blieben.

Alexander und ich machten ein gutes Rennen – immerhin hatten wir bereits Wochen im voraus – in weiser Voraussicht – jeden Nachmittag einen längeren Waldlauf gemacht. Das war eine Hausaufgabe nach meinem Geschmack. Viel besser als diese blöde Wahrscheinlichkeitsrechnung.

Nachdem die erste Prüfung von Alex, mir und weiteren dreiundzwanzig Schülern erreicht worden war, gönnte man uns eine kurze Pause, bevor die nächste Übung erläutert wurde.

„Jetzt machen wir einige Sprints. Wir beginnen mit sechzehn Metern, und dann steigern wir uns auf fünfundzwanzig, danach auf fünfzig und zum Schluss auf hundert Meter. Herr Kranz und ich stoppen die Zeiten."

Das war ja richtig hartes Zirkeltraining. Hier wurde man wirklich gefordert, wenn man in die Schülermannschaft kommen wollte. Aber ohne Schweiß bekam man bekanntlich keinen Preis.

Und Alexander und ich wollten in die Mannschaft – und wie wir wollten.

Wir rannten, als ob uns ein bissiger Hund verfolgte, und wir waren immer die Schnellsten. In Gedanken stellte ich mir auch wirklich vor, dass ich von einem großen Hund verfolgt wurde, und das trieb mich enorm voran.

Nach dieser Übung war ich fix und fertig. Mein Herz schlug so schnell, dass ich mich erst auf den Boden setzen musste, damit es wieder zu Ruhe kam.

„Jetzt schießt jeder von euch noch zwei Elfmeter, und dann bilden wir zwei Mannschaften."

Prima. Ich liebte das Elfmeterschießen, und ich hatte auch nicht die geringste Mühe, das Leder im Netz zu versenken. Alexander schoss einmal an den Pfosten, aber dafür landete der nachfolgende Ball direkt im Lattenkreuz. Ein sensationeller Schuss.

Das Fußballspiel selbst dauerte nur knappe zwanzig Minuten, danach pfiff unser Sportlehrer das Spiel ab, bat uns, dass wir uns umziehen sollten, da er anschließend bekannt geben wollte, wer in die Mannschaft aufgenommen war.

Bereits zehn Minuten später standen wir alle ganz gebannt vor ihm, und unsere Augen starrten auf seinen Mund.

Dann verlas er die Namen.

„Kevin Kaiser, Mark Krauss, Torben Müller ..."

Ich wurde irgendwie immer kleiner. Wo blieb denn mein Name? Hatte ich es etwa nicht geschafft?

„... Alexander Gerhard, Robin Baumann ..."

Panik machte sich in mir breit, und ich konnte kaum noch schlucken.

„... Andreas Seiller, ..."

Da ..., da war doch eben mein Name gefallen ... Es war doch mein Name – oder?

„Super, wir beide sind ab heute in der Schülermannschaft!", rief Alexander, und dabei schlug er mir fest mit der Hand auf die Schulter.

Ich hatte mich also doch nicht verhört. Ich war nun einer der Helden unserer Schule.

Die nächsten Tage verliefen wie in einem sehr schönen Traum.

Plötzlich kannte mich jeder, der sich ein wenig für Fußball interessierte und der meinen Namen auf der großen Liste am schwarzen Brett gelesen hatte.

Andreas Seiller, Trikotnummer 7, Position: rechts Außen.

Ich war also der Außenstürmer. Der Trainer hatte wohl meinen gefährlichen Tordrang richtig gedeutet und sofort reagiert. Eine wirklich kluge Entscheidung.

Plötzlich lächelten mir auch einige Mädchen zu, die mich vorher überhaupt nie beachtet hatten. Seltsam, oder?

Die Tage vergingen, und ich sonnte mich ein wenig in meinem neuen Ruhm, für welchen ich bisher eigentlich ja noch überhaupt nichts getan hatte.

Noch drei Tage, dann war unser erstes Spiel gegen die Schülermannschaft des Schöntalgymnasiums. Ich konnte es kaum noch abwarten, und meine Konzentration im Unterricht ließ leider etwas zu wünschen übrig, was mir einige Strafarbeit einbrachte.

Dann kam endlich der Tag des Spieles, und wieder saß ich in der Mathestunde, achtete kaum auf die Worte von Frau von Baumgartner und träumte nur so vor mich hin. Mindestens zwei Tore wollte ich schießen.

Mitten in meinen Traum platzte plötzlich eine schrille Stimme, die mich mit einem Ruck in die Realität zurückbeförderte.

„Andreas, du wirst heute eine Stunde länger hier bleiben und mir später die Wahrscheinlichkeitsrechnung demonstrieren!“, rief mir die bereits ergraute Lehrerin mit einem hämischen Grinsen zu.

Ich blieb cool. War mir doch egal ... – oh nein, heute war doch das erste Fußballspiel! Schweißperlen rannen mir über die Stirn. Was sollte ich nun machen? Frau von Baumgartner zerstörte mit dieser Strafstunde mein ganzes weiteres Leben, meine gerade begonnene Zukunft, mein ... Ich war außer mir, konnte aber kein Wort über meine Lippen bringen. Ich hatte mich selbst ins AUS befördert.

Doch dann nahte plötzlich mein Glück in Form unseres Sportlehrers, der alle Fußballer der Schülermannschaft etwas früher aus den Klassenzimmern abholte. Frau von Baumgartner versprühte mit ihren Augen zwar Feuer, und ich wusste, dass ich mich in den nächsten Tagen wirklich in Mathematik anstrengen musste, da ich ansonsten wohl in meinem ganzen Leben die Wahrscheinlichkeitsrechnung „wahrscheinlich" nie mehr kapieren würde.

An diesem Tage hatte ich also wirklich unwahrscheinliches Glück gehabt – Glück, welches auch beim Fußballspiel anhielt.

Zuerst bekamen wir unsere neuen blauen Trikots und schwarze Hosen.

Meines, mit der Nummer Sieben, war mir zwar etwas zu groß, aber das störte mich nicht sonderlich. Als unsere Mannschaft dann auf dem Fußballplatz auflief, bekamen wir tosenden Beifall von den Schülern und Schülerinnen der gesamten Klassen unserer Schule, die auf der großen Tribüne Platz genommen hatten.

Es war ein unbeschreibliches Gefühl.

Auch während des Spieles wurden wir lautstark angefeuert, und wir spielten das Schöntalgymnasium in Grund und Boden.

Hunderte Hände schlugen uns nach dem Spiel auf die Schultern, Mädchen zwinkerten uns zu, und sogar die Lehrer beglückwünschten uns zu unserem tollen Sieg.

Leider habe ich an diesem Tag doch kein Tor geschossen, und leider hatte mich Frau von Baumgartner auch nicht vergessen, und so musste ich ordentlich Mathematik pauken. Ja, auch kleine Fußballhelden müssen in der Schule die Formeln der Wahrscheinlichkeitsrechnung beherrschen.

Andreas Seiller

Ostseeurlaub

Wieso waren seine Eltern nur auf die blöde Idee gekommen, in den Herbstferien an die Ostsee zu fahren? Seine Klassenkameraden flogen mit ihren Eltern nach Mallorca, Italien oder in die Türkei – das war cool! Doch statt in der Sonne zu liegen, im Meer zu schnorcheln oder im Pool zu baden, langweilte Lukas sich bei bedecktem Himmel, Regen und heftigem Wind am fast menschenleeren Ostseestrand. Zu Hause in Bayern wäre wenigstens das Wetter besser gewesen!

„Mist, Mist, Mist!“, schimpfte er lautstark und trat so wütend in den Sand, dass eine Fontäne aufspritzte und klatschend im Wasser landete.

Und dann hatten seine Eltern nicht mal Zeit, etwas mit ihm zu unternehmen, sondern hatten irgend so ein blödes Wellness-Paket gebucht.

„Wir brauchen auch ein bisschen Erholung“, hatten sie zu ihm gesagt.

„Du bist alt genug, um dich auch mal allein zu beschäftigen.“

Na, toll! Womit denn, wenn er hier nichts und niemanden kannte und auch noch so mieses Wetter war? Und der Swimmingpool des Hotels, den seine Eltern ihm empfohlen hatten, war eine Lachnummer. Da hatte er mit fünf Zügen die andere Seite erreicht.

In einiger Entfernung entdeckte er zwei Jungen, die einen Ball hin- und herkickten. Langsam schlenderte er auf sie zu.

Die beiden schienen ihn nicht zu sehen, so vertieft waren sie in ihr Spiel. Bis der eine den Ball etwas zu heftig trat und der andere nicht mehr rankam. Jetzt sah Lukas seine Chance gekommen. Er rannte hinter dem Leder her, stoppte es gekonnt mit dem Fuß und gab es dann mit einem gezielten Schuss auf den Jungen, der ihm am nächsten stand, wieder ab.

„Danke!“, rief der und drehte sich wieder um. Lukas war enttäuscht. Irgendwie hatte er gehofft ...

„Hey, willst du nicht mitspielen?“, rief ihm der Junge plötzlich zu. Lukas’ Herz machte einen Sprung. Aber er wollte seine Freude nicht so offensichtlich zeigen, die anderen sollten nur nicht denken, dass er auf sie angewiesen wäre.

„Ach, ich weiß nicht“, anwortete er darum betont lässig.

„Okay, dann nicht“, bekam er zur Antwort, und schon waren die Jungen wieder in ihr Spiel vertieft.

Mist, so hatte Lukas sich das natürlich auch nicht vorgestellt!

„Ach, na ja. Ein Weilchen hätte ich schon noch Zeit.“

Nun kickten sie zu dritt den Ball hin und her. Das war keine besonders spannende Beschäftigung, aber immerhin besser, als allein rumzuhängen.

Ein paar Minuten später kam ein Mädchen vorbei. Sie blieb stehen, zögerte einen Augenblick und fragte dann: „Kann ich mitspielen?“

Die Jungen blickten sich skeptisch an. Fußballspielen mit einem Mädchen? Aber immerhin könnte man dann Zwei gegen Zwei spielen! Einen Versuch war’s auf jeden Fall wert.

„Okay!“, meinte daher der ältere der beiden Jungen.

„Ich heiße übrigens Tina“, stellte das Mädchen sich vor.

„Ich bin Lukas“, bekam sie zur Antwort. Die beiden anderen Jungen waren Brüder und hießen Max und Florian, genannt Flori.

Schnell wurden Tore in den nassen Sand gemalt, und das Spiel begann. Jeder war gleichzeitig Feldspieler und Torwart. Lukas sollte mit Tina spielen, denn natürlich wollten Max und Flori zusammen in einer Mannschaft sein.

Ja, das machte doch schon viel mehr Spaß! Endlich konnte man Einsatz zeigen, hinter dem Ball herlaufen, ihn dem Gegner abjagen oder schnell zu den aufgemalten Linien auf der eigenen Spielfeldhälfte hasten, um als Torwart einen Punkt für die anderen zu verhindern.

Bald merkten die Fußballer, wie anstrengend es war. Zwar hatte der Wind die Wellen in der vergangenen Nacht ziemlich weit auf den Strand gespült und den feuchten Sand so als eine gleichmäßige Fläche hinterlassen, doch es war immer noch etwas anderes, als auf Rasen zu spielen.

„Dafür, dass du ein Mädchen bist, hast du echt was auf dem Kasten", lobte Lukas seine Mitspielerin atemlos. Tina lachte.

„Ich trainiere ja auch seit vier Jahren bei uns im Fußballverein", rief sie ihm im Vorbeiflitzen zu. Geschickt nahm sie Flori den Ball ab, trickste Max aus, ließ beide hinter sich stehen und rannte ungehindert auf das Tor zu. Die Jungs hatten keine Chance mehr, vor ihr da zu sein, um den Ball abzuwehren.

„Ja! Tor!", brüllte Lukas begeistert und riss die Arme nach oben. „Eins zu null für uns." Lukas und Tina liefen aufeinander zu und klatschten sich ab.

„Na wartet", schimpfte Max im Spaß. „Die Schonfrist für dich ist vorbei, Tina. Jetzt geht's erst richtig los."

Die Zeit verging nun wie im Fluge und von Langeweile war keine Spur mehr. Auf einmal waren zwei Stunden rum, und Lukas musste ins Hotel zurück.

„Seid ihr morgen wieder hier?", fragte er und betete innerlich: ‚Bitte, sagt ‚ja'!'

Als die erhoffte Antwort kam, strahlte er genauso über das ganze Gesicht wie seine neuen Freunde, die nun für morgen auch keinen langweiligen Tag befürchten mussten.

Lukas' Eltern waren ziemlich überrascht, als ihr Sohn, der normalerweise ununterbrochen redete und nicht stillsitzen konnte, ziemlich wortkarg sein Abendessen verschlang und kurze Zeit später müde ins Bett ging.

Noch erstaunter waren sie, als er beim Frühstück am nächsten Morgen ihren Vorschlag, mit ihm ins nahe gelegene Schwimmbad zu fahren, mit den Worten ablehnte: „Nein, nein, ihr braucht euch um mich nicht zu kümmern. Erholt euch ruhig, ich geh Fußball spielen." Gleich darauf war er pfeifend verschwunden.

Flori und Max warteten schon auf ihn, in ihrer Begleitung waren zwei andere Jungen.

„Das sind Anton und Marvin. Die beiden wohnen im gleichen Hotel wie wir und weil sie noch nichts vorhatten, haben wir gefragt, ob sie mitspielen wollen. Ist doch in Ordnung, oder?"

Lukas nickte. „Ja klar!"

In dem Moment kam Tina in Sicht – mit zwei Mädchen im Schlepptau.

„Hi!", rief sie schon von weitem und winkte. Lukas und die anderen gingen ihr entgegen.

„Ich hab meine Freundinnen aus dem Fußballverein mitgebracht, weil ich dachte, wir könnten noch ein paar Spieler gebrauchen."

Die anderen lachten.

„Na, da hattest du ja die gleiche Idee wie wir", meinte Flori, grinste und malte schon mal die Markierungen für die Tore in den Sand. Die Mannschaften wurden aufgestellt, und dann ging es los.

Das Wetter war ein wenig besser als an den vergangenen Tagen, und so waren etliche Spaziergänger am Strand unterwegs. Ein Hund lief freudig bellend und schwanzwedelnd auf ihr improvisiertes Fußballfeld und jagte dem Ball hinterher. Während sein Herrchen vergeblich versuchte, ihn zurückzupfeifen, lachten die Freunde sich schlapp über den zusätzlichen Spielkameraden. Für einen Moment waren sie enttäuscht, als es dem jungen Mann endlich gelang, seinen Hund an die Leine zu legen. Doch dann machten sie weiter in ihrem eigenen Spiel.

Zum Mittagessen mussten Tina und ihre Freundinnen nach Hause, kamen aber so schnell wie möglich wieder zurück. Währenddessen ließen die Jungs Steine über die Wasseroberfläche hüpfen, badeten ihre Füße in der immer noch recht warmen Ostsee und warteten darauf, endlich weiter Fußball spielen zu können.

Auch an den nächsten Tagen waren sie alle wieder da. Mittlerweile hatte der Wind sich gelegt, und die Sonne kam häufiger hinter den Wolken hervor, sodass die Wellen nicht mehr so weit an Land schwappten und der feine Strandsand trocknete.

„Oh man, ich hab schon wieder die Schuhe voller Sand“, schimpfte Lukas eines Tages und bückte sich, um seine Schnürsenkel zu öffnen.

„Warum spielen wir nicht einfach barfuss?“, fragte Tina. Das hielten alle für eine gute Idee und rannten gleich darauf mit nackten Füssen über den Strand. Es fühlte sich wunderbar weich und samtig an, wenn die Zehen sich in den weißen Sand bohrten, der an der Oberfläche von der Sonne angewärmt, darunter aber recht kühl war.

Das Fußballspielen wurde jetzt allerdings noch anstrengender, denn bei jedem Schritt versanken sie nun in dem unebenen Boden. Abends fiel Lukas regelmäßig wie ein Stein ins Bett und schlief so fest, dass er noch nicht einmal einen Donnerschlag neben seinen Ohren gehört hätte.

Der letzte Urlaubstag war angebrochen.

Gleich nach dem Frühstück war Lukas aufgebrochen und an den Strand gerannt. Die anderen warteten schon auf ihn.

Das Wetter zeigte sich von seiner besten Seite, nur kleine weiße Wolken zogen gemächlich über den knallblauen Himmel, von dem die Sonne warm herunterstrahlte. Urlauber genossen schon jetzt am Vormittag die Sonnenstrahlen in den Strandkörben oder auf ihren Decken und Handtüchern.

Schnell markierten die Freunde ihr Fußballfeld. Dann begannen sie mit dem ersten Spiel.

„Können wir mitspielen?"

Zwei Jungen, die mit ihren Eltern an den Strand gekommen waren und nun vom Spielfeldrand aus zuschauten, sahen sehnsüchtig zu den Spielern hinüber. Lukas blickte kurz in die Runde.

„Klar, kein Problem", antwortete er dann.

Nach und nach kamen Jungen und Mädchen dazu, die gesehen hatten, dass am Strand etwas los war. Einige wollten nur zusehen, andere baten darum, mitspielen zu dürfen. Bald waren in jeder Mannschaft neun Spieler. Ein älterer Junge aus der Nachbarschaft bot sich als Schiedsrichter an und lief schnell nach Hause, um seine Trillerpfeife zu holen.

Jetzt ging die Post richtig ab! Die jungen Spieler waren so eifrig bei der Sache, dass die Freude bald auf die Zuschauer überging. Sie feuerten die Mannschaften an, jubelten und applaudierten bei gelungenen Spielzügen oder Toren. Immer mehr Strandbesucher setzten sich in den warmen Sand, um den Fußballern zuzusehen.

Lukas Eltern waren nachmittags an den Strand gekommen. Begeistert winkten sie ihrem Sohn zu, den sie während dieser Urlaubswoche kaum zu Gesicht bekommen hatten.

„Na?“, fragten sie abends beim Essen. „War der Urlaub an der Ostsee denn nun so schrecklich, wie du gedacht hattest?“

Lukas schüttelte den Kopf.

„Nein“, antwortete er zufrieden, „es war ein absoluter Traumurlaub.“

Und nach einer kurzen Pause fügte er hinzu: „Flori und Max kommen übrigens mit ihren Eltern schon seit Jahren in den Herbstferien hierher. Ich hab mich schon mal mit den beiden verabredet. Wir wollen uns nächstes Jahr mit Tina und ihren Freundinnen unten am Strand treffen. Flori bringt dann wieder seinen Ball mit.“

Catrin Liebscher

Die Mutprobe

Der Lederball krachte gegen die Kletterrose, und Blüten wirbelten wie überdimensionale rosafarbene Schneeflocken durcheinander. Frank und Andreas sahen sich entsetzt an. Das hatten sie nicht gewollt, das würde Ärger geben.

Als hätte es ihr Vater gespürt, oder vielleicht war es auch die seltsame Stille, flog die Tür zum Hof auf, und er streckte seinen Kopf heraus. Mit einem Blick erfasste er den Sachverhalt, sah die Rose, die sich vor wenigen Minuten noch stolz entlang des Garagentors geschlängelt hatte und jetzt nur noch ein Bild des Jammers war. Seine Gesichtsfarbe wechselte von aschfahl zu schlaganfallrot, die Adern an seiner Schläfe pulsierten, er schnappte nach Luft und stürmte auf seine beiden Söhne zu.

„Seid ihr verrückt geworden? Schaut euch die Rose an! Sieben Jahre habe ich gebraucht, um sie so hoch zu ziehen und ihr zerstört sie an einem Nachmittag! Ihr elenden Lausebengel! Spielt gefälligst anderswo!" Schuldbewusst blickten die beiden Jungen auf den Boden, da keifte aus dem Haus eine zweite Stimme:

„Frieder, lass die beiden Jungen in Ruhe. Wenn sie einmal zum VfB wollen, dann müssen sie auch trainieren. Und im übrigen sind die Teller noch nicht abgetrocknet."

Andreas und Frank schnappten sich den Ball und liefen schnell davon, ehe ihre Mutter vielleicht noch auf die Idee kam, sie zu irgendwelchen langweiligen Hausarbeiten einzuteilen. Im Nachbargrundstück, auf dem Onkel Hannes und Tante Maria wohnten, saß deren kleine Tochter Conny auf dem Treppenaufgang und sah ihre älteren Cousins neugierig an. Sie wünschte sich so sehr, mit den beiden Fußball spielen zu dürfen, aber Andreas war schon zwölf und Frank zehn und damit fast drei Jahre älter als Conny. Die beiden wollten auf gar keinen Fall mit kleinen Kindern spielen, erst recht nicht mit einem Mädchen. Als ob Mädchen nicht Fußball spielen könnten!

Für ein paar Minuten schaute sie ihnen beim Kicken zu und bewunderte Andreas Ballführung und wie Frank das Leder auf dem Kopf balancieren konnte. Aber irgendwann wurde es den beiden Jungen zu langweilig, und Conny sah, wie sie miteinander tuschelten und verschwörerisch zu ihr hinüberblickten. Dann kamen sie auch schon näher und grinsten sie an.

„Du, Conny, du wolltest doch schon immer einmal mit uns kicken, oder?" Blöde Frage, dachte Conny. Das konnte nur so einem Holzkopf wie Frank einfallen.

„Wir wären bereit, dich mitspielen zu lassen, aber du musst vorher eine Mutprobe bestehen. Natürlich nur, wenn du keine Angst hast."

Conny wusste, dass den beiden eigentlich nur langweilig war und sie kein Interesse daran hatten, mit ihrer kleinen Cousine zu spielen. Trotzdem war sie nicht bereit zu kneifen. Sie war alles, aber kein Feigling, und so willigte sie ein.

Andreas und Frank nahmen sie mit zum Kanal, der zwanzig Meter entfernt durch den Stadtteil floss. Er war nur durch eine lichte Sträuchergruppe und einen ein Meter hohen Zaun von der Straße getrennt. Eingelassen in eine zweieinhalb Meter hohe Steinmauer, floss dort meistens nur ein dünnes Rinnsal, aber ab und zu, bei Hochwasser oder wenn weiter oben die Schleuse geöffnet wurde, verwandelte er sich in einen wilden Strom. Es war ausdrücklich verboten, die Mauer hinunterzuklettern, weil die Schleuse nie zu bestimmten Zeiten geöffnet wurde, und wenn ein Kind im Kanal war und das Wasser kam, würde es mitgerissen und musste ertrinken. Conny war unzählige Male von ihrem Vater gewarnt worden, und auch Andreas und Frank wussten von der Gefährlichkeit des Kanals. Als sie jetzt am oberen Rand standen und hinunterblickten, wirkte er so harmlos. Eine kaum zehn Zentimeter hohe dunkle Brühe schlängelte sich gemächlich in der Mitte entlang.

„Spring hinunter, Conny. Dann darfst du mitspielen." Frank grinste böse. Conny sah von einem zum anderen, erkannte, dass die beiden keine Witze machten, sondern es ihnen völlig ernst damit war. Sie schluckte. Sie hatte noch nicht einmal so viel Angst davor, dass die Schleuse aufging, als vor dem Sprung aus zweieinhalb Metern. Das war schon sehr, sehr hoch. Sie warf einen letzten kritischen Blick in Richtung Schleuse, die von hier aus sowieso nicht zu sehen war, weil der Kanal weiter oben eine Biegung machte. Dann nahm sie ihren ganzen Mut zusammen und sprang in die Tiefe. Der Aufprall fuhr ihr in alle Knochen, sie fühlte sich an, als wären ihr die Beine in den Magen gerammt worden. Sie holte tief Luft. Schwindel überkam sie, aber sie ließ sich nichts anmerken, sondern lief mit zusammengebissenen Zähnen die hundert Meter bis zu der kleinen steinernen Treppe, die den einzigen Weg aus dem Kanal darstellte. Als sie oben angekommen war, starrten sie ihre Vettern enttäuscht an. Conny konnte förmlich spüren, dass die beiden gehofft hatten, sie würde sich ein Bein brechen oder wenigstens hinfallen.

„Also gut, Conny. Du hast die Mutprobe bestanden und darfst mitspielen. Wir brauchen noch einen Torwart."

Und so kam Conny in den zweifelhaften Genuss, mit ihren Cousins Fußball spielen zu dürfen. Aber richtig Fußball war das nicht. Die meiste Zeit stand sie nur im Tor und langweilte sich. Ab und zu musste sie verhindern, dass der Ball den Rest der lädierten Rose vernichtete. Alles in allem hatte sie sich unter Fußball spielen etwas anderes vorgestellt.

So ging das die nächsten zwei Tage. Nachmittags, nachdem sie ihre Hausaufgaben gemacht hatte, stürmte Conny in freudiger Erwartung in den Hof zum Fußballspielen. Und jedes Mal stand sie nur im Tor und langweilte sich, während Andreas und Frank wie die Wilden dribbelten, sich gegenseitig tunnelten und aus allen Lagen schossen.

Die beiden hatten einen Mordsspaß, und Onkel Frieders Blutdruck hatte sich mittlerweile auch wieder etwas gesenkt, nachdem er sah, dass seine Rose nicht mehr in unmittelbarer Gefahr war. Aber Conny fühlte sich nach wie vor wie eine Ausgestoßene. Sie wurde von den beiden Jungs nur geduldet, aber so richtig mitspielen durfte sie nicht.

Unterbrochen wurde ihre Langweile nur einmal, als drei Häuser weiter ein Umzugslastwagen hielt und ein paar kräftige Männer in blauen Latzhosen allerlei Möbel hineinschleppten.

Conny fragte sich, was da wohl für Leute einziehen würden. Bestimmt eine Familie mit ein paar Jungs, die dann mit Andreas und Frank Fußball spielen würden. Und dann war Conny mit Sicherheit wieder unerwünscht.

Mehrmals hatte sie sich schon beschwert, dass sie nicht mehr nur im Tor stehen wollte, aber bei Andreas und Frank trafen ihre Worte auf taube Ohren. Sie war nur ein Mädchen, Mutprobe hin oder her, und Mädchen konnte man beim Fußball nicht brauchen.

Außerdem hatten die beiden sich jetzt entschlossen, ihre lästige Cousine loszuwerden. Also wurden die Schüsse auf das Tor immer stärker, und Conny, die ihr Möglichstes tat, um die Bälle abzuwehren, hatte bald ganz rote Hände, die wie Feuer brannten. Sie schwor sich, nur noch fünf Minuten weiter zu machen, um dann unter irgendeinem Vorwand heimzugehen. Andreas schien ihre Stimmung irgendwie zu spüren, denn jetzt zog er richtig ab und bombardierte sie regelrecht mit Schüssen. Als dann Frank aber einen Ball nicht richtig traf und der langsam auf sie zukullerte, gab sie ihrer ganzen aufgestauten Wut nach und trat mit aller Kraft zu. Der Ball schoss über die Köpfe der beiden Jungs hinweg, schlug durch die lichten Sträucher und landete genau im Kanal. Für einen Augenblick sahen sie sich stumm an. Dann rannten sie alle gleichzeitig los, zwängten sich durch die Sträucher und blickten hinunter. Der Kanal sah aus wie immer, nur ein dünnes Rinnsal lief durch seine Mitte. Der Ball lag mitten darin, aber die Strömung war so schwach, dass sie den Ball nicht fortschwemmen konnte.

„Also los, Conny. Du hast ihn reingeschossen, jetzt musst du ihn auch rausholen." Andreas konnte ein Grinsen nicht unterdrücken, und auch Franks dickes Mondgesicht strahlte vor Schadenfreude.

Conny seufze lautlos und blickte hinunter in die Tiefe. Nicht schon wieder, stöhnte sie innerlich. Sie hätte zwar die Treppe weiter unten nehmen können, aber das wäre ein Eingeständnis ihrer Feigheit gewesen. Wenn sie jetzt kniff, würde sie für immer von den beiden aufgezogen werden. Und so schloss sie die Augen und sprang. Wieder schüttelte der Aufprall sie durcheinander, und für einen kurzen Moment kam sie aus dem Gleichgewicht und drohte, in das Rinnsal zu fallen. Aber sie schaffte es doch, sich zu fangen und atmete tief durch. Das Schlimmste war überstanden. Jetzt nur noch schnell den Ball holen und dann ...

Ein tosendes Geräusch ließ sie hochschrecken. Die Schleuse! Sie wurde geöffnet. Für einen Moment lang blieb Conny wie erstarrt stehen. Ihr Blick ging von dem Ball zu der Stelle, wo jeden Moment die Wassermassen kommen würden. Andreas und Frank standen am Rand in Sicherheit und brüllten: „Los, Conny, mach schnell, wir können das Wasser schon sehen!"

Sie hatte keine Zeit mehr zu verlieren. Ihre Füße trugen sie in Richtung Steintreppe. Fünfzig Meter, die ihr wie ein Kilometer vorkamen. Da kam von hinten ein Schrei: „Der Ball! Vergiss den Ball nicht!" Sie stoppte, drehte sich um. Und ohne darüber nachzudenken, rannte sie zurück und hob den Ball auf. Das Wasser war mittlerweile schon fast dreißig Zentimeter hoch und ging ihr fast bis an die Knie. Die Arme um den Ball gelegt, stapfte sie so schnell es ging auf die Treppe zu. Und mit jedem Schritt stieg der Wasserpegel. Die Strömung zerrte an ihr wie eine unsichtbare Hand. Für einen wilden Moment schwankte sie, ihre Füße verloren den Halt. Sie wedelte mit den Armen, fand ihr Gleichgewicht wieder, und dann war sie endlich an der Treppe und in Sicherheit. Müde schleppte sie sich hoch, warf noch einen letzten Blick nach unten, wo der Kanal mittlerweile halb voll gelaufen war. Ihre Beine waren schwer, und sie wollte nur noch nach Hause. Im Vorbeigehen drückte sie Frank wortlos den Ball in die Hände, der wie sein Bruder mit offenem Mund dastand.

Nach dem Wochenende warteten Andreas und Frank schon neugierig auf ihre Cousine. So viel Courage hatten sie ihr gar nicht zugetraut. Als Conny endlich aus dem Haus kam, winkten sie ihr freundlich zu und liefen heran.

„Wenn du willst, dann gehe ich heute ins Tor", sagte Frank. Und Andreas nickte. „Ich kann dir auch ein paar Tricks zeigen."

Aber Conny winkte ab. „Vielleicht ein anderes Mal. Heute habe ich keine Zeit."

Verblüfft starrten sie hinter Conny her. Sie konnten ja nicht wissen, dass am Wochenende die neuen Nachbarn eingezogen waren, die eine Tochter in Connys Alter hatten. Und das Mädchen hatte nagelneue Rollerblades, die Conny unbedingt ausprobieren wollte.

Oliver Höger

Das Traum-Trikot

Kevin drückte sich die Nase an der Schaufensterscheibe platt.

Mit seinem Atem hauchte er feinen Nebel auf die Scheibe.

Die Farben des T-Shirts leuchteten in der winterlichen Sonne. Nur das kleine Preisschild, das über dem Vereinsnamen seiner Lieblingsmannschaft prangte, warf eine dunkle Wolke auf Kevins Traum.

Fünfzig Euro würde er nie zusammenbekommen, um sich dieses Trikot leisten zu können. Das war unmöglich. Und seine Eltern hatten auch nicht das Geld für solche teuren Dinge.

Nach einiger Zeit löste Kevin sich endlich von der Scheibe und schlenderte weiter die Fußgängerzone entlang. Zu Hause war sowieso niemand, da blieb er lieber ein bisschen in der Stadt. Hoffentlich würde es bald wieder wärmer werden, dass er endlich wieder auf den Fußballplatz konnte.

Zurzeit trainierte er mit seiner Mannschaft nur in der Halle, und das machte einfach nicht so viel Spaß. Training auf dem Platz war viel besser. Am besten wäre es aber, wenn er, wie die anderen, in dem Vereinstrikot seiner Lieblingsmannschaft trainieren könnte.

Alle anderen Kinder hatten Trikots von Hannover 96 oder Bayern München oder Leverkusen oder für welche Mannschaft sie sich auch immer besonders interessierten.

Nur ihm fehlte ein solches Shirt. Deshalb hatte er immer das Gefühl, ein Außenseiter zu sein. Er war jemand, der sich kein Super-Trikot leisten konnte. Einer, dessen Eltern zu arm waren, um ihm diese wichtigen Dinge zu kaufen. Einer, der einfach nicht so cool sein konnte.

Auf dem Weg durch die Stadt klopfte ihm plötzlich jemand auf die Schulter.

„Hi Kevin. Was machst du denn hier?“ Timo Finke grinste ihn fragend an.

„Hey!“, sagte Kevin. „Ach, ich schlendere nur ein bisschen rum. Einfach nur gucken.“

Timo hielt eine Plastiktüte hoch. „Schau mal, hab ich mir neu gekauft.“

Kevin sah in die Tüte. Timo hatte das neueste Vereinstrikot von Bayern München in der Tasche.

„Super!", sagte Kevin und versuchte, seinen aufkeimenden Neid etwas zu unterdrücken. Denn Timo war eigentlich ein guter Freund. Obwohl seine Eltern, die Besitzer eines Autohauses, nur so in Geld schwammen, war Timo immer nett zu Kevin und lud ihn auch oft zu sich nach Hause ein. Dort kickten die beiden dann in dem riesigen Garten von Timos Eltern herum. „Cool! Ein Bayern-Trikot", meinte Kevin bewundernd. „Das hätte ich auch total gerne. Ist mir aber zu teuer."

„Stimmt!", sagte Timo. „Meine Oma hat mir das Geld gegeben, sonst hätte ich es mir auch nicht leisten können."

Kevin hatte leider keine Oma, die ihm mal eben fünfzig Euro für ein Fußball-Trikot gab. Seine Oma hatte selbst kaum Geld.

„Kommst du zum Training?", fragte Timo und stopfte das Trikot wieder in die Tüte.

„Klaro", sagte Kevin. „Freu mich schon drauf, dass wir wieder auf den Platz gehen."

„Genau, der Trainer hat gesagt, dass er es heute schon draußen versuchen will. Er meinte, ein bisschen kalte Luft würde uns gut tun. Das härtet ab."

Kevin lachte. Ja, ihr Trainer war lustig. Selbst wenn sie Eisklötze an den Füßen hätten, würde er sie rausschicken. Da war er total hart. Aber ansonsten war er klasse. Sie lernten unheimlich viel bei ihm. Und er war sehr nett.

„Feierst du eigentlich?", fragte Timo, kurz bevor er sich zum Gehen umdrehte.

„Du meinst meinen Geburtstag?" Kevin schluckte. Er hatte eigentlich gehofft, die anderen würden vergessen, dass er morgen Geburtstag hatte. Denn feiern konnte er nicht. Sie hatten bei ihm zu Hause in der Wohnung nicht genug Platz, und besonders begeistert war seine Mutter sowieso nicht von großen Feiern.

Aber die anderen sollten nicht denken, Kevin wolle sie nicht einladen. Darum hatte er eigentlich nicht erzählen wollen, dass morgen sein Geburtstag war. Woher Timo davon wusste, war ihm schleierhaft.

„Nee, geht nicht!“, sagte Kevin und sah zu Boden. „Meine Mutter ist krank geworden“, log er und wurde ein bisschen rot dabei.

Aber Timo schien das nicht zu bemerken. „Schade eigentlich“, sagte er nur. „Aber vielleicht klappt's ja, wenn deine Mutter wieder gesund ist.“

„Ja, vielleicht“, antwortete Kevin und drehte sich um. „Na dann, bis nachher auf dem Platz.“

„Ja, bis nachher!“, rief Timo, rannte davon und schleuderte seine Tüte mit dem Trikot wild hin und her.

Als Kevin nach Hause kam, packte er seine Sporttasche, dann machte er sich noch eine Dose Ravioli warm. Nachdem er auch seine Hausaufgaben fertig hatte, sah er zur Uhr. Es war kurz vor vier, er musste los zum Training.

Eilig lief er aus der Wohnung, schwang sich auf sein altes Fahrrad und radelte zum Fußballplatz.

Die meisten von seiner Mannschaft waren schon beim Umziehen, und lachend begrüßten sich die Jungs.

„Na los, los, los“, rief der Trainer in die Umkleidekabine und klatschte in die Hände. „Zieht euch warm an, heute geht es raus auf den Platz. Genug im warmen Kämmerchen gesessen.“

„Ey, ey, Sir!“, sagte einer der Jungs und grinste.

Dann rannten sie um den Sportplatz, machten Dehnübungen und stöhnten, wie kalt es war. Aber im Grunde machte es ihnen total viel Spaß.

Danach spielten sie. Kevin war in der Verteidigung. Er spielte den Ball hin und her, schoss ihn, die anderen hielten ihn auf, und schon war er wieder bei Kevin. Kevin wischte sich über seine Stirn und rannte erneut los. So ging das die ganze Trainingszeit über und als die Zeit zu Ende war, waren sie alle fix und fertig und ließen sich auf die Bänke sinken. Der Schweiß rann ihnen über die Stirn, obwohl es draußen immer noch ziemlich kühl war.

„Hey, immer noch kein Trikot!", sagte Dominik zu Kevin, ein frecher Junge mit dunklen Haaren und Sommersprossen. „Wird aber mal Zeit, oder findste nicht?"

„Ach, so toll finde ich das nicht", schwindelte Kevin und packte schnell seine Sachen ein.

Die Tür wurde aufgerissen, und der Trainer stürmte herein.

„Alle Mann noch hierbleiben. Wir sehen uns morgen, gleiche Zeit, im Vereinsheim. Und das mir keiner fehlt, wir haben etwas Dringendes zu besprechen."

Kevin sah die anderen an, aber die zuckten nur mit den Schultern.

„Was …?", wollte Kevin ansetzen, aber der Trainer wiegelte ab. „Keine Zeit für Fragen. Morgen. Pünktlich. Dass ihr mir nicht zu spät kommt. Dann werde ich euch die Hammbelbeine langziehen."

Die Jungs fingen an zu tuscheln. Was konnte der Trainer von ihnen wollen? Das hörte sich irgendwie nicht gut an. Gar nicht gut.

Sie überlegten fieberhaft, was sie angestellt haben könnten, aber ihnen fiel nichts ein. Im Grunde waren sie in letzter Zeit sehr brav gewesen, keine Scheibe war kaputtgegangen, kein Spind verbeult worden. Was wollte er bloß?

Am nächsten Morgen stand Kevin mit gemischten Gefühlen auf. Immer noch musste er daran denken, was der Trainer wohl von ihnen wollte. Endlos zogen sich die Schulstunden hin, selbst der Sportunterricht machte Kevin nicht besonders viel Spaß. Seinen Geburtstag vergaß er sogar fast völlig. Viele Geschenke hatte er auch nicht bekommen, und natürlich war sein sehnlichster Wunsch, ein Trikot, nicht dabei gewesen.

Seine Mutter entschuldigte sich, dass es einfach zu teuer sei. Aber Kevin war trotzdem enttäuscht. Er hatte so sehr gehofft, dass er das Trikot nun zum Geburtstag bekommen würde.

Es war kurz vor vier. Kevin machte sich auf den Weg zum Vereinsheim. Kurz davor traf er Timo.

„Hast du eine Ahnung, was der Trainer will?“, fragte Timo und sah Kevin an.

„Nee, null. Hoffentlich wird es nicht allzu schlimm.“

„Na, ich fürchte schon“, meinte Timo. „Wenn er uns schon alle herzitiert, obwohl gar kein Training ist.“

Kevin kickte eine Coladose von sich, die vor ihm auf dem Bürgersteig lag. „Vielleicht sagt er uns, dass er uns demnächst nicht mehr trainieren kann. Oder dass das große Spiel in vier Wochen ausfällt oder …“ Kevin fuhr sich durch seine Haare. „Ach, ich hab keine Ahnung.“

Endlich waren sie beim Vereinsheim angekommen, aber sonst war noch niemand dort. Die Vorhänge waren zugezogen und die Tür verschlossen.

„Komisch!“, sagte Timo und rüttelte an der Tür. „Alles dicht.“

„Ja, echt merkwürdig. Die anderen wollten doch auch kommen.“

„Ich hole mal den Schlüssel", sagte Timo und kramte unter einem Blumentopf.

„Woher weißt du denn das Versteck?", fragte Kevin erstaunt.

„Hab den Trainer mal beobachtet", sagte Timo grinsend.

Innen war es stockduster und still.

„Keiner hier, lass uns gehen!", sagte Kevin mit einem mulmigen Gefühl im Bauch.

Plötzlich gingen die Lichter an. Eine Lampe schien Kevin direkt in die Augen. Er hob die Hand, um den grellen Strahl abzuwehren.

„Überraschung!", schrie plötzlich seine ganze Mannschaft und stimmte dann ein Ständchen an.

Nach dem Lied kam der Trainer auf Kevin zu.

„Mir ist zu Ohren gekommen, dass du heute Geburtstag hast", sagte der Trainer, und Kevin nickte verlegen.

Alle gratulierten ihm, dann überreichten sie Kevin ein Geschenk. Gespannt riss Kevin das Papier auf und zum Vorschein kam …

Kevin stiegen Freudentränen in die Augen.

„Ein Bayern-Trikot", stotterte er überrascht. „Das ist ja Wahnsinn!"

Die anderen grinsten.

„Wessen Idee war denn das?"

Die anderen deuteten auf Timo.

„Ist mir eh zu klein", sagte Timo. „Bei dir sieht das cooler aus."

Und das wollte Kevin nun selbst sehen. Schnell zog er sich das Trikot über und bewunderte sich.

„Ein Traum-Trikot für einen Traum-Fußballer", sagte der Trainer. „Und nun essen wir Kuchen, und danach werden die Kalorien wieder abtrainiert."

Die Mannschaft stöhnte scherzhaft und stürzte sich dann auf eine große Torte, die wie ein Fußball aussah.

Kirsti Senftleben

Eine stürmische Begegnung

Von Westen jagten dicke Wolken über den Himmel. Die Sonne kam und ging, als wüsste sie nicht so recht, was sie eigentlich wollte. Und jedes Mal, wenn sie verschwand, wurde es eisig kalt. Aber das merkten die acht Jungs, die auf dem Bolzplatz Fußball spielten, überhaupt nicht. Sie hatten ihre Jacken ausgezogen und achtlos auf den Rasen geworfen. Mit glühenden Gesichtern kämpften sie verbissen um den Ballbesitz. Jochen passte zu Paul, doch Marvin fing den Ball ab und stürmte mit ihm davon. Jetzt war er nicht mehr aufzuhalten. Mit einem gezielten Schuss aus dem Strafraum, knapp an den vorgestreckten Händen des Tormanns vorbei, traf er ins Netz. Das war nun schon das 8:4 für Marvins Team. Jochens Team versuchte verzweifelt aufzuholen, wurde beim Ansturm aufs Tor aber immer wieder abgeblockt. Je heftiger der Sturm wütete, um so gereizter wurde die Stimmung. Endlich gelang es Jochen, seinem Erzrivalen Marvin, der ihn die ganze Zeit geschickt ausgetrickst hatte, den Ball abzujagen. Mit langen Schritten kickte er das Leder zum Tor und setzte zum Schuss an. Der ist drinnen, freute er sich. Aber Marvin holte auf, drängte ihn ab und grätschte zwischen seine Beine nach dem Ball. Jochen stürzte und die Torchance war dahin.

„Foul! Foul! Das gibt einen Elfmeter!“, schrieen seine Kameraden aufgebracht.

Doch das war Jochen zu wenig. Blind vor Zorn stürzte er sich auf Marvin, um ihm das verpatzte Tor heimzuzahlen.

„Hör auf!", schrie sein Bruder Paul und wollte ihn zurückhalten. Doch Jochen schüttelte ihn ab, stieß Marvin zu Boden und warf sich auf ihn. Abwehrend hob dieser die Arme und spuckte ihm ins Gesicht.

„Du Schwein", brüllte Jochen und verpasste ihm einen rechten Haken. Marvins Lippe platzte, und Blut tropfte auf den Rasen.

„Mistkerl!" Rasend vor Wut und Schmerz packte er Jochens Handgelenke und versuchte, ihn von sich zu wälzen. Um sich zu befreien, biss Jochen in Marvins Hand.

„Au, du Drecksack!" Marvin fing an zu heulen. Und zwei andere Spieler zerrten Jochen weg, bevor er noch einmal zuschlagen konnte.

„Jetzt reicht's", herrschte Paul ihn an. „Marvin hat dich doch nicht absichtlich gefoult. Er wollte dir nur den Ball abnehmen."

„Ach quatsch, so macht er es immer", regte sich Jochen auf.

„Aber das ist noch lange kein Grund, ihn zu schlagen. Ich kapier einfach nicht, warum du immer so ausrastest, wenn dich jemand foult", murrte ein Spieler aus Marvins Team.

Das wusste Jochen auch nicht. Es passierte einfach. Und anschließend tat es ihm Leid.

„Okay, okay. Entschuldige bitte", sagte er zerknirscht und streckte Marvin die Hand hin, um ihm aufzuhelfen.

„Ich scheiß auf deine Entschuldigung", giftete Marvin und rappelte sich alleine hoch.

„Mensch, sei doch nicht so nachtragend", meinte Paul.

„Wieso ich? Sag das deinem Bruder, diesem Schläger. Der kann doch überhaupt nichts einstecken."

„Aber ich habe mich doch entschuldigt. Was willst du denn noch?“, erwiderte Jochen ärgerlich.

„Dass du dich verpfeifst. Mit so einem Rambo wie dir will ich nichts mehr zu tun haben.“

„Werde bloß nicht unverschämt. Dein Foul war schließlich auch nicht ohne. Ich habe mir ganz schön wehgetan. Aber du hältst es ja offenbar nicht für nötig, dich bei mir zu entschuldigen.“

„Nachdem du wie ein Geisteskranker über mich hergefallen bist? Nee, bestimmt nicht.“

„Mensch, so vertragt euch doch wieder. Wir wollen endlich weiterspielen“, sagte Johannes genervt.

„Mit dem Idiot nicht. Ich gehe jetzt.“ Marvin nahm seine Jacke und verließ das Spielfeld.

„Verdammt, jetzt haben wir keinen Stürmer mehr. Da können wir auch gleich aufhören“, schimpfte Bert.

„Ja, es ist sowieso viel zu stürmisch“, meinte Theo, als hätte er es erst jetzt bemerkt.

„Und kalt!“, ergänzte Gabriel und rieb seine Arme, die sich mit Gänsehaut überzogen hatten. Plötzlich froren alle.

Inzwischen war die Sonne hinter einer dichten grauen Wolkendecke verschwunden. Sturmböen rissen an den Haaren der Kinder und fegten Äste von den Bäumen. Das Tornetz flatterte, und das Gras beugte sich zitternd nach Westen.

Die Jungs zogen ihre Jacken an und verabschiedeten sich.

„Tut mir Leid, dass ich das Spiel versaut habe“, sagte Jochen zu seinem Bruder, „aber eigentlich hat Marvin die Abreibung verdient. Der foult doch ständig.“

Paul seufzte. „Kann ja sein, aber dafür ist als Strafe der Elfmeter vorgesehen und keine Schlägerei. Wenn das jeder machen würde. Du musst einfach gelassener werden.“

Jochen brummte unwillig.

„Mensch, der Sturm zieht einem ja fast die Beine weg“, meinte Paul und stellte den Kragen hoch, um seine Ohren zu schützen. Die Hände tief in die Hosentaschen vergraben, kämpften sich die Brüder gegen den Sturm die Straße entlang.

„Mist, wir müssen nochmal zurück. Ich hab meinen Ball vergessen“, sagte Jochen erschrocken.

„Ach nee, ich will jetzt ins Warme“, beschwerte sich Paul, aber Jochen zog ihn einfach mit. Jetzt trieb sie der Sturm bis zum Bolzplatz vor sich her. Der Ball war nirgends zu sehen.

„Los, wir müssen ihn suchen“, drängte Jochen verzweifelt.

„Jetzt lass doch. Den finden wir auch morgen noch“, maulte Paul, aber Jochen wollte ohne den Ball nicht nach Hause gehen. Endlich entdeckten sie ihn unter einer Hecke und Jochen hob ihn erleichtert auf. Dabei sah er das Kind.

„Schau mal. Da ist ein kleines Mädchen“, sagte er und zeigte auf den angrenzenden Spielplatz.

Paul hob gleichgültig den Kopf und marschierte davon.

„So warte doch. Ich glaube, das Kind heult.“

„Na, dann lass es doch heulen.“

Jochen zögerte.

„Aber vielleicht hat es sich wehgetan.“

„Ja und? Seine Mutter wird sich schon darum kümmern.“

„Aber ich sehe überhaupt niemanden. Das Mädchen ist ganz alleine.“

„Glaub ich nicht. Die ist noch viel zu klein, um alleine auf den Spielplatz zu gehen. Vielleicht ist ihre Mutter nur mal kurz weggegangen und kommt gleich wieder.“

„Und wenn nicht? Vielleicht hat sie sich verlaufen.“

Jochen blieb stehen und beobachtete das Kind. Mittlerweile waren sie pitschnass.

„So komm doch", drängte Paul.

Jochen schüttelte den Kopf. Das Kind hatte seine Fäuste gegen die Augen gepresst und rührte sich nicht vom Fleck.

Paul kam wieder zurück.

„Was ist, willst du hier Wurzeln schlagen?"

„Ach, halt doch die Klappe", brummte Jochen ärgerlich. „Ich schaue erst mal nach, was mit dem Kind ist."

„Was soll das, musst du dich da unbedingt einmischen?", nörgelte sein Bruder. „Erst bringst du Marvin zum Heulen, und jetzt zerfließt du fast vor Mitleid wegen so einer kleinen Kröte. Das ist doch verrückt."

„Quatsch nicht", zischte Jochen und ging um den Ballfang herum auf den Spielplatz. Paul folgte ihm zähneknirschend.

„He, Kleine, was hast du denn", fragte Jochen und blieb vor dem Mädchen stehen.

„Mama", schluchzte es. Das war alles.

Ratlos starrte Jochen es an.

„He, jetzt hör doch mal auf zu heulen", sagte er streng. Und zu seiner Überraschung gehorchte das Mädchen. Schniefend und aus tränenglänzenden Augen sah es ihn furchtsam an.

„Wie heißt du denn?", fragte er.

„Lilly", piepste sie.

„Und wie weiter?"

„Weiß nicht."

„Na prima." Jochen runzelte die Stirn.

„Und wo wohnst du?"

„Da!", sie deutete nach rechts.

„Das kann alles bedeuten", stöhnte Paul, „so kommen wir nicht weiter."

„Mama." Die Kleine fing wieder an zu weinen.

Paul trat ungeduldig von einem Fuß auf den anderen.

„Was ist, sollen wir jetzt vielleicht warten, bis irgendjemand vorbeikommt und das Kind abholt?"

„Mmh, irgendetwas stimmt hier nicht", meinte Jochen und fragte weiter: „Wo ist denn die Mama?"

„Da!", sagte die Kleine und deutete wieder nach rechts.

„Sehr aufschlussreich", meinte Paul bissig.

„Putt", sagte die Kleine und patschte mit ihren Händchen auf ihren Kopf.

„Was sie wohl damit meint?", überlegte Jochen laut.

„Wahrscheinlich nichts. Die plappert doch nur so daher."

„Nein, ich glaube schon, dass sie uns etwas sagen will."

Er nahm ihre Hand und zog sie in Richtung Straße.

„Komm, wir gehen zu deiner Mama."

„Nein, nein!" Sie schüttelte heftig den Kopf und bewegte sich keinen Schritt weiter.

„Die spinnt doch. Wenn das so weitergeht, hol ich mir in diesem Regen noch eine Lungenentzündung", beschwerte sich Paul.

„Die Kleine bestimmt eher als du, aber das scheint dir ja überhaupt nichts auszumachen."

Paul schwieg verdrossen.

„Müssen wir vielleicht da hinaus?", fragte Jochen das Mädchen und zog es in die andere Richtung.

„Mama gehen", plapperte die Kleine und folgte ihm jetzt willig.

„Mensch, ich glaub da liegt jemand", sagte Paul plötzlich aufgeregt. Tatsächlich. Unter einer dicken Eiche lag eine Frau. Sie war bewusstlos, und auf ihrem Kopf klaffte eine große Platzwunde, aus der Blut sickerte.

„Mama putt", sagte die Kleine weinerlich und blieb bei ihr stehen.

„Oh je, das ist ja Marvins Mutter“, sagte Jochen erschrocken und erinnerte sich, dass dessen kleine Schwester Lilly hieß. Zu dumm, dass er sie nicht gleich erkannt hatte.

Paul nickte und zeigte neben die Frau auf den Boden.

„Wahrscheinlich hat sie den dicken Ast dort abbekommen. Den muss der Sturm abgebrochen haben, als sie unter dem Baum stand. Und was machen wir jetzt?“

„Wir müssen sofort einen Krankenwagen rufen“, antwortete Jochen.

„Und wie? Wir haben doch kein Handy dabei.“

„Mensch, stell dich doch nicht so blöd an. Klingel irgendwo, und telefonier von dort. Ich bleibe solange bei Lilly.“

Paul rannte davon, und Jochen versuchte, Marvins Schwester, die vor Kälte bibberte, zu beruhigen.

„Komm, wir spielen Ball, bis der Doktor kommt“, sagte er.

„Ball“, schniefte Lilly und streckte die Arme aus.

Plötzlich tauchte Marvin wieder auf.

„He, lass meine kleine Schwester in Ruhe“, schrie er und stürzte sich auf Jochen, der keine Chance hatte, ihm irgend etwas zu erklären. Lilly fing wieder an zu weinen, während sich die beiden Jungs kämpfend auf dem Boden wälzten.

„Was geht denn hier ab?“, brüllte Paul fassungslos, als er mit der Nachbarin zurückkam. Während sich die Frau um Marvins Mutter kümmerte, versuchte er erfolglos, die beiden Kampfhähne zu trennen. Erst, als der Krankenwagen mit Sirenengeheul und quietschenden Reifen vor dem Spielplatz hielt, ließen die beiden abrupt voneinander ab.

„Was ist denn jetzt los?“, fragte Marvin erstaunt.

„Wenn du mir vorhin zugehört hättest, anstatt gleich auf mich loszugehen, wüsstest du es“, sagte Jochen säuerlich.

Paul erzählte Marvin, was passiert war.

„Wenn Jochen nicht so hartnäckig darauf bestanden hätte, sich um Lilly zu kümmern, hätten wir deine Mutter gar nicht gefunden. Wer weiß, wie die Sache dann ausgegangen wäre", endete er.

Inzwischen hatten die Sanitäter Marvins Mutter auf eine Trage gelegt und in den Krankenwagen transportiert.

„Wir bringen sie ins Krankenhaus. Aber das wird schon wieder", sagte ein Sani zu den Kindern. „Gut, dass ihr so schnell gehandelt habt."

„Ja, das ist nur Jochen zu verdanken", meinte Paul.

„Danke", stammelte Marvin, „das war echt klasse von dir. Tut mir Leid, dass ich vorhin so fies zu dir war."

„Ist schon gut. Ich hätte dich auch nicht schlagen dürfen."

„Na ja, du hast dich ja entschuldigt. Wenn ich dich nicht gefoult hätte ..."

Paul verdrehte die Augen.

„Also Leute, jetzt habt ihr euch aber genug gegenseitig entschuldigt."

„Freunde?", fragte Jochen, und diesmal schlug Marvin ein.

Ingeborg Mucha

Das Meisterschaftsspiel

Tim und Flo waren auf dem Nachhauseweg. Die zwei waren unzertrennliche Freunde, die alles miteinander teilten. Beide waren Fans des FC Schalke 04, liebten aus diesem Grund die Farben weiß und blau und richteten ihre Freizeit nach dem Spielplan des Vereins aus. In dieser Saison hatte ihr Verein die Chance, Meister zu werden.

Endlich einmal nicht der FC Bayern, das war die einhellige Meinung der Freunde und ihrer Kumpel.

Sie malten sich gerade aus, wie das Meisterschaftsspiel ausgehen würde.

„Asamoah wird in den ersten Minuten ein Tor schießen, wetten?" Flo war zittrig bei der Vorstellung, dass sein Verein gewinnen würde. Schade nur, dass der Fernseher der Familie so klein war. Am liebsten hätte er das Spiel live verfolgt, doch das war nicht möglich gewesen. Auch Tims Eltern hatten nur einen kleinen Fernseher und nicht einmal Kabel. Das war wirklich zu blöd.

„Schade, dass wir nicht mit Leonhard befreundet sind. Seine Eltern haben einen megafetten Plasmafernseher!"

Flo hielt inne. „Ist das dein Ernst? Wirklich einen riesengroßen, echten Plasmafernseher?"

„Ja", bestätigte Tim, „allerdings haben wir uns erst neulich mit Leonhard gezofft, schon vergessen?"

Flo erinnerte sich an die unschöne Szene auf dem Schulhof. Leonhard hatte Flos Schwester Lisa zum Eis eingeladen. Und deshalb hatte er Leonhard angemacht. Denn dieser Leonhard war ein Schnösel, und Flo wollte nicht, dass er mit Lisa befreundet war. Aber das hatte Flo nun schon so gut wie vergessen. Er konnte nur daran denken, wie es wäre, das Endspiel, das Meisterschaftsspiel seines Vereins, in einem solchen Plasmafernseher sehen zu können.

Ein Plan nahm Gestalt an, und die Ausführungen besprach er flüsternd mit Tim, bevor er sich mit seiner Schwester einließ. Lisa war etwas verwundert über das plötzliche Interesse ihres Bruders an ihrer Freizeitgestaltung.

„Hör mal, Flo, es geht dich gar nichts an, was ich am Nachmittag mache, verstanden?"

Flo gab sich reumütig. „Es tut mir Leid, ich habe Blödsinn gemacht. Ich seh es ja ein. Du kannst natürlich jederzeit mit Leonhard ausgehen."

Ungläubig blickte ihn Lisa an. „Woher der Sinneswandel, kleiner Bruder?"

Flo hielt seine Linie bei und gab sich zerknirscht. Fast beiläufig fragte er: „Wann siehst du denn Leonhard wieder? Hat er nicht Lust, heute Abend mit uns Rommee zu spielen?"

Donnerstags gab es nämlich bei Familie Huber immer einen Spieleabend, zu dem Lisa und Flo Freunde einladen durften. Flo fand, das Schönste an diesem Kartenspielabend war die Möglichkeit, ohne Ermahnung so viele Chips wie möglich in sich hineinzufuttern.

Lisa neigte leicht den Kopf, beobachtete aus den Augenwinkeln ihren kleinen Bruder. Irgendetwas war nicht in Ordnung. Doch sie konnte nicht sagen, was es war. Es hatte aber mit Leonhard zu tun. Eigentlich hatte sie kein Interesse an dem sechzehnjährigen Leonhard. Aber sie hatte Lust, ihren Bruder zu ärgern. Deshalb beschloss sie, das Spiel mitzuspielen.

„J-ja, ich könnte ihn fragen."

Flos Gesicht hellte sich auf. „Prima, dann bis heute Abend!"

Die ganze Familie hatte am Tisch Platz genommen. Zwischen Flo und Tim saß Flos Vater, der gerade die Karten verteilte, und neben Mutter Huber hatte links Leonhard Platz genommen, und rechts saß Lisa. Flo und Tim hatten sich in ihre blauweiße Fankluft geworfen, während Leonhard im weinroten Wollpulli etwas fehl am Platz wirkte. Doch das schien Leonhard nicht weiter zu stören. Er war nur glücklich, dass er von Lisa eingeladen worden war.

„Leonhard, bist du auch schon aufgeregt?"

Leonhard blickte Flo verständnislos an. „Aufgeregt? Warum? Ob ich eine kleine oder große Straße habe, oder was meinst du?"

„Natürlich meine ich das Meisterschaftsspiel am kommenden Samstag." Flo fuhr mit einem bedeutungsvollen Blick zu Tim fort: „Schade nur, dass wir keinen vernünftigen Fernseher haben, um dieses Spiel wirklich zu genießen." Mit einem Nicken gab Flo Tim ein Zeichen, der sofort seinen abgesprochenen Part übernahm: „Ja, es wäre schön, das Spiel möglichst realitätsgetreu zu erleben, um mitfiebern zu können und das Gefühl zu haben, hautnah dabei zu sein."

Tim setzte noch eins drauf. Er zwinkerte seiner Schwester zu: „Auch Lisa kann es nicht abwarten."

Lisa schien das Zauberwort zu sein, um Leonhards Aufmerksamkeit zu bekommen.

Flo ignorierte die wild gestikulierende Lisa und die erstaunt blickenden Eltern, die sich wunderten, dass ihre Tochter sich plötzlich für Fußball interessierte. Leonhard sah Lisa verliebt an: „Das wäre kein Problem. Meine Eltern haben diesen grandiosen neuen Plasmafernseher."

Bevor Lisa etwas sagen konnte, bat sie Flo, mit in die Küche zu kommen, um Ketchup zu holen.

„Flo, was fällt dir ein? Ich interessiere mich nicht dafür, ob Schalke Meister wird oder nicht!"

„Mensch Lisa, fühlst du dich nicht ein kleines bisschen der Tradition verpflichtet? Bitte, bitte sag ja, sag Leonhard, wir kommen, um uns das Spiel anzusehen, biiitte!" Flo bettelte, flehte und konnte schließlich – nach harten Verhandlungen – Lisas Herz erweichen.

Beide waren mit je einer Flasche Ketchup bewaffnet, als sie ins Wohnzimmer zurückkehrten.

„Oh Leonhard, das wäre super, wenn wir dich am Samstag besuchen dürften, um uns das Spiel anzusehen", säuselte Lisa. Leonhard errötete, und den Hubers verschlug es die Sprache. Nur Vater Huber brummelte in seinen Bart: „Kinder verändern sich manchmal schneller als man denkt."

Am Samstag fanden sich Tim, Lisa und Flo bei Leonhard ein. Sogar Flos Vater wollte das Ereignis nicht verpassen und begleitete die drei.

Leonhard hatte sich ziemlich Mühe gegeben, um seinen Besuch – oder besser gesagt Lisa – zu verwöhnen und zu imponieren. Auf dem Couchtisch türmten sich Erdnussflips, Cracker und Chips. Daneben standen Unmengen von Cola-Flaschen. Und direkt vor der Couch stand er: der ultimative Fernseher der neuesten Generation. Ein CPX 5000 mit einer Bildfläche von 107 cm, mit variablen Bildformaten: 4:3 / Breitbild / 16:9 Zoom, einer Auflösung von 1280 x RGB x 768 Pixel und einem integrierten Dolby-Surround-System.

Flo blieb der Mund offen stehen, als er das Gerät sah. Heute würde er ein besonderes Fernseherlebnis haben, gepaart mit dem Fußballereignis des Jahres. Beim Anblick des monströsen Fernsehers wurden seine Hände nass, seine Halsschlagader schwoll an, und ein gerissenes Grinsen schlich sich in sein Gesicht.

Tim schien das Glücksgefühl, das Flo in Erwartung der Ereignisse empfand, nicht zu teilen. „Ich weiß nicht Flo. Ich fühle mich nicht gut dabei. Wir nutzen diesen verliebten Gockel nur aus – und das für ein Fußballspiel!" Dabei deutete er auf Leonhard, der um Lisa herumschwänzelte, ihr dies und jenes zeigte und ihr eine Schale mit ihren Lieblingsnüssen reichte.

Doch Lisa sah nicht wirklich glücklich aus. Bei ihrem Anblick wurde es auch Flo etwas mulmig, doch er schüttelte sich. Sie musste das Spiel ja nicht mitmachen, wenn sie nicht wollte.

Rechtzeitig zum Anpfiff versammelten sie sich vor dem Fernseher. Das Spiel ging los, die Mannschaften schenkten sich von der ersten Minute an nichts. Der Subwoofer vibrierte, so laut hatten sie den Fernseher gestellt.

Es war ein Spiel mit allen Finessen. Flo und Tim waren sofort bei der Sache, fieberten mit ihrer Mannschaft und erlebten tumultartige Blutdruckänderungen, wenn der Gegner einen Konter fuhr, es im Strafraum der Schalker zu gefährlichen Spielzügen kam und der Gegner dann schließlich die Möglichkeit doch vergab.

„Wer zu viele Möglichkeiten vergibt, wird am Ende bestraft", gab Flo heiser von sich. Es war eine alte Fußballweisheit, die jeder Fan kannte.

„So ein Quatsch", konterte Leonhard sogleich, der sich seit Spielbeginn langweilte, „die können es einfach nicht."

Flo sprang auf. Er hatte vergessen, warum er mit Leonhard zusammen vor dem Fernseher saß. Er hatte nur gehört, dass dieser Schnösel seinen Verein beleidigte. „Wie kannst du es wagen. Du hast doch gar keine Ahnung!"

Auch Leonhard stand auf. Mit der Fernbedienung in der Hand fuchtelte er vor Flos Gesicht umher. „Das ist nicht schwer, davon etwas zu verstehen. Schließlich ist Fußball ein Sport für Blödiane!"

Leonhard hatte den Satz noch nicht zu Ende ausgesprochen, da waren Lisa und Tim bereits aufgesprungen. „Das ist eine Beleidigung uns gegenüber", schimpfte Lisa.

„Oh, Lisa, dich meine ich doch nicht!" Doch Leonhards säuselnde Stimme konnte Flos Schwester nicht beruhigen. „Wer meine Familie beleidigt, verletzt auch mich!"

„Ach was!“ Leonhard warf wütend die Fernbedienung auf den Boden, ging aus dem Wohnzimmer und knallte die Tür hinter sich zu.

Verblüfft blickten die anderen zunächst Leonhard nach, dann schwenkte ihr Blick zum Bildschirm, von dem ihnen ein Westernheld grimmig entgegenblickte.

„Tim, schnell, schalt wieder um!“

Doch alle Versuche, das Programm zu wechseln und zur Übertragung der Konferenzschaltung umzuschalten, waren erfolglos. Der Westernheld ritt der untergehenden Sonne entgegen, während auf Schalke das Spiel abgepfiffen wurde.

Petra Balzer

Die Auszeichnung

Es war ein lauer Frühlingstag. Ralf saß an seinem PC und dachte daran, dass er heute noch zum Fußballtraining musste. Doch es fehlte ihm die recht Lust auf das Training. Aber er raffte sich auf und eilte zum Fußballplatz. Auf dem Sportplatz erwarteten ihn die anderen. Zur Erwärmung liefen sie fünf Runden, jonglierten etwas mit dem Ball und machten ein paar Lockerungsübungen.

Da winkte ihn der Trainier zu sich. „Ich habe eine interessante Sache für dich, Ralf.“

Ganz außer Atem holte Ralf tief Luft. „Hallo, Herr Jeske. Was haben sie denn Interessantes?“

„Wir haben einen Anruf bekommen. Ein Spieler aus unserem Verein soll an einem besonderen Fußballspiel teilnehmen.“

„Was ist das für ein Spiel?“ Ralfs Neugierde wuchs.

„Aus mehreren Vereinen wird eine Mannschaft zusammengestellt. Jeder Verein darf einen Mitspieler beisteuern. Wenn du möchtest, darfst du dieser Mitspieler sein."

„Ich?" Ralf konnte sein Glück kaum fassen. Gut, dass er heute zum Training gegangen war. „Gegen wen tritt die Mannschaft an?", fragte er.

„Das erfährst du, wenn du dort bist. Das bedeutet, du musst für einige Wochen verreisen. Das Training findet in Bayern statt." Dieser Ortswechsel kam überraschend. „Also überleg es dir in Ruhe, und ruf mich morgen Früh an", sagte der Trainer.

Während des restlichen Trainings war Ralf unaufmerksam und unkonzentriert. Beim Abendbrot rührte er sein Brot kaum an. „Was ist los?", fragte sein Vater, „du bist so still."

„Was?", Ralf fuhr aus seinen Gedanken hoch. „Was würdet ihr davon halten, wenn ich für ein paar Wochen im Fußballtrainingslager wäre?" Seine Eltern schauten sich fragend an. „Ich darf in einer neuen Mannschaft mitspielen, die eigens für ein besonderes Spiel zusammengestellt wird. Ich müsste für ein paar Wochen nach Bayern."

„Mensch, das ist ja wunderbar!" Sein Vater war begeistert. „Ich wusste doch, mein Junge wird mal ein ganz Großer."

Ralf fand die Sache ganz gut, aber neulich hatte er ein nettes Mädchen in der Disko kennen gelernt und wollte sich nächsten Samstag mit ihr treffen. Was würde sie sagen, wenn er für sechs Wochen nicht da wäre? Vielleicht sollte er eine Nacht darüber schlafen. „Okay, ich gehe ins Bett." Ralf gähnte betont.

„Was denn, so früh?"

Die Uhr schlug acht.

„Ja, das Training war anstrengend", log er und wurde rot. Dann stieg er die Treppen hinauf in sein Zimmer. Am nächsten Morgen erwachte Ralf zeitig. Er hatte eine Entscheidung getroffen. Das nette Mädchen musste leider warten, denn Fußball war sein Leben und ging im Augenblick vor. Schließlich wollte er ein Starfußballer werden, so wie Michael Ballack & Co. Nach dem Frühstück rief er seinen Trainer an. „Hallo, Herr Jeske. Ich habe beschlossen, mitzufahren." Ralf freute sich auf diesen Ausflug ins Unbekannte. „Wann geht es los?"

„Morgen Früh um acht. Ich wünsche dir viel Glück, Junge! Gib dein Bestes für uns alle!" Abends packte Ralf seine Tasche. Er war aufgeregt. Morgen begann ein ganz neuer Abschnitt in seinem Fußballleben. Was für ein Abenteuer! Um acht Uhr morgens hupte ein weißer Transporter vor ihrem Haus. Ralf sprang vom Frühstückstisch auf.

Seine Eltern umarmten ihn. „Machs gut, Junge." Seine Mutter gab ihm ein Abschiedsküsschen.

Sein Vater klopfte ihm ermutigend auf die Schulter. „Also Ralfi, ich hoffe, dein Traum erfüllt sich. Und meld dich zwischendurch."

„Ja, mach ich."

Ralf drehte sich um, griff nach der Sporttasche und ging zum Transporter, wo ihn der neue Trainer, Herr Müller, schon erwartete. Im Transporter saßen schon fünf Jungs. Nach sechs Stunden Fahrt erreichten sie ein etwas abseits von München gelegenes Gelände, auf dem ein großes weißes Haus stand. Ralf sah den Fußballplatz. Die weißen Linien leuchteten auf dem Grün des frisch gemähten Rasens. Im Transporter kam Bewegung auf. Alle reckten und streckten sich. Der Trainer führte die Jungs ins Haus. Die Fußböden in der Eingangshalle waren mit Marmor gefliest. Eine breite Treppe mit weißem Geländer führte nach oben. Ralf fand es fürstlich hier, fast wie in einem Schloss. Er kam sich vor wie ein ganz großer Star. Sie blieben vor einem Zimmer stehen.

„So, Jungs, das ist euer Zimmer." Und der Trainer ließ Ralf und seine Zimmergenossen allein. Das Zimmer war genauso komfortabel eingerichtet, wie die Eingangshalle.

„Wow, was für ein Zimmer!"

„Ja, einfach toll!", stimmte Ralf zu. Beide schauten sich an. „Hi, ich bin Ralf."

„Ich bin Torsten."

„Wenn ich das richtig sehe, sind wir Zimmergenossen."

Um 18 Uhr gab es Abendessen. Nach dem Essen erhob sich Herr Müller und verteilte einen Plan.

„Was ist das?" Ralf hielt den Plan in den Händen und las. Es war der Trainingsplan für die nächsten Wochen. Für heute Abend war das erste Training angesetzt.

„Oh Mann, heute noch Training", stöhnten einige. Ralf fand das auch nicht schön, aber alles Murren half nichts. Auf dem Plan standen Abwehrtraining, Mittelfeldtraining und Angriffstraining. Alles Dinge, die ein guter Fußballer auf jeden Fall beherrschen musste. Viel Zeit war auch für Taktik eingeplant. Denn was wäre ein Fußballspiel ohne eine gute Taktik! Es wäre mittelmäßig und nicht besonders erfolgreich. Auf der letzten Seite stand es dann endlich in fetten Buchstaben.

Die fertig trainierte Mannschaft, die sich aus Spielern verschiedener Vereine zusammensetzt, tritt zu einem Wettkampf gegen den Verein Bayern München an, um ihr Können unter Beweis zu stellen.

„Juchhu", Ralf sprang vor Freude auf. Alle schauten zu ihm.

„Was ist los mit dir?" Torsten war verwundert. „Mensch, weißt du es noch nicht?"

Ralf zeigte auf das Fettgedruckte. „Ist ja stark!"

Torsten stimmte in Ralfs Freudengeschrei ein.

„Ist meine Lieblingsmannschaft“, meinte Ralf. „Ich wollte schon immer mal gegen die Besten spielen.“

Die nächsten Wochen wurde viel trainiert. Der Trainer kannte keine Gnade. Einmal war Ralf fix und fertig, weil der Trainer ihn so hart rannahm. In dem Moment erinnerte er sich daran, wofür er trainierte. Sofort hellte sich seine Stimmung auf. Er spielte für den Rest des Tages nur noch spitzenmäßig. Im Laufe der nächsten Wochen wurden Torsten und Ralf gute Freunde. Abends saßen sie oft stundenlang im Zimmer und redeten. Es dauerte nicht lange und die sechs Wochen Trainingslager näherten sich dem Ende. Das große Spiel stand bevor. Ralf hatte seine Fertigkeiten in der Ballannahme, in der Abwehr, im Angriff und im Mittelfeld um ein Vielfaches verbessert und sich zu einem besonders guten Stürmer entwickelt, der viele Tore schoss. Bald würde sich zeigen, ob er und all die anderen Mitspieler ihrem Gegner Bayern München gewachsen waren. Es war soweit. Noch zwei Stunden bis Spielbeginn. Ralf und Torsten saßen aufgeregt in ihrem Zimmer.

„Mensch, wann kommt denn endlich Herr Müller.“ Ungeduldig lief Ralf hin und her. Dann klopfte es an die Tür.

„Es geht los, Jungs! Beeilung!“ Das ließen sich die beiden nicht zweimal sagen und flogen förmlich die Treppen hinunter.

Die Fahrt erschien Ralf heute unendlich lang. Seine Armbanduhr zeigte erst zehn Minuten seit Verlassen des Hauses an. Ganz unverhofft schaute er aus dem Fenster. Jetzt sah er das Stadion.

Ralfs innere Anspannung wuchs. Gleich würde er seinen Lieblingen gegenüberstehen und gegen sie spielen!

„Bist du auch aufgeregt?“ Ralf sah Torsten an.

„Und wie“, erwiderte dieser. „So etwas macht man nicht alle Tage.“

Dann herrschte zwischen ihnen andächtige Stille. Im Stadion waren fast alle Plätze besetzt. Keiner wollte sich das Spiel entgehen lassen. Eine neue Mannschaft gegen Bayern München. Der Jubel war groß. Von den Zuschauerplätzen drang das Gejohle der Zuschauer herüber.

„Ole, ole, ole, ole."

Ralf liebte diese Rufe. Es ging los. Hinter den Spielern der Mannschaft Bayern München betraten sie das Spielfeld und stellten sich in einer Reihe auf. Alle reichten sich die Hände. Ralf hatte soeben Michael Ballack und Oliver Kahn die Hand geschüttelt. Er war glücklich. Aufregung erfasste ihn. Er bezog Position auf dem Spielfeld. Der Schiedsrichter pfiff das Spiel an. Die Mannschaft von Ralf hatte Anstoß. Ralf startete sofort einen Alleingang. Er umkurvte die ersten beiden Gegenspieler. Ein dritter wollte Ralf in die Beine grätschen. Im letzten Augenblick spielte Ralf den Ball am Gegner vorbei und Torsten zu. Da fiel Torsten über das gestreckte Bein von Schweinsteiger. Der Schiedsrichter pfiff zum ersten Foul von Bayern und zeigte Schweinsteiger die gelbe Karte. Jetzt war Ralfs Einsatz gefragt. Er hatte einen Freistoß. Er schoss, Oliver Kahn versuchte, den Ball noch abzufangen, aber es gelang ihm nicht. Der Ball rollte direkt unter ihm hindurch ins Tor.

„Hurra!", schrieen seine Mitspieler und umringten ihn wie wild. Ralf konnte es nicht fassen. Er hatte das erste Tor für seine Mannschaft gegen Bayern geschossen. Welch ein Erfolg! Nach dieser kurzen Pause ging es weiter. Die Bayern hatten keine andere Wahl, als offensiv zu spielen. Es ging hin und her, ohne dass ein Tor fiel. Die Bayern näherten sich. Makaay hatte jetzt den Ball, aber er verlor ihn sofort wieder an seine Gegner. Makaay jagte dem Ball hinterher und versuchte, ihn sich wiederzuholen. Es dauerte nicht lange, und er hatte den Ball zurück und schoss ihn direkt aus der Hüfte ins Tor. Es stand 1:1, als die Halbzeit eingeläutet wurde. Nach der Halbzeit ging es munter weiter. Noch 45 Minuten.

„Ein Tor bekommen wir noch", dachte Ralf. Plötzlich lag Ballack verletzt am Boden, aber er stand wieder auf und spielte weiter. Ballack schoss auf das Tor, doch er schoss knapp vorbei. Ralf sah, wie der Trainer der Bayern auf der Trainerbank wie wild mit den Armen fuchtelte und nervös auf seinem Kaugummi kaute. Da kam der Ball auf Ralf zugeflogen. Er stoppte ihn mit der Brust und lief sofort weiter. Ihm näherte sich bereits ein Spieler der Bayernmannschaft, der ihm den Ball abluchsen wollte. Ralf lief und lief. Er lief sich frei und platzierte den Ball direkt aufs Tor. Der Ball zischte wie eine Rakete ins Tor, sodass Kahn keine Chance mehr hatte, ihn abzufangen.

„Jep!", jubelte Ralf. „Tor!" Das zweite heute schon für ihn und seine Mannschaft. Wieder wurde er umringt.

„Klasse, Ralf!" Ralf war in euphorischer Laune. Er kam aus dem Jubel kaum heraus. Ehe es zum Weiterspiel kam, wurde schon abgepfiffen. Das Spiel war vorbei. Ralfs Mannschaft hatte mit 2:1 gegen Bayern München gewonnen und das dank seiner Tore! Ralf schmiss sich auf den Boden und jauchzte zum Himmel. Michael Ballack und Oliver Kahn schüttelten ihm die Hand und verließen geschlagen das Stadion. Und er, Ralf, war dabei, als es auf der Titelseite hieß: „Bayern München spielt gegen die Neuen – und verliert."

Regina Münchgesang

Ein neuer Fußballplatz

Es war ein wunderschöner Sommertag und genau das ideale Wetter, um Fußball zu spielen. Aber da gab es ein kleines Problem.

„Das kann doch nicht wahr sein!", schimpfte Holger ungläubig.

Alexander stand sprachlos da, während er seinen neuen Lederball fest in der Hand hielt. Auch Bernd hatte es die Sprache verschlagen.

„Das ist doch sicherlich ein Scherz, oder?"

Nein, es war leider kein Scherz. Die drei Jungen standen vor einem Schild, das vor wenigen Tagen noch nicht hier gestanden hatte.

Holger las den Text leise vor:

Das Betreten des Fußballplatzes ist nur zu Trainingszeiten und zu offiziellen Spielen gestattet. Der Vorstand.

Ratlos sahen sich die drei an.

„Was machen wir denn jetzt? Es gibt sonst keinen Fußballplatz in unserem Dorf!"

Holger dachte nach.

„Wenn wir auf der Strasse spielen, gibt es Ärger mit Herrn Weitzel. Der hat uns ja schon einmal einen Ball abgenommen."

Alexander hatte sich auf die Stufen der Treppe gesetzt und sah auf den Fußballplatz hinab.

Die Tore wirkten so einladend. Ach, wie gerne hätte er seinen neuen Lederball mit Wucht in das Netz geschossen.

Entschlossen stand er auf und blickte seine Freunde dabei an.

„Wenn die nicht wollen, dass wir hier spielen, dann bauen wir uns eben selbst einen Fußballplatz!"

Bernd und Holger sahen ihn fragend an.

„Einen neuen Fußballplatz? Wie sollen wir denn einen neuen Fußballplatz bauen?“ Bernd schüttelte den Kopf. So ein Blödsinn konnte nur Alexander einfallen.

„Also, ich finde das überhaupt nicht schlecht!“, meldete sich Holger zu Wort, „ich hätte da sogar schon eine Idee, wo wir den neuen Fußballplatz bauen könnten.“

„Meinst du das ernst?“, fragte Bernd mit großen Augen.

„Ja, aber natürlich! Mein Onkel hat ein Grundstück in der Nähe. Vielleicht dürfen wir es ja benutzen.“

Alexander warf Holger seinen Ball zu.

„Mann, das wäre ja klasse. Dann hätten wir einen eigenen Fußballplatz und niemand könnte uns vorschreiben, wann wir darauf spielen dürfen.“

Alexander war von dieser Idee ganz angetan.

„Glaubst du wirklich, dass uns dein Onkel das erlaubt?“, fragte Bernd etwas skeptisch.

„Ich denke schon. Am besten wir gehen gleich zu ihm.“

Gemeinsam liefen die drei Jungs durch die Straßen des kleinen Dorfes.

Alexander, dessen hellblonde Haare bereits von weitem zu erkennen waren, warf seinen Ball in die Luft und köpfte ihn zu Holger. Der nahm den Ball geschickt mit seiner Brust an, stoppte diesen und schoss ihn zu Bernd, der einige Meter zurückgeblieben war und so das Schlusslicht der kleinen Fußballtruppe bildete. Bernd konnte den Ball sechzig Mal in der Luft kicken, ohne das dieser auf den Boden fiel!

Das war absoluter Dorfrekord!

Nach kurzer Zeit waren sie bei Holgers Onkel angekommen, und es dauerte nicht lange, bis er ihnen erlaubte, auf seinem Grundstück Fußball zu spielen.

Jubelnd umarmten die drei Jungs nacheinander den freundlichen Onkel, der lächelnd seinen Kopf schüttelte.

„Schon gut ihr drei. Ich war ja auch einmal jung. Ihr müsst mir aber versprechen, dass ihr keinen Dreck auf meinem Grundstück liegen lasst oder sonstigen Blödsinn dort anstellt!"

Holger, Bernd und Alexander versprachen es, und dann rannten sie davon.

Sie hatten nun einen eigenen Fußballplatz, und da gab es ja noch ein paar Dinge zu erledigen.

„Dort vorne ist das Grundstück", sagte Holger ganz aufgeregt.

„Super. Das hat fast die Größe von einem richtigen Fußballplatz", rief Alexander.

Auch Bernd war ganz fasziniert. „Da ist ja richtiger Rasen drauf! Hurra, wir haben einen Rasenplatz wie die echten Fußballprofis!"

Natürlich war es kein richtiger Rasen, sondern eine Wildwiese, die im Laufe des Jahres gewachsen war, aber dies störte die drei Jungs überhaupt nicht.

„Los, lasst uns spielen", rief Alexander übermütig und rannte auf das Feld.

Holger und Bernd sahen sich kopfschüttelnd an.

„Kann es sein, dass du etwas Wichtiges vergessen hast, Alexander?"

Der blonde Junge blieb abrupt stehen und sah seine Freunde fragend an.

„Nee, ich habe einen Ball und zwei Mitspieler. Fehlt sonst noch was?"

Bernd lief auf ihn zu.

„Schau dir mal unseren Fußballplatz an! Fällt dir da vielleicht etwas auf, das noch fehlen könnte?“

„Ups“, lächelte Alexander verlegen. „Ihr meint sicherlich die Tore, oder?“

Holger begann zu klatschen.

„Der Kandidat hat einhundert Punkte!“

Na klar, um richtig Fußball spielen zu können, brauchten die drei auch Tore oder zumindest einmal ein Tor.

„Wir legen unsere Jacken als Pfosten hin“, schlug Holger vor.

Oh weh, das gibt Ärger, dachte Alexander, der ahnte, was passieren würde, und er sollte damit Recht behalten.

Kaum hatte das Spiel begonnen und die ersten Tore wurden geschossen, da gab es auch schon Streit, ob der Ball auch wirklich im Tor gelandet war.

„Tooor“, schrie Holger laut über den Platz.

„Bist du blind?“, rief Bernd, der im Tor stand. „Das war eindeutig Pfosten! Das war nie und nimmer ein Tor!“

Immer wieder bekamen sich die Jungs wegen der gleichen Sache in die Haare.

„Nein, der Ball war viel zu hoch ... das war kein Tor!“

„Doch, der war genau unter der Latte ...“, rief Holger wütend.

„Welche Latte? Siehst du hier eine Latte? ...“

Zwischen den beiden Streithähnen ging es hin und her, während Alexander auf dem Boden saß, seinen Ball in den Händen hielt und den Kopf schüttelte.

„Sag du doch auch einmal was, Alexander! War das jetzt ein Tor, oder war es keins?“

Alexander hob seine Schulter ein wenig an.
„Ich habe keine Ahnung. Die Lösung mit unseren Jacken als Pfosten ist einfach nicht gut. Ich muss jetzt nach Hause. Es ist schon spät und ich ... ich habe irgendwie auch keine Lust mehr. Diese ewige Streiterei geht mir auf die Nerven!“

So weit war es also gekommen. Jetzt hatten die drei einen tollen Fußballplatz, konnten aber trotzdem keinen richtigen Fußball spielen, weil sie keine richtigen Tore hatten.

Mit gesenkten Köpfen liefen die Jungs wortlos nebeneinander auf der Straße. Plötzlich hörten sie ein lautes Geräusch, welches sie aufschrecken ließ.

„Was war das denn?“, fragte Bernd und drehte sich schnell um.
„Ich glaube, es hat einen Autounfall gegeben“, sagte Alexander und sah in die Richtung, aus der das Geräusch gekommen war.
Gerade in diesem Moment fuhr ein schwarzer BMW mit hoher Geschwindigkeit die Straße entlang. Alexander bemerkte, dass die Motorhaube des Autos stark beschädigt war.
„Ich glaube, der begeht Fahrerflucht!“
Da Alexanders Vater bei der Polizei arbeitete, kannte er sich ganz gut damit aus. Er wusste, wenn jemand einen Unfall verursachte und dann einfach davonfuhr, ohne seinen Namen und die Anschrift zu hinterlassen, dann beging er Fahrerflucht. Damit machte man sich strafbar.
Der schwarze BMW war nur noch wenige Meter von den Jungs entfernt, und er fuhr in unverminderter Geschwindigkeit über die Straße.

Alexander rannte nach vorn, und der Wagen fuhr an ihm vorüber.

Der blonde Junge sah ihm aufmerksam nach.

„Schnell, holt mir einen Stein!"

„Was ...?" Holger und Bernd sahen ihren Freund irritiert an, der mit geschlossenen Augen vor ihnen stand.

„Schnell, holt mir einen Stein!"

Obwohl die beiden nicht wussten, was Alex nun mit einem Stein wollte, suchten sie einen und gaben ihm diesen in die Hand. Ruhig nahm er ihn entgegen, und dann öffnete er seine Augen.

„Was ...", wollte Bernd fragen, sah aber dann nur zu seinem Freund, der sich bereits auf die Straße gekniet hatte.

Als er sich erhob, sahen Holger und Bernd, was Alexander mit dem Stein gemacht hatte.

Auf der Straße war gut erkennbar eine Nummer aufgeritzt.

Die Autonummer des schwarzen BMW.

Plötzlich wurde es unruhig. Einige Menschen waren aus den Häusern gelaufen, weil sie das krachende Geräusch auch gehört hatten. Nun versammelten sie sich alle vor einem roten, neuen Mazda, dessen Seite total eingedrückt war. Man konnte deutlich noch schwarze Lackspuren von dem Fahrzeug erkennen, welches den Schaden verursacht hatte.

Der Besitzer des roten Mazda stand ganz blass neben seinem kaputten Auto. Es war Peter, der Cousin von Alexander, der fassungslos sein Auto anstarrte.

Wortfetzen flogen durch die Luft.

„... hat Fahrerflucht begangen, ... bestimmt Totalschaden ... armer Peter, muss jetzt alles selbst bezahlen, wenn sich der Unfallverursacher nicht meldet ..."

„Alexander hat sich die Nummer gemerkt!“, sagte Holger plötzlich laut, und sofort verstummte die Menge, und alle Blicke richteten sich auf den blonden Jungen.
„Ja, das stimmt“, sagte nun auch Bernd. „Alexander hat die Nummer mit einem Stein da hinten auf die Straße geschrieben!“

Der blonde Junge war der Held des Tages, und alle Bewohner des Dorfes erfuhren, wie schlau und aufmerksam er gewesen war.
Der Unfallfahrer konnte anhand des notierten Nummernschildes ausfindig gemacht werden, und seine Versicherung musste den ganzen Schaden bezahlen. Außerdem wurde er wegen Fahrerflucht vor Gericht verurteilt.

„Hast du einen Wunsch, den ich dir erfüllen kann?“, wollte Peter von Alexander wissen, als er sich am nächsten Tag nochmals bei ihm bedankte.

„Nein …“, begann Alexander. Dann stockte er, und ein Grinsen breitete sich langsam in seinem Gesicht aus, „vielleicht aber doch …!“

Es waren ein paar Tage vergangen, und alles war wieder wie immer.
Holger, Bernd und Alexander liefen zu ihrem Fußballplatz.
„Aber nicht, dass ihr beide heute schon wieder streitet!“, sagte der Blondschopf mit einem Grinsen.
„Nein, wir werden uns zusammenreißen, versprochen!“, beteuerten seine Freunde wie aus einem Mund.

Als sie an ihrem Fußballplatz angekommen waren, blieb den beiden der Mund vor Staunen offen stehen, während Alexander sich lachend auf den Boden setzte.

„Was ... was ... wo kommen die denn her?“, fragten Bernd und Holger ganz irritiert.

Auf ihrem Fußballplatz standen plötzlich zwei Tore aus Holz mit echten Netzen daran. Jetzt war es ein richtiger Fußballplatz!

Die beiden sahen Alexander fragend an.

„Das war Peter. Weil ich mir die Nummer von dem BMW-Fahrer gemerkt habe! Ja, Freunde, Augen aufhalten zahlt sich aus!“

Gut gelaunt liefen die drei auf ihr neues Fußballfeld, und an diesem Tag gab es keinen Streit, da es immer eindeutig ein Tor war, wenn der Ball im Netz landete.

Andreas Seiller

Fußball-Einstein

Herbert Reuter schüttelte den Kopf. Tiefe Enttäuschung spiegelte sich in seinen dunklen Augen. Nicht, dass er erwartet hätte, dass sein Sohn Lorenz ein Tor schießen würde. Nein, das nicht. Aber dass sein Sohn nach zehn Minuten ausgewechselt wurde, war eine Demütigung. Besonders für ihn als Kassenwart des Fußballklubs. Herr Reuter seufzte tief und versuchte, sich wieder auf das Spiel zu konzentrieren. Immerhin spielte Matti, sein älterer Sohn, noch mit. Aber das Spiel war so oder so verloren. Nur noch fünfzehn Minuten und der SV Kleinbär lag bereits 3:0 zurück. Das war beim besten Willen nicht mehr aufzuholen. Und die letzte Viertelstunde tat sich dann auch tatsächlich nicht mehr viel. Ein Lattenschuss und zwei Eckbälle, dann wurde abgepfiffen, und der SV Kleinbär hatte gerade den vierten Platz in der Oberliga abgegeben. So eine Schande, dachte Herbert Reuter. Als er damals beim SV Kleinbär gespielt hatte, waren sie fast in die zweite Jugendliga aufgestiegen. Sie waren eine wirklich erfolgreiche Mannschaft gewesen. Gefeiert hatte man sie. Ganz Kleinbärhausen war aus dem Häuschen gewesen. Aber das war lange her, und wenn er die Jungs auf dem Spielfeld anschaute, war er immer wieder aufs Neue enttäuscht. Die meisten waren Söhne der Wundermannschaft von 1980, aber sie spielten, als hätten sie noch nie zuvor einen Ball gesehen.

Die Fahrt zurück nach Hause verlief schweigsam. Herbert Reuter hing seinen eigenen Gedanken nach, Matti war traurig wegen der Niederlage, und Lorenz wusste, dass er seinen Vater enttäuscht hatte. Gerade Lorenz, den sein Vater nach dem Gründer des Sportverein Kleinbär benannt hatte, würde niemals ein guter Fußballer werden. Er war selbst für seine elf Jahre klein und zierlich, mit zarten Händen und schwachen Oberarmen. Außerdem war er sehr kurzsichtig und musste deshalb eine dicke Brille tragen. Lorenz war einfach vollkommen unsportlich. Das wusste er schon seit Jahren, aber er hatte es bisher nicht übers Herz gebracht, es seinem Vater zu erklären. Herr Reuter war vollkommen fußballverrückt, und es kam gar nicht in die Tüte, dass seine Söhne sich nicht für Fußball interessierten. Herr Reuter parkte das Auto vor dem netten Einfamilienhaus am Ortsrand. Das Häuschen war in mattem Grün gestrichen, die Fensterläden waren knallgelb. Grün-gelb, die Vereinsfarben des SV Kleinbär. Obwohl seine Frau Irmgard bei dieser Farbauswahl fast ausgeflippt war, hatte sich Herbert Reuter durchgesetzt. Auch das Wohnzimmer war dem Fußball gewidmet, es war vollgestellt mit Pokalen und Vereinswimpeln. Reuter wartete nur darauf, dass seine Söhne weitere Medaillen und Pokale hinzufügten.

„Kommt zum Abendessen“, rief Irmgard aus der Küche. „Ihr müsst ja am Verhungern sein.“

„Mir ist der Appetit vergangen“, brummelte Herbert und verzog sich vor den Fernseher. Auch Matti und Lorenz aßen nur missmutig. So war das fast an jedem Samstag. Nach einem verlorenen Spiel war das Wochenende gelaufen. Aber Lorenz wusste, dass es nicht allein am Spielergebnis lag. Sein Vater war nämlich Kassenwart, obwohl er mit der Buchhaltung auf Kriegsfuß stand. Und nach jedem Heimspiel schwitzte er stundenlang über der Abrechnung.

Auch an diesem Abend war es nicht anders. Genervt saß sein Vater schon seit Stunden in seinem Arbeitszimmer.

„Mama, wieso ist Papa eigentlich samstags immer so schlecht drauf?“, fragte Lorenz.

„Ach, weißt du, Papa kommt mit der Abrechnung nicht klar. Er hat eine furchtbare Zettelwirtschaft, und anscheinend fehlt immer Geld in der Kasse. Dann brütet er stundenlang darüber, aber er kann den Fehler nicht finden.“

Matti und Lorenz wussten, wann sie sich zu verziehen hatten. Immer wenn ihr Vater die Abrechnung fertig hatte, war er völlig erledigt und wollte nur noch seine Ruhe. Deshalb waren die Sonntage bei den Reuters nicht unbedingt erfreulich. Matti verbrachte sie meistens mit seinem Fußball im Garten. Lorenz saß lieber vor seinem Computer und starrte stundenlang auf den Bildschirm. Das ging Herbert Reuter gewaltig gegen den Strich. Was hätte er dafür gegeben, wenn Lorenz ein bisschen mehr Interesse am Sport fände! Aber es hatte einfach keinen Sinn. Lorenz war ein Stubenhocker. Und das machte ihn auch nicht sonderlich beliebt bei seinen Klassenkameraden, obwohl er ein recht guter Schüler war. Zwei Jungen aus der Parallelklasse hatten es besonders auf ihn abgesehen. Sascha Vogel und Thomas Jaross spielten beide auch beim SV Kleinbär. Zu Stammspielern reichte es zwar nicht, aber sie kickten ganz ordentlich, und es machte ihnen unheimlich Spaß, den kleinen Bruder von Matti in die Mangel zu nehmen. Und Lorenz hatte sich bisher nicht getraut, seiner Familie davon zu erzählen.

Wie jeden Montagmittag warteten Sascha und Thomas bereits hinter der Kirchenmauer auf Lorenz. Schon von weitem sahen sie den schmächtigen Jungen auf dem Gehweg. Er war allein, und kein Mensch war in der Nähe, als die beiden aus den Büschen sprangen und ihm den Weg versperrten.

„Na, du kleine Niete. Hat dich der Trainer wieder ausgewechselt?“ Sascha grinste ihn frech an.

„Wenn dein Vater nicht so wichtig wäre, würdest du nicht einmal in der Mannschaft spielen, sagt mein Vater“, fügte Thomas hinzu.

Lorenz versuchte, sich an den beiden vorbeizuschlängeln, aber Sascha stellte ihm ein Bein, und Thomas gab ihm einen Schups von hinten. Lorenz fiel lang hin und schrammte mit den Händen über die spitzen Kieselsteine am Boden. Die beiden Jungen nutzten ihren Vorteil gnadenlos aus. Sascha riss Lorenz den Schulranzen vom Rücken, öffnete die Klappe und leerte den gesamten Inhalt aus.

„Da, du Streber! Viel Spaß beim Aufsammeln!“ Lachend liefen die beiden in Richtung Sportplatz davon.

Mit gesenktem Kopf sammelte Lorenz die Hefte und Bücher zusammen. Er schluchzte unterdrückt. Warum gingen alle immer nur auf ihn los? War er denn so anders, nur weil er mit Fußball nichts anfangen konnte? Wie konnte er den anderen nur beweisen, dass er trotz allem etwas drauf hatte? Da kam ihm eine Idee ...

Als Herbert Reuter zwei Wochen später wieder über der Abrechnung schwitzte und immer noch zweihundert Euro fehlten, kam Lorenz in das Arbeitszimmer.

„Was gibt's denn jetzt?", fragte Herr Reuter genervt.

„Papa, ich habe vielleicht die Lösung zu deinem Problem."

Und ehe sein Vater etwas sagen konnte, fuhr Lorenz schnell fort. „Wir könnten die ganze Abrechnung über das Computerprogramm laufen lassen, das ich geschrieben habe. Dann müsste eigentlich herauskommen, wo die zweihundert Euro geblieben sind."

Herbert Reuter zuckte die Achseln. Er bezweifelte zwar, dass es funktionierte, ließ sich aber dennoch von Lorenz' Begeisterung anstecken. Und in der Tat: Es klappte! Als sein Vater eine Viertelstunde später den Ausdruck in der Hand hielt, staunte er nicht schlecht.

„Da laust mich doch der Affe! Da sind ja zwei Jahresbeiträge noch nicht bezahlt. Gleich morgen Früh werde ich mit den Herren Jaross und Vogel sprechen. Wenn die glauben, ihre Bengel können umsonst mittrainieren, dann haben sie sich aber geschnitten!"

Nur wenig später setzte sich ein völlig veränderter Herbert Reuter an den Esstisch. Es war, als sei eine Zentnerlast von seinem Rücken genommen worden. Irmgard und Matti starrten ihn völlig entgeistert an. Sie erkannten den gut gelaunten Mann kaum wieder.

Schließlich platzte es aus Matti heraus: „Papa, was ist denn los mit dir? Hast du das Amt des Kassenwarts zurückgegeben?"

„Ganz im Gegenteil. Dein Bruder hier, dieser Schlauberger, hat ein Computerprogramm geschrieben, mit dem die Abrechnung innerhalb von ein paar Minuten fertig ist. Es gibt also keine stundenlangen Aktionen im Arbeitszimmer mehr."

Matti sah Lorenz mit aufgerissenem Mund an.

„Du hast selbst ein Programm geschrieben?"

„Klar. Ist doch ganz einfach. Ich kann zwar nicht Fußball spielen, aber dafür kann ich mit Computern umgehen."

„Tja, Junge, dann muss ich mich wohl damit abfinden, dass aus dir kein Stürmer wird. Aber irgendwann braucht man sicher einen neuen Kassenwart oder Buchhalter oder sonst was im Verein, dann werde ich dich vorschlagen. Du hast eben mehr von Albert Einstein als von Franz Beckenbauer." Das erste Mal seit langem war die Stimmung bei den Reuters nach einem Fußballspiel ausgesprochen fröhlich.

Am Montag nach der Schule sprangen Sascha Vogel und Thomas Jaross wie gewohnt aus ihrem Versteck und stellten sich vor Lorenz auf.

„Hallo Schwächling. Wird mal wieder Zeit für eine Abreibung." Und dann griff Thomas nach Lorenz' rechtem Arm, während Sascha den linken packte. Aber weiter kamen die beiden nicht, denn plötzlich wurden sie von hinten weggerissen.

Wutschnaubend fuhr sie Matti an:

„Wenn ihr beiden noch einmal wagt, meinen Bruder anzufassen, dann kriegt ihr es mit mir zu tun. Und jetzt haut ab, und sagt euren Vätern, sie sollen den Mitgliedsbeitrag für den Fußballverein überweisen."

Und mit jeweils einem Tritt in den Hintern jagte Matti die beiden davon.

Dann legte er Lorenz den Arm um die Schultern und meinte: „Die werden dich wohl ab sofort nicht mehr belästigen, Einstein. Falls doch, brauchst du mir nur Bescheid zu geben. Ich bin immer für dich da!“

Oliver Höger

Die Entführung

Ein Blitz erleuchtete Toms Zelle. Tom verabscheute Gewitter, und allein hatte er noch mehr Angst. Doch das würde er normalerweise nicht zugeben. Zitternd kauerte er in einer Ecke des feuchten Kellerraums, in den ihn der Kerl eingesperrt hatte.

Er war nach seiner Entführung lange gefahren und hatte die Nacht in einem dunklen Lieferwagen verbracht. Der Entführer hatte sich zum Schlafen in den hinteren Teil des Wagens gelegt. Durch die Gitterstäbe seines Abteils, das durchaus Ähnlichkeit mit einem Käfig hatte, hatte Tom seinen Entführer betrachtet. Er hatte etwas Ähnlichkeit mit einem Walross und roch irgendwie sonderbar. Warum hatte er ihn entführt? Der Mann schnarchte laut. Die rasselnden Schnarchgeräusche erinnerten Tom an seinen Vater, der Toms Mutter mit seiner Sägerei regelmäßig zur Weißglut brachte. Die Erinnerung an seine Eltern stimmte Tom traurig.

Warum nur hatte ihn der Mann entführt? Was wollte er nur von seinen Eltern?

Mit den Fingern hatte er ein Hasenbrot zu fassen bekommen, ein altes Sandwich mit Leberkäse. Daran hatte er sich satt gegessen und war eingeschlafen.

Am nächsten Morgen hatte ihn der Mann zu einem leeren, alten Fabrikgelände gebracht. Und dort war er jetzt immer noch. Allein. Der Entführer hatte den Lieferwagen in einer Halle neben einem großen Wohnmobil geparkt und dann Tom in einen Kellerraum eingeschlossen. Er hatte kein Wort mit ihm gesprochen.

Auf einem alten, nach Moder riechenden Sofa mit gesprungenen Federn lag Tom, rückte mehrmals hin und her, um eine möglichst bequeme Stellung einzunehmen, und blickte starr gegen die Decke. Er verstand nichts. Er konnte sich nur vage erinnern, dass er am Bolzplatz in der Säbener Straße von dem Entführer angesprochen worden war. Er hatte ihn nach dem Weg gefragt und dann wissen wollen, ob er Tom Laut heißen würde. Als er bestätigt und ein gefährliches Glitzern in den Augen des Mannes bemerkt hatte, war es schon zu spät gewesen. Plötzlich war es dunkel geworden, und er erwachte erst wieder im Lieferwagen.

Er wünschte sich, seine Kumpels wären hier. Das Schlimmste war das Alleinsein und die Unsicherheit, warum das überhaupt alles passiert war.

Der gleiche Blitz, der den Keller von Tom erleuchtete, beleuchtete auch den Gehweg, auf dem der Entführer durch den Regen hastete. Er hatte den Olympiapark verlassen, auf dessen Gelände er sich gerade mit dem Manager Oli Hoefgen getroffen hatte und eilte nun durch dunkle Straßen in Richtung Schwabing. Seine Füße waren von den Pfützen durchnässt, und von seiner Kappe tropfte es, doch in ihm herrschte eitel Sonnenschein. Er hatte Oli Hoefgen erpresst, und alles hatte geklappt wie am Schnürchen. Der Manager konnte ihm seine Forderungen nicht abschlagen.

Immer wieder verschwand er in einer Toreinfahrt, um zu verschnaufen und um sich zu vergewissern, dass Hoefgen keine Polizisten mitgebracht hatte, die ihm jetzt folgten. Doch er hörte nur das Trommeln des Regens. Also eilte er weiter durch die Gassen und Nebenstraßen Alt-Schwabings. Eine halbe Stunde später war er bei dem Lagerraum angelangt. Mit zittrigen Händen schloss er ihn auf. Drinnen ließ er sich vor Erschöpfung und Erleichterung auf einen Stuhl fallen. Sein Herz pochte heftig, so schnell war er gelaufen. Sein Gesicht war vor Anstrengung rot angelaufen. Nach ein paar Minuten grunzte er, erhob sich und schenkte sich einen Whiskey ein. Man gönnte sich ja sonst nichts. Vier Whiskeys später war er auf seinem Stuhl eingeschlafen.

Nach einer unruhigen Nacht wachte der Entführer auf, mit trockenem Mund und furchtbaren Kopfschmerzen.

Er griff nach einer Wasserflasche und sah sich in der dunklen Halle um. Er erblickte nur das Wohnmobil und den Lastwagen. Niemand war ihm gefolgt. Schlagartig verbesserte sich seine Laune. So gut er konnte, stand er beschwingt auf, wusch sich kurz und stand um neun Uhr morgens an einer Telefonzelle. Vorsichtshalber hatte er Kopfhörer und weiteres elektronisches Equipment mitgenommen. Das Mikrofon hielt er an den Hörer. Bei Hoefgen musste man vorsichtig sein. Immerhin war er einer der erfolgreichsten Manager eines deutschen Fußballclubs und besaß sogar eine Wurstfabrik.

Hoefgen saß bereits am Schreibtisch und nahm ab.

„Guten Morgen, Herr Hoefgen“, sagte der Entführer. „Ich gratuliere ihnen zu ihrem umsichtigen Verhalten. Ihrem Shootingstar Tom Laut geht es gut.“

„Na, das hoffe ich doch“, brummte Hoefgen mit einem Seitenblick auf die Person, die neben ihm auf dem Tisch saß.

„Er braucht sein Training, sonst nützt ihnen ihr Plan nichts."

Das Rauschen in der Leitung machte deutlich, dass der Entführer nicht an alles gedacht hatte.

Hoefgen vernahm nur noch ein Klicken, dann war die Leitung tot.

Der Entführer kehrte in die Lagerhalle zurück. Um Punkt Viertel vor zwölf ging das Tor des Lagerhauses knarrend auf. Er schlüpfte zitternd hinein. Ihm war auf dem Weg von der Straßenbahn zurück kalt geworden. Unter dem Arm trug er einen Lederball und ein teures Gesteck, aus dem ein Tor werden sollte, wenn man alles richtig zusammenbaute. Man gönnte sich ja sonst nichts, und bei dem Tor hatte er sich nicht lumpen lassen.

Tom kauerte im Keller. Seine Nerven flatterten, und als der Mann eintrat, zuckte er zunächst zurück, folgte dann aber der Aufforderung des Mannes und stieg die Treppe hoch.

„Trainieren!" Der Entführer ließ den Worten Taten folgen und warf Tom einen Ball zu. Dann zeigte er zum Tor und ließ sich auf einen Stuhl nieder. Er lachte auf. Die Operation Klassenerhalt verlief planmäßig. Bald würde seine Mannschaft 40 Punkte erhalten. Das reichte! Er musste nur noch diesen Spieler gefügig machen, um die letzte Phase des Plans erfolgreich abschließen. Eine nervöse Anspannung überkam ihn. Um seine Nerven zu beruhigen, kippte er schnell einen Whiskey hinunter. Man gönnte sich ja sonst nichts.

Tom Laut würde seinen Verein retten. Der Entführer fühlte sich schon besser, ja sogar fast locker und gratulierte sich selbst zu seinem Geniestreich. In zwei Tagen war der vorletzte Spieltag. In den letzten Begegnungen hatte seine Mannschaft weder Heimstärke gezeigt noch auswärts punkten können. Bei einem Abstieg wäre der Verein ruiniert. Das durfte nicht passieren, und deshalb hatte er handeln müssen.

Er freute sich dermaßen über seinen Plan, dass er noch ein zweites Glas gleich hinterherkippte. Dann schloss er die Augen.

Tom Laut war der Nachwuchsstar der Amateure, der mit einer Sondergenehmigung beim FC Bayern spielte, weil dieser wegen Verletzungen einige Ausfälle hatte. Ärgerlich spuckte der Mann aus. Der FC Bayern war wie ein Lacklederschuh, während sein Verein höchstens Sandalen trug, wenn nicht gar barfuss lief. Der Vergleich gefiel ihm, schließlich kam er aus der Schuhbranche.

Zur Belohnung schenkte er sich ein drittes Mal ein.

Keiner im Verein hatte den drohenden Abstieg zur Kenntnis nehmen wollen. Nur er, von Beruf Schuhverkäufer und aus Leidenschaft Fußballfan, hatte jetzt die Notbremse gezogen. Sie würden ihm alle dankbar sein und ihn bewundern, wenn er Tom Laut aus seinen Ärmeln schütteln würde.

Im Hintergrund vernahm er die klatschenden Geräusche eines aufprallenden Balls. Gut so, sollte er üben. Schließlich fehlten seinem Verein noch 5 Punkte, und es standen nur noch zwei Spiele aus. Das bedeutete, dass sie beide Spiele gewinnen mussten. Und das konnte nur mit Tom Laut gelingen. Diese Lackaffen vom FC Bayern – der Entführer kicherte – konnten ihn für zwei Spiele sicherlich entbehren. Davon hatte er sie nun überzeugt.

Der Entführer klopfte sich auf die Schulter. Wenn ihn keiner lobte, musste er es halt selbst machen.

Der Ball klatschte und platschte in regelmäßigen Abständen auf den Boden oder gegen den Torpfosten. Die Regelmäßigkeit der Geräusche beruhigte den Entführer. Entspannt lehnte er sich in seinem Stuhl zurück, lächelte und nahm noch einen Schluck Whiskey. Er schluckte, das Gesöff brannte ihm in der

Kehle und machte ihn nach und nach betrunken. Mit einem schiefen Grinsen saß er in einer großen Lagerhalle, hinter ihm ein Lastwagen und vor ihm in einiger Entfernung ein Tor und ein Fußballspieler. Doch der Spieler übte nun keine Standardsituation mehr ein, sondern absolvierte ein Fintentraining. Der Ball klatschte nun nicht mehr regelmäßig auf. Und dann wurde es dunkel um den Entführer. Er hatte eben doch nicht an alles gedacht.

Zwei Wochen später feierte der bayerische Verein seine Meisterschaft. Das junge Talent Tom Laut hatte in der Schlussphase mit einem hervorragenden Schuss, der mit einer Geschwindigkeit von 145 km/h an die Qualität eines Roberto Carlos heranreichte, das Match entschieden. Die Wucht seiner Torschüsse war Tom Lauts Spezialität. Die Wirkung kannten nicht nur die gegnerischen Torhüter.

Das alles entscheidende Spiel hatte Millionen von Zuschauern vor den Bildschirm gelockt. Unter ihnen auch den Schuhverkäufer Herr P., der das Spiel im Gemeinschaftssaal der Justizvollzugsanstalt Aichach verfolgte. Als er die Tabelle des letzten Spieltages las, schwor er sich, dem Whiskey von jetzt ab zu entsagen. Er würde ab heute nur noch frisch gepressten Orangensaft trinken. Man gönnte sich ja sonst nichts!

Petra Balzer

Primaballerino

In den Sommerferien war David mit seinen Eltern aus Frankfurt aufs Land gezogen. Sie wohnten jetzt in einem eigenen kleinen Reihenhaus mit Garten in Nieder-Weildorf direkt neben dem Fußballplatz. Von seinem Zimmer aus konnte er den Jungs aus der Nachbarschaft beim Fußballspielen zusehen.

Auch heute stand er wieder am Fenster und beobachte sie. Er erkannte Marco, Robert und Carsten, die auch in seine neue Klasse gingen. Am liebsten wäre er hinausgegangen und hätte mitgespielt. Aber er musste gleich zum Ballettunterricht, zu dem ihn seine Mutter gleich nach dem Umzug angemeldet hatte. Anders als in Frankfurt war er in der neuen Ballettschule der einzige Junge. Das machte die Sache nicht gerade leicht, aber er tanzte nun einmal leidenschaftlich gerne. An den anderen Wochentagen hatte er leider auch nicht viel Zeit. Am Dienstag hatte er Klavierunterricht, am Mittwoch nahm er Gesangsstunden, donnerstags ging er mit seiner Mutter ins Hallenbad und freitags zum Tennis. Sogar das Wochenende war verplant.

Normalerweise fuhr ihn seine Mutter zum Unterricht und holte ihn auch wieder ab, weil die Ballettschule in der nächsten Kleinstadt war. Aber heute musste er mit dem Bus zurückfahren und von der Haltestelle nach Hause laufen. Als er am Fußballplatz vorbeikam, spielten die Jungs noch immer Fußball. Er blieb hinter der Absperrung stehen und sah ihnen zu.

„He, da ist ja der Neue“, rief Marco.

David winkte ihnen zu. „Hallo, kann ich mitspielen?“

„Klar, komm rüber“, antwortete Marco.

„Kommt nicht in Frage“, widersprach Carsten. „Dann hättet ihr ja einen Spieler mehr als wir.“

„Genau, wir brauchen auch niemanden mehr, schon gar keine Primaballerina“, meinte Robert.

„Was ist denn das?“, fragte ein anderer Junge, den David noch nicht kannte.

„Das ist ein Balletttänzer“, erklärte Robert. „David geht doch mit meiner Schwester in die Ballettschule.“

Alle lachten, als ob er einen Witz gemacht hätte.

„Was ist denn daran so komisch?“, fragte David ärgerlich.

„Weil da nur Mädchen hingehen“, antwortete Robert.

„Quatsch. Hast du denn noch nie ein Ballett gesehen? Da tanzen auch Männer mit.“

„Ha, die sind doch alle schwul. Aber wahrscheinlich bist du das auch.“

„Sag das noch einmal, dann ... dann ...“

„Was dann? Willst du dich vielleicht mit mir anlegen, du halbe Portion? Kannst du überhaupt Fußball spielen?“

„Das wirst du schon sehen, wenn ihr mich mitspielen lasst.“

„Lieber nicht, sonst brichst du dir noch deine zarten Knochen und kannst nicht mehr tanzen. Wir spielen hier nämlich Männerfußball. Da geht's hart zur Sache. Geh lieber in eine Mädchenmannschaft.“

David bebte vor Wut. Er war zwar zierlich, aber er hatte starke Muskeln, denn die brauchte man auch beim Ballett.

„Du hast ja keine Ahnung. Aber das kann ich euch nur beweisen, wenn ihr mich mitspielen lasst.“

„Ach ja? Darauf sind wir aber gar nicht wild. Bleib lieber bei deinen Ballettschuhen. Und jetzt verpiss dich“, fuhr ihn Robert an.

Wieder lachten alle. Auch Marco, der erst so freundlich gewesen war. Dann ließen sie ihn einfach stehen und spielten weiter. Traurig ging David nach Hause. Er wollte den Jungs unbedingt beweisen, dass er Fußball spielen konnte. Sonst würde er hier nie einen Freund finden. Denn im Dorf drehte sich alles um Fußball. Schon die Kleinsten kickten im Verein und hatten fast jeden Sonntag ein Spiel.

Als er am nächsten Tag in den Klassenraum kam, spottete Robert: „Achtung, die Primaballerina kommt.“ Das löste allgemeine Heiterkeit aus. Jetzt wusste jeder, dass David Ballettunterricht nahm.

„Mach dir nichts draus. Die sind einfach nur doof. Ich finde es toll, wenn ein Junge gut tanzen kann“, versuchte ihn Marcia, die mit ihm ins Ballett ging, zu trösten.

Aber was nützte ihm das, wenn ihn die Jungen deswegen hänselten. Und das schien ihnen immer mehr Spaß zu machen. Sobald er irgendwo auftauchte, hieß es: „Die Primaballerina tanzt an.“ Und Robert stellte sich auf die Spitzen und trippelte mit rudernden Armen hinter ihm her, hopste über den Schulhof und drehte Pirouetten. Das sah ziemlich affig aus. Kein Balletttänzer bewegte sich so. Aber wen interessierte das schon. Die Lacher waren immer auf der Seite der Spötter. Niemand ergriff für David Partei. Entweder beteiligten sie sich an den Hänseleien oder schwiegen dazu. Nur die Mädchen hielten zu ihm. Aber darauf legte er keinen Wert, denn das machte die Sache fast noch schlimmer. Bei Gruppenarbeiten wurde er von den anderen Jungs nie gefragt, ob er bei ihnen mitmachen wolle. Immer landete er in einem Mädchenteam. Und obwohl er das gar nicht wollte, hieß es dann auch noch, er würde sich nur mit Mädchen abgeben. Das machte David ziemlich zu schaffen. Und er hatte schon gar keine Lust mehr, in die Schule zu gehen. Aber das wollte er sich auf keinen Fall anmerken lassen. Nein, er würde seinen Klassenkameraden nicht den Gefallen tun loszuheulen oder wild um sich zu schlagen, wenn sie ihn wieder einmal bis zur Weißglut reizten. Obwohl er schon manchmal Lust hatte, Robert eine zu verpassen, damit er endlich sein großes Maul hielt.

Da David sich nie besonders für Fußball interessiert hatte, konnte er natürlich auch nicht mitreden, wenn die anderen Jungs über Bundesligaspiele, Mannschaftsaufstellungen und Tabellenplätze redeten. Deshalb las er jetzt jeden Morgen beim Frühstück den Sportteil der Tageszeitung und kaufte sich von seinem Taschengeld ein Fußballmagazin. Er hatte sich sogar eine Stecktabelle zugelegt, auf der er jede Woche die Mannschaften, die in der Bundesliga spielten, nach der Rangfolge ihrer Tabellenplätze neu ordnete. Es dauerte nicht lange, und er war Fußballexperte, zumindest theoretisch. Aber seine Klassenkameraden ignorierten ihn einfach, wenn er versuchte, mit ihnen ein Gespräch über Fußball anzufangen.

„Halt dich da raus, du hast sowieso keine Ahnung", hieß es dann immer. Es war einfach zum Ausflippen.

An den Wochenenden weigerte sich David, mit seinen Eltern Ausflüge zu machen, sondern schaute lieber den Spielen auf dem Sportplatz zu.

Und in jeder freien Minute übte er mit dem Ball vor der Garage oder spät abends, wenn keiner mehr da war, auf dem Sportplatz. Dort traf ihn eines Tages Marcia, die mit ihrem Hund spazieren ging. Nachdem sie ihm eine Weile zugeschaut hatte, meinte sie anerkennend: „Ich weiß nicht, was die Jungs aus unserer Klasse wollen. Du kannst doch sehr gut mit dem Ball umgehen. Warum gehst du denn nicht in unseren Fußballverein?"

„Meinst du?", fragte David unsicher.

„Aber klar doch. Du wärst bestimmt ein prima Stürmer. Das kann ich beurteilen. Ich spiel in der Mädchenmannschaft."

David lag die ganze Nacht wach und überlegte. Eigentlich hatte Marcia recht. Wenn er in den Verein ging, mussten die anderen einfach bemerken, dass er Fußball spielen konnte.

Als er seiner Mutter erzählte, was er vorhatte, meinte sie besorgt: „Hast du dir das auch gut überlegt? Das wird doch viel zu viel für dich."

„Nein, das muss sein. Dann geh ich halt nicht mehr mit dir ins Hallenbad und hör mit dem Tennisspielen auf", sagte er.

Dagegen hatte seine Mutter zum Glück nichts einzuwenden.

Am Donnerstag ging er mit gemischten Gefühlen auf den Sportplatz, auf dem die C-Jugend des FC Nieder-Weildorf trainierte.

„Ah, da kommt ja die Primaballerina", rief Robert sofort.

David beachtete ihn nicht und fragte den Trainer, ob er mitmachen dürfe.

„Klar", sagte der Trainer freundlich. „Einen guten Spieler können wir immer gebrauchen."

„Na ja, ich habe noch nicht so viel Erfahrung", gab David offen zu.

„Die bekommst du schon noch. Jeder fängt mal klein an", antwortete der Trainer lächelnd.

Das gab David Mut, und er strengte sich an, bei den Übungen alles richtig zu machen. Als sie am Ende des Trainings für ein Übungsspiel zwei Mannschaften bildeten, wollte ihn keiner in seinem Team haben. Am liebsten wäre er vor Scham im Erdboden versunken. Doch dann griff der Trainer ein und teilte ihn einfach Marcos Team zu. Während des Spiels ließen ihn alle merken, dass er nicht erwünscht war. Niemand spielte ihm einen Ball zu. Und als er versuchte, Carsten den Ball abzunehmen, trat ihm dieser so heftig gegen das Schienbein, dass er stürzte. Das tat höllisch weh, und David wälzte sich mit schmerzverzerrtem Gesicht auf dem Boden. Der Trainer pfiff das Spiel ab und gab einen Elfmeter.

„Ich hab gar nichts gemacht“, brüllte Carsten. „Der markiert doch nur und spielt hier den sterbenden Schwan.“

Keiner sagte etwas, auch nicht von seiner Mannschaft, obwohl ihr der Elfmeter immerhin ein Torchance einbrachte. David biss die Zähne zusammen und spielte weiter. Aber das Bein tat so weh, dass er kaum laufen konnte.

„Mensch, der stellt sich vielleicht an. Ich hab ja gleich gesagt, dass er nichts aushält“, schimpfte Robert.

Jetzt reichte es David. Er hatte einfach keine Lust mehr, sich mit diesen Idioten herumzuärgern. Wenn die ihn nicht haben wollten, würde er einfach in einen anderen Fußballverein gehen.

Und das machte er schließlich auch. Er trat in den Fußballclub des Nachbardorfes Ober-Weildorf ein, in dem ihn keiner kannte.

Vier Wochen später musste er dann mit seiner neuen Mannschaft gegen die Nieder-Weildorfer antreten.

In der ersten Halbzeit, in der auf beiden Seiten jeweils ein Tor fiel, spielte er so unsicher, dass der Trainer in der Pause zu ihm sagte: „Was ist denn los mit dir? Das kannst du doch besser.“

Stimmt, dachte er und riss sich zusammen. Die Nieder-Weildorfer sollten jetzt merken, was sie an ihm verloren hatten. Mit neuem Elan stürzte er sich in die zweite Halbzeit. Und schon bekam er seine erste Torchance. Er stand frei vor dem Tor, als ihn die Flanke eines Mitspielers erreichte. Er sprang in die Luft und köpfte den Ball ins Tor. Das war das ersehnte 2:1 für seine Mannschaft.

„Die Primaballerina, ich glaub's nicht", rief Carsten überrascht, und alle Nieder-Weildorfer glotzten, als hätten sie das achte Weltwunder gesehen. Aber sie sollten aus dem Staunen nicht mehr herauskommen. Denn David war jetzt ständig am Ball und spielte jeden Angreifer geschickt aus. Auch Robert, der ihn verbissen zu decken versuchte. Dann, in der 70. Minute, verwandelte David eine gute Vorlage sicher zum 3:1. Die Nieder-Weildorfer waren am Boden zerstört und konnten bis zum Abpfiff keinen einzigen Treffer mehr landen. David triumphierte.

Nach dem Spiel kam der Trainer von Nieder-Weildorf zu ihm und sagte: „Warum bist du denn zur Konkurrenz gegangen? Du wohnst doch hier. Willst du nicht lieber bei uns mitspielen?"

„Ich weiß nicht so recht", sagte David und sah sich unsicher nach den Jungs aus dem Dorf um, die in der Nähe standen. Eine Weile schwiegen alle, aber dann sagte Marco: „Ja, es geht doch nicht, dass einer aus unserem Dorf in einer anderen Mannschaft mitspielt."

Beifälliges Gemurmel wurde laut. Der Knoten war gelöst. Nur Robert machte immer noch ein bitterböses Gesicht und sagte nichts. Da nahm David seinen ganzen Mut zusammen und sagte: „Gut, ich komme zu euch, aber nur, wenn der Robert auch damit einverstanden ist."

„Klar ist er einverstanden, nicht wahr, Robert?", sagte Marco. Robert zuckte zusammen.

„Los, sag schon", drängte ihn Marco.

„Meinetwegen", antwortete Robert zögernd. „Wenn ihr unbedingt eine Primaballerina in unserer Mannschaft wollt."

Das gab David einen Stich. „Dann eben nicht", sagte er und wollte gehen.

Aber Marco hielt ihn zurück. „Warte doch. Robert ärgert sich doch nur, dass er dich falsch eingeschätzt hat. Trotzdem finde ich, dass der Name Primaballerina gar nicht so schlecht zu dir passt."

„Wieso?", fragte David ärgerlich.

„Na, wie der Name schon sagt, weil du prima Ball spielst." Marco grinste.

Jetzt musste auch David grinsen. „Na gut, wenn du das so siehst. Aber dann nennt mich wenigstens nicht Primaballerina, sondern Primaballerino. Ich bin schließlich kein Mädchen."

Von da an lachte keiner mehr, wenn Robert versuchte, sich über ihn lustig zu machen. Deshalb ließ er es auch bald. Seinen Spitznamen Primaballerino wurde David trotzdem nie mehr los. Aber das machte auch nichts. Denn jetzt wusste er ja, dass er ihn als Spitzenfußballer auszeichnete.

Ingeborg Mucha

Der Traum

Alexander hatte nur ein Ziel: Er wollte Profifußballer werden. Dafür setzte er sich mit allen Mitteln ein – manchmal leider auch nicht ganz fair. Bei seinen Vereinskameraden war er deshalb nicht besonders beliebt. Aber das kümmerte Alexander wenig, schließlich war er damit erfolgreich.

Eines Tages beim Trainingsspiel war es mal wieder so weit. Ein Mitspieler stand gekrümmt auf dem Spielfeld, hielt sich den Bauch und jammerte. Alex hatte ihm beim Kampf um den Ball kurz den Ellbogen in den Leib gerammt – natürlich so, dass der Trainer es nicht mitbekommen hatte.

„Hey Bartels, das war ein ziemlich mieses Foul", rief Frank ihm zu. Alexander setzte eine Unschuldsmiene auf.

„Ich weiß nicht, wovon du redest", antwortete er scheinheilig. „Es tut mit Leid, dass Michael was abbekommen hat, aber es war nicht meine Schuld. Er hatte vielleicht einfach nur zu viel Tempo drauf, als er in mich hineinrannte."

„Ach, hör doch auf, so zu lügen", schimpfte Frank ärgerlich. „Jeder weiß doch, was für ein mieses Schwein du bist. Du verdirbst uns allen noch die Lust auf's Fußballspielen mit deinen verdammten ..."

„FRANK!"

Der Torwart zuckte erschreckt zusammen, als er plötzlich von hinten angeschrieen wurde. Er drehte sich um und sah den Trainer auf sich zukommen. Sein Blick und seine Körperhaltung verhießen nichts Gutes.

„Was soll diese Streiterei?", brüllte der Trainer. „Ihr solltet eure Energie lieber auf das Spiel konzentrieren! Und ich dulde es nicht mehr, dass ihr ständig auf Alex rumhackt. Er ist derjenige, der uns nach vorne gebracht hat, der bei den Punktspielen die Tore macht. Alex hat begriffen, worauf es ankommt! Also stellt euch nicht immer so an! Auf eure Plätze, zack, zack." Damit drehte er sich um und stapfte zum Spielfeldrand zurück. Alex warf seinen Teamkameraden einen triumphierenden Blick zu, bevor er zur Spielfeldmitte lief.

„Pass bloß auf, Bartels, irgendwann bist du dran", zischte Frank ihm im Vorbeigehen grimmig zu. Doch Alex zuckte nur gleichgültig die Schultern. Er wusste genau, dass der Trainer auf seiner Seite war. Denn solange er keine rote Karte kassierte, hatte er freie Hand, was das Foulen anbetraf. Das hatte der Trainer ihm vor einiger Zeit in einer kleinen Unterredung unter vier Augen deutlich gemacht.

„Du hast es kapiert, Junge“, hatte er zu Alexander gesagt und ihm kumpelhaft den Arm um die Schultern gelegt. „Männer wie wir sind es, die eines Tages groß rauskommen werden. Und wenn ich erst mal in der Bundesliga trainiere, hole ich dich nach, darauf kannst du dich verlassen. Also, mach’ weiter so!“

Als Alex nach dem Training nach Hause kam, war alles ruhig. Wahrscheinlich hing sein Vater wieder in irgendeiner Kneipe rum, und seine Mutter war bei einem ihrer ständig wechselnden Lover. Auch gut – wenigstens hatte er dann seine Ruhe und musste sich nicht das ewigte Gestreite seiner Eltern anhören. Er konnte gut darauf verzichten, sich in sein Bett zu verkriechen, sich die Decke über die Ohren zu ziehen und zitternd darauf zu warten, wann die ersten Teller fliegen und die ersten Ohrfeigen verteilt würden. Er hasste es, wenn seine Eltern sich schlugen. Und noch mehr hasste er es, wenn sie plötzlich auf ihn losgingen, nur weil er gerade in der Nähe war.

Aber eines Tages würde er es ihnen allen zeigen! Wenn er nämlich erst mal Profifußballer war und viel Geld verdiente, würde er abhauen und in einem riesigen Haus mit Swimmingpool leben. Und er hätte Bodyguards! Keiner könnte ihm mehr etwas anhaben, und alle würden ihn bewundern und anhimmeln und Autogramme haben wollen. Und seine Eltern würden bei ihm angeschleimt kommen und um Geld betteln. Aber er würde sie von seinen Bodyguards vor die Tür setzen lassen. Ja, so stellte er sich seine Zukunft vor, aber bis dahin war es noch ein weiter Weg.

Alex machte das Fernsehgerät in seinem Zimmer an und zappte eine Weile hin und her. Bei einem Bericht über Länder in der Dritten Welt blieb er hängen. Eigentlich interessierten ihn solche Dinge nicht sonderlich, doch in diesem Film ging es unter anderem um Fußballprojekte in den armen Ländern. Alex starrte fasziniert auf den Bildschirm. Was diese Menschen für Fußballtricks draufhatten, wie sie mit dem Ball jonglierten und ihn beherrschten, war einfach irre!

So würde ich gern spielen können, dachte Alex und seufzte.

Vor einigen Jahren hatte sein Vater oft mit ihm zusammen alte Fußball-Weltmeisterschaftsspiele angesehen. Damals hatte sein Vater noch Arbeit gehabt und nicht so viel getrunken, und es hatte ihnen beiden eine Menge Spaß gemacht, diesen herrlich gespielten Fußball anzusehen und zu kommentieren. Seither bewunderte Alex insgeheim solche Spieler wie zum Beispiel Maradonna und Pelè.

Doch diese Art von Fußball war doch heute gar nicht mehr gefragt. Jetzt ging es nur noch um Profit, und mit Spaß ließ sich kein Geld verdienen. Also würde Alex weitermachen wie bisher.

Dennoch versuchte er zu erkennen, wie die Spieler ihre Ballkunststücke fertigbrachten. Er holte seinen Fußball aus der Ecke und probierte das eine oder andere aus, so gut es in seinem kleinen Zimmer ging. Aber das funktionierte natürlich nicht wirklich! Also nahm er, nachdem der Bericht zu Ende war, seinen Ball und ging hinunter auf den Spielplatz, um dort weiter zu üben.

Während er sich die Bilder der Fußballspieler aus der Fernsehsendung vor Augen rief, um hinter die Tricks zu kommen, wurde ihm nach und nach etwas bewusst: Die Menschen in diesem Bericht waren alle ziemlich arm. Sie lebten in verfallenen Hütten, trugen zerlumpte Kleider, und ihre Bälle hatten mit seinem Fußball nicht sonderlich viel Ähnlichkeit, sondern sahen oftmals eher aus wie zu Kugeln zusammengeschnürte Lumpen. Die meisten hatten nicht einmal Schuhe angehabt. Und dennoch hatte er in den Gesichtern der Kinder und Männer, die dort Fußball spielten, keine Traurigkeit entdeckt. Sie hatten gelacht und glücklich ausgesehen, während sie hinter dem Ball herliefen. Es hatte auch keine bösen Gesichter gegeben, wenn einer dem anderen den Ball kunstvoll abgejagt hatte oder wenn ein Tor gefallen war. Und sie waren sehr fair und freundschaftlich miteinander umgegangen.

Eigentlich, musste Alex sich eingestehen, habe ich durch das Zuschauen ziemlich gute Laune bekommen.

Doch die gute Laune verflog schnell, als seine Eltern kurz hintereinander nach Hause kamen und natürlich gleich wieder anfingen zu streiten. Alexander lag steif in seinem Bett und hoffte, sie würden sich nicht daran erinnern, dass er auch noch da war.

Irgendwann verließ sein Vater die Wohnung, knallte die Tür hinter sich zu, und seine Mutter lag heulend auf der Couch im Wohnzimmer. Alex überlegte kurz, ob er zu ihr gehen sollte, doch dann blieb er lieber im Bett und schlief bald darauf ein.

In dieser Nacht hatte er einen Traum.

Er lebte in einer verfallenen Hütte, trug zerlumpte Kleidung und hatte keine Schuhe an den Füßen, aber er war nicht unglücklich. Die Sonne schien warm vom Himmel, alles war in helles Licht getaucht, und Alex fühlte sich wunderbar leicht. Er traf sich mit seinen Freunden zum Fußballspielen, sie lachten und hatten Spaß miteinander. Die Fußballtricks beherrschte er genauso gut wie die anderen. Alex war so zufrieden und unbeschwert wie schon lange nicht mehr.

Eines Tages fuhr eine schwarze Stretchlimousine vor, ein Mann im dunklen Anzug und mit Sonnenbrille stieg aus. Er zeigte auf Alex und sagte: „Aus dir mache ich einen Star. Komm mit mir, und du wirst bald sehr reich sein.“

Alex stieg in die schwarze Limousine und plötzlich waren sie hier in Deutschland auf dem Fußballplatz seines Vereins, und sein Trainer war da. Alex wollte ihm die tollen Fußballtricks zeigen, die er konnte, doch der Trainer winkte gelangweilt ab.

„Ja, ja, alles ganz nett. Aber mit deinen kleinen Kunststückchen kannst du kein Geld verdienen. Hier geht es um ganz was anderes."

Fußball wurde für Alex in Deutschland zu einer Frage von Technik und Geschwindigkeit. Er lernte, wie man eine Abseitsfalle aufbaut, wie man geschickt foult, wie man am besten eine Schwalbe macht und eindrucksvoll jammert. Und er wurde tatsächlich ein Star. Er verdiente viel Geld, bekam Auftritte im Werbefernsehen, wohnte in einem tollen Haus mit Swimmingpool und riesigem Garten. Aber er fühlte sich allein, trotz der vielen Menschen, die in seinem Traum ständig um ihn herum waren. Seine lachenden, glücklichen Freunde in den zerlumpten Kleidern fehlten ihm.

Während eines Spiels, bei dem sie nicht gewinnen mussten, um weiterzukommen, verzichtete Alex auf das, was er gelernt hatte und spielte so Fußball, wie er in dem warmen Land gespielt hatte. Plötzlich wurde er vom Trainer zusammengestaucht.

„Was fällt dir ein, so einen Zauber zu veranstalten?", schrie er Alex an. „Kannst du mit deinen Kräften nicht besser haushalten? So was will ich nie wieder sehen!"

Die Welt in seinem Traum erschien Alex nun nicht mehr warm und lebendig, sondern grau. Die Leichtigkeit und das Lachen waren verflogen und hatten einem Gefühl von Schwere Platz gemacht. Er war auf einmal unendlich traurig.

Alexander wachte auf. Sein Herz klopfte laut, und er atmete schnell.

Noch immer hatte er dieses traurige Gefühl, und er sehnte sich nach dem Lachen und der Lebensfreude zurück, die er am Anfang seines Traumes empfunden hatte.

Nach diesem Tag veränderte sich etwas in Alexanders Leben. Er selbst bemerkte es kaum, denn noch immer war sein größtes Ziel, Profifußballer zu werden.

Aber den anderen in seinem Verein fiel es auf. Alex legte es nicht mehr hauptsächlich darauf an, jemandem mit allen Mitteln den Ball abzunehmen. Er spielte eher ab, brachte tolle Pässe und bewegte sich manchmal mit der Leichtigkeit eines Balletttänzers über das Spielfeld.

Am meisten bemerkten sie jedoch, dass sich etwas geändert hatte, als Alex nach einem Foul auf den Jungen zuging, der am Boden lag. Er reichte ihm die Hand und sagte beim Hochziehen: „Tut mir Leid!“.

Catrin Liebscher

Tobi im Tor

Tobias tropfte der Regen aufs Gesicht. Er schlich über den Schulhof und kickte dabei ein Holzstöckchen vor sich her. Die anderen Kinder lachten und johlten, während sie sich einen Fußball zuschossen.

Tobias durfte nicht mitspielen. Wieder einmal nicht. Genauso, wie er während des Sportunterrichtes nie gewählt wurde, genauso war er auch beim Kicken auf dem Schulhof wenig beliebt.

Tobias war rund, nein, er war dick, das wusste er. Und auch ihm gefiel es nicht. Aber wie konnte er das ändern? Schon als Baby hatte er runde Pausbäckchen gehabt. Nur damals fanden das alle noch niedlich.

„Du musst mehr Sport machen“, sagte seine Mutter immer zu ihm. Aber wie sollte er Sport treiben, wenn niemand ihn mitmachen ließ?

„Tor! Tor! Tor!“, brüllte die 5c, als sie den Spielern der 5a wieder einen Ball verpasst hatten.

„Kein Wunder“, murmelte Tobias. „So steif, wie der Torwart im Tor steht, rollt der Ball sogar alleine rein.“

„Hey, dicker Tobi, machst du die Kugel für uns?“, brüllte Kevin, ein Junge mit roten Haaren und frechen Sommersprossen. Er war der Anführer der 5c und ein richtig fieser Typ. Obwohl Tobi immer versuchte, ihm aus dem Weg zu gehen, ließ Kevin ihn einfach nicht in Ruhe. Was immer Tobi auch tat, und sei es nur, dass er irgendwo langging, Kevin fing an, über ihn zu spotten und lästern, und die anderen Kids stimmten laut grölend mit ein.

Tobi ignorierte die Rufe und machte sich auf den Weg nach Hause. Missmutig holte er einen Schokoriegel aus seiner Tasche und knabberte daran herum. Was kann ich nur tun, damit sie mich endlich mitspielen lassen, fragte sich Tobi auf dem Nachhauseweg immer wieder.

Kurz bevor er in seine Straße einbog, kam er am Bolzplatz vorbei. Der nette Nachbar von gegenüber war wieder mit seinem Hund auf der Wiese neben dem Platz. Die beiden spielten mit einem Ball.

Tobi ging zu ihnen, um Bobby zu streicheln. Bobby war ein großer, runder und gemütlicher Hund. Er tat keiner Fliege was zu Leide und wenn man ihn so sah, wie er sich kraulen ließ, konnte man sich gar nicht vorstellen, dass er schnell hinter einem Ball herlaufen konnte, wenn er Lust dazu hatte.

„Hey Bobby!“, rief Tobi auffordernd, legte seinen Ranzen zur Seite und schoss dem Hund den Ball zu. Bobby war sofort hellwach, vergaß alles Kraulen und jagte dem Ball hinterher.

„Bobby vor, noch ein Tor!“, rief Tobi begeistert, als Bobby mit dem Ball davonstob. Bobbys Herrchen lachte, als er die beiden spielen sah.

Tobi schoss den Ball in Richtung des Bolzplatzes. Eigentlich war das Betreten für Hunde nicht erlaubt, aber im Moment war sonst niemand da, und Bobby war so gut erzogen, dass er sein Geschäft dort nicht machen würde.

Tobi rannte hinter Bobby her und jagte ihm den Ball wieder ab. Der Hund hechelte vor Aufregung, und so stoben und rannten die beiden vergnügt über den Platz.

Tobi versuchte immer, den Ball in das Tor zu schießen, aber Bobby war so schnell, dass Tobi keine Chance hatte.

„Hey, du bist ein guter Torwart“, rief Tobi dem Hund freudig zu. Denn den Hund interessierte es nicht, wie Tobi aussah. Ihm machte es einfach nur Spaß, mit einem Jungen Ball zu spielen.

Eine ganze Weile spielten die beiden, bis Tobi so verschwitzt war, dass er sich auf den Rasen fallen ließ. Bobby kam hechelnd angelaufen, legte sich zu ihm und schleckte Tobi über das Gesicht. Jetzt kam auch Bobbys Herrchen zu den beiden. „Du spielst gut Fußball“, sagte er.

„Ich bin Trainer für die E-Jugend im Dorf. Hast du nicht Lust mitzumachen?“

Tobi überlegte einen Moment. „Ich weiß nicht“, sagte er dann zögernd. „Ich bin nicht so sportlich.“

„Ach was. Ich hab dich doch gesehen. Du bist nicht schlecht. Dir fehlt noch ein bisschen Technik und mehr Ausdauer. Aber das kommt mit der Zeit.“ Herr Paul, Bobbys Herrchen, lächelte Tobi aufmunternd an.

„Wir trainieren immer dienstags und donnerstags um vier Uhr am Nachmittag. Komm doch einfach mal vorbei.“

Herr Paul klopfte Bobby auf den Rücken, nahm ihn an die Leine und ging mit ihm wieder nach Hause.

Zum Abschied nickte er Tobi kurz mit dem Kopf zu.

Tobi winkte, und Bobby drehte sich noch einmal zu Tobi um.

Eine Weile hockte Tobi noch auf dem Bolzplatz im Gras und dachte nach. Ob er wirklich dort hingehen sollte?

Am nächsten Tag war schon Donnerstag. Tobi hatte seiner Mutter nichts von der Einladung zum Fußballspielen gesagt, weil er sich noch nicht entschieden hatte, ob er wirklich hingehen sollte. Die ganzen Schulstunden hindurch überlegte er, ob er es tun sollte oder nicht.

Ich geh einfach mal hin und gucke nur zu, sagte Tobi zu sich. Heimlich nahm er seine Sportsachen und ging zum Platz. Wenn er sich doch nicht trauen würde, könnte er schließlich einfach wieder gehen. Wenn niemand von seiner Absicht wusste, konnte es auch nicht peinlich werden.

Als Tobi beim Fußballplatz ankam, waren die anderen Spieler schon da. Sie trugen bereits ihre Trainingssachen und kickten mit mehreren Bällen, um sich warm zu machen.

„Toll, dass du gekommen bist“, begrüßte Herr Paul Tobi. Bobby lag am Rand des Fußballfeldes und wedelte freudig mit dem Schwanz, als er Tobi sah. „Dann zieh dich gleich um, wir fangen in ein paar Minuten an.“

Tobi zögerte einen Moment. Da kam plötzlich ein Junge auf ihn zu. Tobi ahnte, dass der gleich wieder anfangen würde zu lästern. „Hey, bist du neu hier?“, fragte der Junge freundlich und dribbelte seinen Ball.

Tobi nickte.

„Super!“, sagte der Junge. „Wir können gut noch jemanden gebrauchen. Thorsten hat sich das Bein gebrochen und wird mindestens für die nächste Saison ausfallen. Auf welcher Position spielst du? Abwehr oder Sturm?“ Jetzt jonglierte er den Ball mit dem Knie.

Tobi zuckte mit den Schultern. „Ich hab bisher noch nicht im Verein gespielt.“

„Macht nichts“, sagte der Junge. „Hier lernst du alles, was du wissen musst. Der Trainer ist echt toll, und ein eigenes Maskottchen haben wir auch.“ Er deutete lachend auf Bobby. Tobi strahlte. „Ja, den kenn ich schon. Mit ihm hab ich auch schon gekickt.“

Tobi war glücklich, dass der Junge so nett war und nicht gleich wieder über seine Figur lästerte. Da bekam er richtig viel Lust zum Spielen.

Als Tobi umgezogen war, fingen sie an. Erst waren das Warmmachen und ein paar Dehnübungen an der Reihe. Tobi kam dabei ganz schön ins Schwitzen. Aber er sah die anderen neben sich auch schon schwächeln, und da machte ihm diese Anstrengung sogar Spaß.

Dann legten sie mit dem Spiel los. Sie wurden eingeteilt, und der Trainer fragte Tobi, wo er spielen wollte. Tobi hob die Schultern. Er hatte keine Ahnung, auf welcher Position er am besten spielen konnte. Der Trainer schickte ihn ins Tor.

„Mal sehen, wo deine Stärken sind." Der Trainer schmunzelte.

Torwart, eine wichtige Aufgabe, dachte Tobi. Und da es ihm noch an Ausdauer fehlte, kam ihm das Tor gerade recht. Denn so richtig rennen konnte er jetzt schon nicht mehr.

Die Jungs jagten über den Platz. Der Spieler mit der Nummer neun jagte den Ball vor sich her. Ein anderer Spieler stob dazwischen und nahm ihm den Ball ab. Tobi ließ seinen Blick nicht vom Ball. Noch konnte die Abwehr seiner Mannschaft die Gegner abhalten, aber wer wusste, wie lange das noch klappte.

Ganz plötzlich hatte einer der gegnerischen Jungs den Ball erwischt. Die Verteidigung von Tobis Mannschaft schien zu schlafen, und so schaffte es der Junge bis kurz vor Tobis Tor. Der Spieler grinste siegessicher und verpasste dem Ball einen heftigen Tritt.

Tobis Mannschaft hielt den Atem an.

Der Ball kam näher. Zentimeter um Zentimeter. Tobi startte gebannt auf das runde Leder. Und da kam der Ball. Tobi warf sich dem Ball entgegen und hielt.

Seine Mannschaft jubelte. Tobi hatte nicht darauf geachtet, ob er hinfiel, er wollte diesen Ball nur erwischen.

„Gut gemacht", lobte der Trainer.

„Klasse!", rief ein Spieler in Tobis Richtung.

Tobi strahlte übers ganze Gesicht.

Und so spielten sie weiter. Wann immer ein Gegner ein Tor schießen wollte, Tobi hielt den Ball.

Als sie mit dem Trainingsspiel fertig waren, kam der Trainer auf Tobi zu.

„Na, dann sehen wir uns nächste Woche!“

Tobi sah den Trainer an. „Klar doch!“, sagte er. „Das macht richtig Spaß, und die anderen Jungs sind auch echt nett.“

„Logisch, hier zählt Teamgeist“, sagte der Trainer und wuschelte Tobi durch die Haare.

Glücklich ging Tobi nach dem Training nach Hause. Dort erzählte er seiner Mutter ganz begeistert von diesem tollen Tag. Am Abend konnte er vor lauter Vorfreude und Glück kaum einschlafen.

Und da er nun beim Fußballtraining viele Kniffe und Tricks lernte, die er als Torwart gut gebrauchen konnte, waren die Jungs in der Schule jetzt immer ganz scharf drauf, dass Tobi im Tor stand, wenn sie auf dem Schulhof kickten. Der fiese Kevin hütete sich nun sogar, über Tobi zu lästern.

Und Tobi im Tor hielt jeden Ball.

Kirsti Senftleben

Der Außenseiter

Cornelius stand in der Küche und wartete darauf, dass sein Vater ihm endlich eine Antwort auf seine Frage gab. Bei seinem Vater schwollen alle Halsmuskeln und seine Armsehnen an, und die Haut an diesen Stellen wurde rot, während er sich am Küchentisch abstützte. Kein gutes Zeichen. So sah es immer aus, wenn in seinem Vater die Wut hochstieg.

„Nein, kommt nicht in Frage! Du bist Musiker und kein dreckiger Fußballer. Fußballer sind rüpelhaft und können sich nicht benehmen."

Cornelius ist empört über das, was sein Vater da über die Jungs vom Sportplatz erzählte. Solche Vorurteile hatte er nicht erwartet, und schon gar nicht von seinem Vater. Er begehrte auf: „Woher willst du das wissen?" Ohne weiter auf ihn einzugehen, verließ sein Vater stillschweigend die Küche und ging mit der Tageszeitung ins Wohnzimmer. Cornelius war sprachlos. Lässt mich hier einfach stehen! Jetzt war es Cornelius, der wütend wurde. Er ging seinem Vater nach. „Papa, das kannst du nicht machen! Fußball ist mein absoluter Traum. Einfach mal mit den anderen zusammen Spaß haben."

„Kommt nicht in Frage. Such dir anständige Freunde auf deiner Schule! Das ist mein letztes Wort!"

„Gut", dachte sich Cornelius, „wenn du es mir nicht erlaubst, dann tue ich es eben heimlich. Verbieten lasse ich mir diesen Spaß jedenfalls nicht." Und er ging hoch auf sein Zimmer, um einen Plan zu schmieden, wie er das Verbot seines Vaters umgehen konnte.

Am nächsten Tag war Musikschulunterricht. Cornelius hatte sich seinen Wecker schon eine halbe Stunde früher gestellt, so konnte er ungestört an seinem Plan arbeiten. Er holte die Sportsachen aus dem Schrank und packte sie sorgfältig in seinen Geigenkasten. Hier würde sein Vater sie niemals finden. Die Geige legte er behutsam in die hinterste Ecke des Schrankes. Heute war Fußball angesagt! Über Cornelius' Gesicht lief ein freudiges Lächeln. Das wäre doch gelacht, wenn ihm nur wegen seines Vaters so ein Spaß entgehen würde.

„So, Cornelius, bist du dann soweit?", rief sein Vater von unten hoch.

„Ja, ich bin sofort da, muss nur noch schnell Zähne putzen." Zehn Minuten später stand Cornelius mit glatt gekämmten Haaren und akkuratem Seitenscheitel, den Geigenkasten in der Hand und der Schultasche auf dem Rücken am Fuße der Treppe. „So, Vater, da bin ich."

„Hast du auch alles?", und bei diesen Worten strich sein Vater Cornelius noch eine vereinzelte Haarsträhne zur Seite, damit Cornelius perfekt aussah. Cornelius' schwarze Lackschuhe waren auf Hochglanz poliert. Von wem? Selbstverständlich hatte dies der Hausdiener der Familie Regius erledigt. Der Hausdiener und Cornelius alberten manchmal recht ausgelassen herum, wenn alle anderen aus dem Haus waren. Das war so was wie ein Pakt zwischen den beiden. Der Hausdiener war Cornelius' Freund, da Cornelius in der Schule keine Freunde besaß. Die waren ihm dort alle zu spießig und abgehoben. Und genau deshalb wollte er normale Freunde finden und Fußball spielen, Spaß haben und sich endlich einmal so richtig dreckig machen. Etwas, was normale Kinder seines Alters tun. Und nicht Geigenvirtuose sein.

Punkt acht Uhr saß Cornelius in der Schule. Wie immer war der Lernstoff trocken und langweilig, und er schaute ungeduldig auf seine Armbanduhr, wann denn endlich Schulschluss sein würde, damit er seinen Plan in die Tat umsetzen konnte. Unruhig rutschte er auf seinem Stuhl hin und her.

„Cornelius, was ist heute los mit dir, du bist so unruhig."

„Oh, entschuldigen Sie bitte, Herr Primus." Der strenge Blick des Lehrers wanderte zurück zur Tafel. Cornelius gab sich die allergrößte Mühe, ruhig zu sitzen. Dann endlich. Der Unterricht war vorbei. Cornelius raffte schneller als sonst seine Schulsachen zusammen und war der erste, der die Schule verließ.

Unterwegs schlug er sich einen Weg in die Büsche, wo er seinen Schulanzug und die Lackschuhe gegen die Sportsachen, die er im Geigenkasten bei sich trug, austauschte. Erleichtert, dass bis hierher alles so gut geklappt hatte, machte er sich frohen Mutes auf zum Sportplatz. Dort war bereits ein reges Treiben im Gange. Cornelius stellte sich erst mal an den Rand und schaute den anderen beim Spielen zu.

„Hey, spiel rüber den Ball!"

„Los, nun schieß doch!"

„Ja, Tor!"

„Mist, doch nicht, daneben."

So ging es auf dem Sportplatz hin und her. Es wurde gespielt und laut gerufen. Ein Außenstürmer bediente grade den Mittelstürmer mit einer guten Flanke. Dann wieder tippte ein Spieler den Ball kurz in eine Richtung, drehte sich überraschend um und nahm den Ball mit in die Gegenrichtung und trickste den Verteidiger der gegnerischen Mannschaft mit diesem Spielzug aus. Es war ein spannendes Spiel.

Dann war Pause. „Hey, wer bist du denn?" Einer der Spieler näherte sich ihm und musterte ihn mit seinen Blicken von oben bis unten. „Ich kenne dich nicht. Hab dich hier noch nie gesehen."

„Ich bin sonst auch nicht hier." Cornelius spürte einen Kloß im Hals. Er fühlte sich unsicher in seinem Sportdress und hoffte, man würde ihm sein Elternhaus nicht ansehen.

„Willste mitspielen?", fragte der andere ihn.

„Ja, gerne. Wenn ihr noch einen Spieler braucht."

„Ja, hast Glück." Der andere lächelte ihn an. „Wie heißt du eigentlich?"

„Ich heiße Cornelius."

„Ich bin Arne."

„Ich habe noch nie Fußball gespielt“, gestand Cornelius, setzte aber sofort ergänzend hinzu: „Aber ich weiß viel darüber, und ich habe alle Bücher dazu gelesen.“

Arne schaute ihn fragend und zweifelnd an. „Wie, du hast noch nie Fußball gespielt? Oh weh! Und da willst du mitspielen?“

„Ja, es ist mein Traum, einmal Fußball zu spielen.“ Cornelius befürchtete schon, dass Arne ihn jetzt stehen lassen würde.

„Also gut, probieren wir es. Du spielst hier.“ Arne zeigte ihm, welchen Bereich er abdecken sollte. Er bekam die Position als Mittelstürmer. Das Spiel verlief bestens. Cornelius spielte gut. Nach dem Spiel trat Arne zu ihm. „Hey, hast gut gespielt für den Anfang“, und er klopfte ihm auf die Schulter. „Wann spielst du mal wieder mit uns?“, fragte Arne.

„Morgen?“

„Alles klar, dann bis morgen.“ Cornelius wollte sich schon zum Gehen wenden.

„Ach so, falls du mich suchst, ich wohne gleich da drüben.“ Arne zeigte auf ein gelb gestrichenes Haus an der Dorfstraße.

„Alles klar!“

„Bis dann.“ Und schon war Arne im Haus verschwunden.

Cornelius machte sich auf den Nachhauseweg. Sein Vater wartete schon im Flur mit bitterernster Miene auf ihn: „Wo warst du? Und lüg mich nicht an. Du hast die Musikschule geschwänzt! Deine Lehrerin hat mich vorhin angerufen.“

Cornelius zog den Kopf ein und wurde immer kleiner. Schamröte stieg ihm ins Gesicht, und er stammelte ganz leise: „Ähm, beim Fußball?“

„Wie kannst du es wagen, hinter meinem Rücken gegen mein Verbot zum Fußball zu gehen? Geh sofort auf dein Zimmer Geige üben, und ab sofort fahre ich dich persönlich zum Geigenunterricht, damit du nicht wieder zum Fußballspielen gehst." Sein Vater war sichtlich verärgert, und Cornelius sah zu, dass er auf sein Zimmer kam. Da hatte er ja nochmal Glück gehabt, dass er so glimpflich davongekommen war.

Die Tage vergingen. Doch immer wieder kam ihm dieses tolle Fußballspiel mit Arne in den Sinn, und es reizte ihn sehr, noch einmal mit den anderen zu spielen. Aber wie? Es gab nur eine Lösung. Er musste von hier weg! Er hatte das Alleinsein und Geige üben satt. Und so packte er abends heimlich seine Sachen und stahl sich aus dem Haus. Nur der Hausdiener hörte noch, wie die Tür des Hauses ins Schloss fiel. Doch er nahm an, es sei der Herr des Hauses gewesen.

Am nächsten Morgen rief der Vater nach Cornelius. „Cornelius, kommst du dann bitte!" Er wartete ungeduldig auf eine Antwort. Als er nach mehrmaligem Rufen keine Antwort bekam, wurde er besorgt und ging nachschauen. Cornelius Schrank war durchwühlt. Überall lagen Sachen von ihm auf dem Boden verstreut. Aber von Cornelius selbst war keine Spur zu sehen. Sein Vater rief den Hausdiener und gemeinsam durchsuchten sie das gesamte Haus. Doch Cornelius war verschwunden. Da bekam es sein Vater mit der Angst. Wo konnte der Junge bloß stecken? War er neulich etwas zu streng zu ihm gewesen? Das ließ ihm keine Ruhe. Und da er sehr angesehen in der Kleinstadt war, rief er sofort die Polizei des Ortes an und gab eine Suchmeldung auf. Die Polizei suchte die ganze Ortschaft ab. Doch von Cornelius keine Spur. Ein allerletztes Haus hatten sie noch nicht abgesucht. Es war das Haus, das direkt am Sportplatz stand. Um diese Uhrzeit standen dort die Schafe und grasten friedlich das helle Grün der Wiese.

Cornelius und Arne saßen zusammen in der Scheune und unterhielten sich, als es an der Haustür klingelte.

„Wer wird das sein um die Zeit?“

„Ich weiß nicht, vielleicht der Zeitungsbote“, meinte Arne gelassen.

„Und wenn es mein Vater ist?“

„Dann sagst du ihm, was für Bedingungen du stellst.“ Arne fing an zu lachen, und Cornelius stimmte in das Gelächter mit ein.

In diesem Augenblick stürmte auch schon Cornelius’ Vater in die Scheune, mit einem Polizisten im Schlepptau. Er sah Cornelius auf dem Strohballen sitzen und eilte sofort auf ihn zu. „Gott sei Dank, da bist du ja!“

Er, der sonst immer so streng wirkte, sah ziemlich angespannt aus, und die Erleichterung war ihm anzumerken, als er seinen Sohn endlich wieder in die Arme schloss. „Junge, mach so was nie wieder! Ich habe mir solche großen Sorgen um dich gemacht.“

„Tut mir Leid, Vater, das wollte ich nicht.“ Cornelius hätte niemals gedacht, dass sein Vater auch weichherzig sein konnte, so streng wie er immer war. Das musste er gleich ausnutzen. „Vater, ich bestehe darauf, zukünftig mit Arne Fußball zu spielen.“

„Alles, was du willst, mein Junge. Hauptsache, du läufst nie wieder weg. Das musst du mir versprechen! Und weißt du, Cornelius, es tut mir Leid, dass ich dir das Fußballspielen verbieten wollte.“

Cornelius staunte. Sein Vater entschuldigte sich bei ihm, obwohl er sich doch für sein Weglaufen entschuldigen müsste. „Warum entschuldigst du dich bei mir?“

„Weil ich ein alter Sturkopf bin. Ich wollte dir den Fußball nicht erlauben, weil ich Angst hatte, du könntest dich schwer dabei verletzen, so wie ich damals. Aber ich habe eingesehen, dass es schlimmer ist, dich als Sohn zu verlieren. Und deshalb sollst du in den Fußballverein eintreten."

Cornelius umarmte heute schon zum zweiten Mal vor Freude liebevoll seinen Vater und konnte sein Glück kaum fassen. Arne klopfte Cornelius beglückwünschend auf die Schulter. So stand Cornelius' Traum vom Fußball nichts mehr im Wege und das Spiel konnte beginnen.

Regina Münchgesang

Die Wasserschlacht

Dicke Wolken zogen am Himmel entlang, und von Minute zu Minute wurde es immer dunkler auf den Straßen. Robin saß im Auto seines Vaters und sah immer wieder ängstlich zum Fenster hinaus.

„Glaubst du, dass das Fußballspiel abgebrochen wird, wenn es zu regnen beginnt?"

Robins Vater sah zum Himmel hoch und verzog dabei nachdenklich seine Stirn. „Wenn es richtig stürmisch wird, und es vielleicht sogar blitzt und donnert, dann ganz bestimmt. Wenn es aber nur leicht regnet, dann wird der Schiedsrichter das Spiel sicherlich anpfeifen!"

Diese Aussage war für den kleinen Fußballspieler keine sonderlich aufmunternde Aussage.

Warum musste es denn auch ausgerechnet heute so ein schlechtes Wetter geben?

Warum nicht gestern oder vielleicht erst morgen?

Ausgerechnet an dem Tag, an dem das Fußballspiel auf dem neuen Fußballplatz stattfinden sollte und es sicherlich eine ganze Menge Zuschauer gab, die ihn und seine Mannschaft anfeuern würden.

Nach einer kurzen Fahrt waren Robin und sein Vater vor dem Sportheim angekommen, und dort wurden sie bereits sehnsüchtig von Tobias und Rainer, den beiden besten Freunden von Robin, erwartet.

„Hi Robin“, wurde er lautstark von den beiden begrüßt, die bereits ihr rotes Trikot, die kurzen weißen Hosen, die roten Stulpen und die Fußballschuhe angezogen hatten. Bei Rainer schauten die Schienbeinschützer etwas über den Stulpen heraus, das wollte der Trainer aber absolut nicht sehen.

„Deine Schienbeinschützer ...“, machte ihn Robin sofort mit einem Lächeln auf den kleinen Verstoß aufmerksam.

Rainer sah ihn etwas traurig an. „So wie es aussieht, werden wir heute sowieso nicht spielen können. Bestimmt fängt es gleich fürchterlich zu regnen an. Der Himmel ist ja schon fast ganz schwarz.“

Rainer hatte leider Recht. Es sah wirklich nicht gut aus. Wahrscheinlich würde das Spiel ausfallen.

„Zieh dich um, Robin, oder willst du etwa als Spielführer noch zu spät auf dem Platz erscheinen?“, wurde er plötzlich von seinem Trainer angesprochen, der gerade aus der Umkleidekabine gekommen war.

„Glauben Sie, dass wir spielen können?“ Robin sah den Mann im Trainingsanzug zweifelnd an.

„So ein bisschen Regen hat noch keinem geschadet, und außerdem wollt ihr ja auch noch ein wenig wachsen, oder?“, scherzte Herr Traut und lächelte dabei seine drei besten Spieler an.

Robin ging also in die Umkleidekabine, zog sich sein Trikot mit der Nummer sieben an, schlüpfte in seine kurzen Hosen und zog die roten Stulpen über. Dann nahm er seine neuen Fußballschuhe aus der Sporttasche.

Das schwarze Leder glänzte im Licht der Neonröhre.

„Mindestens zwei Tore möchte ich heute mit euch schießen!", flüsterte der Junge leise, bevor er die Schuhe anzog.

Als er die Kabine verließ und ins Freie trat, fielen bereits die ersten Regentropfen auf die Erde.

„So ein verdammter Mist", fluchte er laut.

Nun kam auch der Schiedsrichter aus der Kabine, sah prüfend zum Himmel, machte dann kehrt und verschwand wieder.

„Jetzt sagt er das Spiel bestimmt ab", stöhnte Rainer leise.

Tobias kratzte sich am Kopf und wischte sich dann seine laufende Nase am Ärmel ab.

Plötzlich öffnete sich die Tür der Umkleidekabine wieder, und der Schiedsrichter in seiner schwarzen Uniform kam heraus – in seiner Hand hielt er einen Lederball.

„Auf Jungs, es geht los!", rief er laut, und kurz darauf versammelte sich eine Schar von zweiundzwanzig Jungs vor dem Spielfeld, um gemeinsam auf den Platz zu laufen.

„Robin, du hast was vergessen!", rief Herr Traut plötzlich und rannte ihm hinterher. „Deine Spielführerbinde lag noch in der Kabine!"

Dann begab sich der Schiedsrichter, gefolgt von beiden Mannschaften, zum Anspielpunkt, die Seiten wurden ausgelost, und nun konnte das Spiel endlich beginnen.

Robins Mannschaft hatte Anstoß.

Kaum hatte der Schiedsrichter das Spiel angepfiffen, da wurde der Regen schon etwas heftiger.

Die neuen Fußballschuhe passten Robin wie angegossen, und schon der erste Pass auf die rechte Flanke war ein Meisterschuss.

Rainer nahm den Ball an, spielte an Thorsten ab, dieser dribbelte einige Meter und gab den Ball an Jürgen, dieser schoss und ... knapp am Tor vorbei.

Der Regen war nun noch heftiger geworden, und Robins Haare waren bereits klatschnass. Auch an seinen nackten Beinen lief das Wasser schon hinab bis zu den Stulpen.

„Alles zurück, und deckt eure Männer“, rief er laut gegen den Regen an.

Immerhin war es ja die Aufgabe eines Spielführers, seine Mannschaft ein wenig zu ordnen und darauf Acht zu geben, dass auch jeder seine Arbeit richtig tat.

„Tobias, bleib vorne! Jürgen, komm weiter zurück!“

Robin war in seinem Element. Am liebsten würde er den ganzen Tag nur Fußball spielen, aber leider waren da ja noch die Schule und die Hausaufgaben, die er nachmittags erledigen musste. Aber in ein paar Jahren würde er bestimmt Fußballprofi werden und sicherlich so gut wie Franz Beckenbauer spielen.

Eine hohe Flanke kam von der linken Seite, aber er hatte genau aufgepasst und stoppte den Ball mit seiner Brust, bevor der Gegner ihn erreichen konnte.

Das hatten sie alle im Training geübt. Robin lief nach vorne, immer den Ball vor Augen. Ein schneller Blick auf die rechte Seite. Tobias lief mit, wartete auf die Flanke. Links außen stand Jürgen, aber da waren noch zwei Gegner um ihn herum. Da kam auch schon der Vorstopper der gegnerischen Mannschaft, der fast einen Kopf größer als er selbst war. Eine schnelle Bewegung, eine kurze Körpertäuschung, und er war an ihm vorbei.

Wieder ein schneller Blick zu Tobias, dann die Flanke direkt in seinen Lauf.

Tobias lief in die Mitte, passte zu Torsten, der schoss und ... Toooooor.

Die Menge jubelte unter ihren aufgespannten Schirmen, und der Name des Vereins wurde laut gerufen: ASV Esthal, ASV Esthal.

Es war ein tolles Gefühl. Trotz des schlechten Wetters waren die Leute gekommen und jubelten nun ihrer Jugend zu.

Robin lief zurück in seine Hälfte. Der Boden unter seinen Füßen war bereits schlammig geworden, und seine neuen Fußballschuhe sahen überhaupt nicht mehr neu aus – eher wie zwei braune Schlammklumpen.

Der Regen war noch dichter geworden, und wenn man nach vorne sah, dann schien es, als würde eine Gardine aus Wasser vom Himmel herabhängen.

Es war jetzt bereits so dunkel auf dem Fußballplatz, dass die Flutlichter eingeschaltet werden mussten.

Am Boden bildeten sich große Wasserlachen, und beim Rennen spritzte das Wasser gegen die Beine und lief dort als bräunliche Soße hinab.

Die Trikots waren auch schon durchnässt, und sie dampften ein wenig, da die Jungs durch die Anstrengung schwitzten.

Der Schiedsrichter pfiff, und die erste Halbzeit war vorüber.

Der ASV Esthal führte mit 1:0 gegen die Mannschaft aus Elmstein.

Wie begossene Pudel liefen die Spieler nun in die Umkleidekabine, in welcher es einen neuen, trockenen Satz Trikots und zwei große Kannen mit warmen, dampfenden Tee gab.

Herr Traut gab ein paar Spielanweisungen, zwei Spieler wurden ausgewechselt, dann war die Pause schon wieder vorbei.

Leider regnete es noch immer in Strömen.

Der Fußballplatz sah mittlerweile wie ein Schachbrett aus. Überall gab es kleine, glänzende Seen, dazwischen wieder schlammigen Boden.

„Das gibt jetzt die reinste Schlammschlacht“, stöhnte Rainer und zog sich seine Stulpen über die Schienbeinschützer.

Dann pfiff der Schiedsrichter die zweite Halbzeit an.

Was nun folgte, war kaum noch Fußball spielen zu nennen.

Der Lederball rollte nicht mehr wie gewohnt über das Spielfeld, sondern blieb nach einigen Metern immer wieder in einer Wasserpfütze liegen. Der Kampf der beiden Mannschaften glich einer Wasserschlacht. Wer nicht aufpasste und auf den Boden fiel, war patschnass. Aber irgendwie machte das sogar Spaß!

Robin wischte sich über das nasse Haar. Ein verunglückter Pass der gegnerischen Mannschaft blieb wenige Meter vor ihm in einer Pfütze liegen.

Schnell lief er darauf zu, wollte mit dem Ball weiterlaufen, aber der ließ sich einfach nicht mehr aus der Wasserlache heraus bewegen. So was hatte er noch nie erlebt.

Schon kam der erste Gegenspieler, dann der Zweite, Tobias eilte Robin zu Hilfe. Eine wahre Schlacht um das runde Leder begann und endete damit, dass vier kleine Fußballspieler in einer schlammigenWasserpfütze lagen.

Der Schiedsrichter hatte nun ein Einsehen und pfiff das Spiel ab.Es sollte an einem anderen Tag wiederholt werden.

Nass, dreckig aber fröhlich verließen beide Mannschaften den Fussballplatz und gingen unter die warme Dusche.

„Irgendwie hat es ja doch Spaß gemacht", grinste Robin seinen Vater bei der Heimfahrt an.

Der musste laut lachen und gleich darauf niesen. Robins Vater hatte sich wohl ein wenig erkältet, weil er ohne Schirm die ganze Zeit im Regen gestanden hatte.

Andreas Seiller

Das Autogramm

Niko stand mit seinen Eltern in der Hotelhalle und trat ungeduldig von einem Bein auf das andere. Er wollte endlich zum Strand. Jede Minute war kostbar, denn ihr Mallorca-Urlaub ging übermorgen schon zu Ende. Aber seine Eltern ließen sich Zeit. Nachdem sie ewig mit der Reiseleiterin gesprochen hatten, studierten sie jetzt ausgiebig das aktuelle Animationsprogramm.

„Ich gehe nicht in den Youngster-Club", sagte er vorsorglich.

„Aber dort werden heute T-Shirts bemalt. Das macht doch Spaß", meinte seine Mutter verständnislos.

„Mir nicht. Ich würde lieber Fußball spielen. Aber das wird ja nicht angeboten", erwiderte er verdrossen.

„Ach, du immer mit deinem Fußball. Mal sehen, was es für mich gibt."

Niko verdrehte die Augen. Warum brauchten seine Eltern eigentlich immer ein Programm?

„Jetzt kommt doch endlich", drängelte er und wandte sich zum Gehen. Dabei sah er zufällig zur Rezeption. Verblüfft riss er die Augen auf. Den Mann, der dort mit einer Hotelangestellten sprach, kannte er doch. Das war Toni Möller, der Teamchef der deutschen Fußballnationalmannschaft. In ihrem Hotel? Einfach unglaublich. Aber es gab keinen Zweifel, obwohl der Teamchef in Shorts und Hawaiihemd, die weiße Basketballmütze tief in die Stirn gezogen, wie ein hundsgewöhnlicher Tourist aussah.

Niko packte seinen Vater am Arm und flüsterte aufgeregt:

„Guck mal, da vorne steht Toni Möller."

Die Köpfe seiner Eltern schnellten nach links.

„Tatsächlich", staunte seine Mutter. Auch sie hatte ihn sofort erkannt, obwohl sie sonst keinen Schimmer von Fußball hatte. Und sein Vater meinte ehrfürchtig: „Ich werd verrückt. Der Möller wohnt im selben Hotel wie wir. Los, geh hin, und lass dir ein Autogramm geben. So eine Gelegenheit darfst du dir nicht entgegen lassen."

„Aber ich habe doch nichts zu schreiben dabei."

„Ist doch egal. Lass dir an der Rezeption etwas geben."

„Nein, ich hole meinen Ball", sagte Niko kurz entschlossen und rannte zum Fahrstuhl.

Dieser Ball, den er überall mit hin nahm und wie seinen Augapfel hütete, hatte noch nie ein Fußballfeld gesehen. Zum Kicken war er auch viel zu wertvoll, trug er doch die Autogramme von vier Spielern der Frankfurter Eintracht. Die hatte er nach und nach mühsam ergattert, immer wenn er mit seinem Vater bei einem Heimspiel im Frankfurter Waldstadion war. Darauf war er verdammt stolz. Aber ein Autogramm von Toni Möller wäre natürlich der Hammer. Zitternd vor Aufregung nahm er den Ball von seinem Nachttisch. Doch als er atemlos zurück in die Hotelhalle kam, war der Teamchef verschwunden. Enttäuscht ließ er den Kopf hängen.

„Selbst schuld", maulte sein Vater.

„Aber ich habe mich doch so beeilt", stammelte Niko.

„Bitte kein Theater, nicht wegen einer läppischen Unterschrift. Los, gehen wir“, sagte seine Mutter kopfschüttelnd. Sie konnte natürlich überhaupt nicht verstehen, was so ein Autogramm für einen Fußballfan bedeutete.

Aber jetzt hatte Niko gar keine Lust mehr, zum Strand zu gehen. Er ließ seine Eltern stehen und eilte zur Rezeption.

„Entschuldigen Sie bitte. Können Sie mir sagen, wo ich Toni Möller finde?“, fragte er die Empfangsdame höflich.

„Wen?“ Sie sah ihn verständnislos an.

„Na, den Mann mit der weißen Basketballmütze, mit dem Sie eben gesprochen haben.“

„Ach so. Der hat das Hotel verlassen.“

„Und wo ist er hin?“

„Das hat er mir leider nicht gesagt“, meinte sie spitz.

„Verdammt“, dachte Niko. Aber irgendwann musste der Teamchef ja zurückkommen, und dann würde er ihm früher oder später über den Weg laufen.

Niko legte sich auf die Lauer. Am Strand ging er kein einziges Mal ins Wasser, sondern beobachtete angestrengt, wer kam und ging. Beim Mittagessen rührte er kaum das Essen an, weil er sich ständig im Speisesaal umsah und darauf wartete, dass Toni Möller am Büffet erschien. Aber er kam nicht. Wahrscheinlich aß er irgendwo außerhalb. Am Nachmittag durchkämmte Niko immer wieder die ganze Hotelanlage. Ohne Erfolg. Und so blieb es, bis er nach der Abendanimation erschöpft ins Bett fiel.

Er träumte, dass er ganz alleine mit seinem Ball über einen menschenleeren Strand ging. Plötzlich kam Toni Möller aus dem Wasser und fragte ihn freundlich: „Willst du ein Autogramm?“ Er nickte glücklich und reichte ihm den Ball. Doch da verwandelte sich dieser in eine durchsichtige, in allen Farben schillernde Kugel, die wie eine Seifenblase zerplatzte, als sie der Teamchef entgegennahm. Schweißgebadet wachte Niko auf und betrachtete betrübt seinen Autogramm-Ball, den er den ganzen Tag umsonst mit sich herumgeschleppt hatte. Hoffentlich hatte er heute mehr Glück. Es war ihr letzter Urlaubstag und das erste Mal, dass er ohne zu murren mit zum Frühstück ging. Er legte den Ball auf den leeren Stuhl neben sich und wartete. Umsonst. Entweder hatte er den Teamchef verpasst, oder er frühstückte auf seinem Zimmer.

Den Vormittag verbrachte die Familie am Pool und Niko streifte mit seinem Ball stundenlang durch die Hotelanlage. Irgendwann musste Toni Möller doch auftauchen. Er konnte doch nicht den ganzen Tag auf seinem Zimmer verbringen. Aber er blieb unauffindbar. Deshalb entschloss sich Niko gegen Abend, bei der Rezeption nach seiner Zimmernummer zu fragen. Auf dem Weg zum Hauptgebäude, der durch einen großen Garten führte, sah er ihn plötzlich. Er kam aus der kleinen Villa mit eigenem Pool, die am Rand der Hotelanlage stand und besonderen Gästen vorbehalten war. Natürlich, dachte Niko, dazu gehörten auch Prominente wie Toni Möller, die im Urlaub ihre Ruhe haben und nicht auf Schritt und Tritt von neugierigen Fans belagert werden wollten. Also deshalb war der Teamchef unsichtbar geblieben. Niko ärgerte sich, dass er darauf nicht früher gekommen war. Dann hätte er die Villa gezielt beobachten und den Teamchef sofort abfangen können, wenn er aus der Tür kam.

Toni Möller war nicht allein. Mit einem anderen Mann ging er am Hauptgebäude vorbei in Richtung Parkplatz. Niko fing an zu rennen. Dieses Mal sollte er ihm nicht durch die Lappen gehen. Als er ihn fast eingeholt hatte, stürmten plötzlich mehrere Touristen auf den Teamchef zu und umzingelten ihn regelrecht. Mühsam bahnte er sich einen Weg durch die Menge und stieg mit seinem Begleiter in einen Mietwagen. Doch die Autogrammjäger ließen nicht locker, sondern belagerten die Fahrertür. Der Teamchef kurbelte das Fenster herunter und verteilte Autogrammkarten. Niko versuchte, näher an das Auto heranzukommen, wurde aber immer wieder abgedrängt. Entschlossen versuchte er, sich an einem älteren Mann vorbeizuschlängeln, der sich einfach vor ihn geschoben hatte.

„He, erst komm ich dran", raunzte er Niko an und schob ihn zur Seite. Dabei stieß er so heftig gegen seinen Arm, dass der Ball auf den Boden fiel und davonrollte. Als Niko ihn wieder eingefangen hatte, schloss Toni Möller das Fenster, und der Wagen stieß rückwärts aus der Parklücke.

„Nein, warten Sie, ich habe noch kein Autogramm bekommen!", rief Niko verzweifelt. Aber da rollte das Auto auch schon auf die Straße.

„Pech gehabt", grinste der Mann, der sich vorgedrängt hatte, und schwenkte triumphierend seine Autogrammkarte. Wütend starrte ihn Niko an. Nur wegen diesem Fiesling war er wieder leer ausgegangen. Es war zum Heulen. Aber er würde nicht aufgeben. Jetzt, wo er wusste, welches Auto der Teamchef fuhr und wo er wohnte, würde er sein Autogramm schon noch bekommen.

Am späten Nachmittag, als Niko zum x-ten Mal auf dem Parkplatz nachschaute, war das Auto wieder da. Erleichtert atmete er auf. Das war seine Chance. Mit dem Ball unter dem Arm lief er zur Villa und klingelte beherzt an der Eingangstür. Eine schwarzhaarige Frau öffnete.

„Si?" Die Spanierin sah ihn fragend an.

„Entschuldigen Sie bitte", stammelte Niko. „Könnte ich vielleicht Herrn Möller sprechen? Ich ..."

Weiter kam er nicht, denn ein Schwall spanischer Wörter prasselte auf ihn nieder.

„Ich möchte zu Herrn Möller", versuchte er es noch einmal. Doch die Frau schüttelte nur den Kopf und sagte: „No comprendre." Dann schloss sie die Tür.

„So ein Mist", ärgerte sich Niko. Hatten sich denn alle gegen ihn verschworen? Mit hängenden Schultern ging er aufs Zimmer und erzählte seinen Eltern, die sich gerade umzogen, was er erlebt hatte.

„No comprendre heißt, dass sie dich nicht verstanden hat", erklärte ihm seine Mutter.

„Und was muss ich sagen, damit sie mich versteht?", fragte er gequält.

Sie suchten gemeinsam im Spanischwörterbuch nach einem passenden Satz. Aber an diesem Tag kam Niko nicht mehr dazu, noch einmal zur Villa zu gehen, weil sie einen Abendausflug nach Palma gebucht hatten.

Der Zeitpunkt der Abreise kam. Während seine Eltern die Koffer packten, ging Niko noch einmal zur Villa und klingelte. Wieder öffnete die Spanierin und musterte ihn unwirsch. Dieses Mal hielt ihr Niko jedoch gleich den Ball entgegen und sagte: „Quiero un autogram, porfavor. Ich möchte bitte ein Autogramm." Mehr brauchte er gar nicht zu sagen. Die Frau nickte, nahm den Ball entgegen und verschwand damit im Haus. Fünf Minuten später brachte sie ihn wieder zurück und schloss die Tür. Geschafft, dachte Niko selig. Aufgeregt suchte er nach dem Autogramm. Aber was war das? Da stand gar nicht die Unterschrift von Toni Möller, denn die kannte er ganz genau. Dieses Gekritzel hier hatte er noch nie gesehen, und entziffern konnte er es auch nicht. Er zeigte die Unterschrift seinen Eltern, aber die mussten ebenfalls passen.

„Das verstehe ich nicht", sagte sein Vater enttäuscht. Und seine Mutter meinte achselzuckend: „Das ist bestimmt ein Missverständnis. Vielleicht ist der Möller heute Nacht abgereist und irgendein anderer Prominenter eingezogen."

Aber das konnte Niko einfach nicht glauben. Als sie die Koffer zur Rezeption brachten, fragte er einen Hotelangestellten: „Ist Toni Möller noch im Hotel, oder ist er schon abgereist?"

Der Spanier sah in einer Liste nach und sagte: „Tut mir Leid, einen Toni Möller kann ich hier nicht finden."

„Aber ich habe ihn doch gesehen, Toni Möller, den Teamchef der deutschen Nationalmannschaft." Niko zweifelte langsam an seinem Verstand.

„Vielleicht hat er hier nur jemanden besucht", meinte seine Mutter.

„Ja, das würde es erklären", stimmte ihr sein Vater zu.

„Verdammt, dann habe ich meine Chance, ein Autogramm zu bekommen, wirklich verpasst." Niko war untröstlich.

Auf dem Flugplatz von Palma herrschte Hochbetrieb. Als sie durch die Handgepäckkontrolle gingen, traf es Niko wie ein elektrischer Schlag. Keine vier Meter von ihm entfernt schlenderte Toni Möller mit seinem Bordcase durch die Abflughalle. Sofort heftete sich Niko an seine Fersen. Er folgte ihm in den Duty Free Shop, wo der Teamchef vor einem Regal mit Parfum stehen blieb. Mit klopfendem Herzen kramte Niko seinen Ball aus dem Rucksack und sprach ihn an: „Bitte entschuldigen Sie, Herr Möller. Würden Sie mir vielleicht ein Autogramm geben? Das wäre toll."

Toni Möller drehte sich zu ihm um und lächelte freundlich.

„Ja gerne, wenn du was zu schreiben dabei hast."

„Klar, das hab ich."

Niko hielt ihm den Ball und einen Kuli hin.

Interessiert betrachtete der Teamchef die anderen Autogramme.

„Ah, da bin ich ja in guter Gesellschaft. Du hast ja sogar ein Autogramm von Raoulo“, meinte er anerkennend.

„Wieso?“, fragte Niko wie vom Donner gerührt.

„Na hier. Das ist doch seine Unterschrift“, erwiderte Toni Möller.

Niko starrte sprachlos auf seinen Ball. Das Gekritzel sollte also Raoulo heißen. Jetzt, wo er es wusste, konnte er den Namen plötzlich entziffern. Das war ja unglaublich. Er hatte, ohne es zu ahnen, das Autogramm eines der besten Fußballer der Welt bekommen.

„Und ich dachte ...“, stammelte er. Und dann erzählte er dem Teamchef die ganze Geschichte, wie er zu dem Autogramm gekommen war.

Toni Möller lachte. „Ja, mein Freund Raoulo verbringt in diesem Hotel seinen Urlaub und ich habe ihn dort einige Male besucht. Sein Bruder hat mich gefahren. Das ist wirklich eine tolle Story. Ich denke, die verdient eine Fortsetzung. Komm mit!“

Er lotste Niko durch die wartenden Menschen zur VIP-Lounge, in der besondere Fluggäste auf ihren Abflug warten. Und da standen sie: die Spieler der deutschen Nationalelf. Timo staunte.

„Wir waren hier zwei Wochen im Trainingscamp“, erklärte ihm der Teamchef. Und zu seinen Mannschaftskameraden sagte er:

„Hallo Jungs. Darf ich vorstellen, das ist Niko, der nur von den besten Fußballspielern der Welt Autogramme sammelt. Raoulo hat bereits unterschrieben. Dann dürfen wir wohl auch nicht fehlen.“

„Na, dann her mit dem Ball“, sagte Torhüter Ulli Rahn gutmütig. „Klar, das ist uns eine Ehre“, grinste der Libero. Und Niko sah strahlend zu, wie sich ein Nationalspieler nach dem anderen auf seinem Ball verewigte.

Ingeborg Mucha

Rollentausch

Hintertupfing war ein kleiner Ort im Bayerischen Wald. Er lag versunken zwischen saftig grünen Weiden, die so grün leuchteten, dass man meinen konnte, nachts würden die Hintertupfinger hinausschleichen und die Wiesen neu streichen.

Anna mochte ihre Heimat, auch wenn ihr manchmal etwas der Trubel fehlte. Was sie aber nicht mochte, war die Tatsache, dass ihr Bruder Berti sich immer vor der Arbeit auf dem heimischen Bauernhof drückte.

Anna und Berti waren Zwillinge und sahen sich sehr ähnlich. Anna hatte ebenso karottenrotes Haar wie Berti. Nur länger. Und Anna liebte das Fußballspiel, genau wie Berti. Samstags saßen sie gemeinsam mit ihrem Vater Hannes Draxinger vor dem Fernseher, um die Bundesligaspiele anzusehen und Dienstags- oder Mittwochs konnte es vorkommen, dass keiner von ihnen ansprechbar war, wenn ein Champions-League-Spiel im Fernsehen übertragen wurde. Die Leidenschaft für den Fußball wurde von der Mutter Maria Draxinger nur kopfschüttelnd zur Kenntnis genommen.

„Annaaaa!“

Anna seufzte.

„Los, Anna, hilf mir ausmisten!“ Die Stimme ihres Vaters hatte bereits einen ungeduldigen Unterton angenommen. Anna stampfte wütend mit dem Fuß auf. „Immer ich. Wieso muss Berti nicht helfen?“

„Mensch, Anna, der muss trainieren. Du weißt doch, wie wichtig das nächste Spiel ist, oder?“

Natürlich wusste Anna, wie wichtig das nächste Spiel war. Es war der letzte Spieltag. Wenn der TSV Hintertupfing die restlichen drei Punkte einfahren würde, würden sie Kreismeister werden und in die Bezirksliga aufsteigen.

„Ja, ja – der Knipser schießt uns in die nächste Liga.“ Anna seufzte vernehmlich. Sie freute sich, dass ihr Bruder so ein toller Stürmer war, und gleichzeitig ärgerte sie sich darüber, dass sie selbst nicht mitkicken durfte.

Anna war ganz in Gedanken versunken über die Ungerechtigkeiten der Welt und die zwischen Jungs und Mädchen im Besonderen, als ihr Vater im Stall auftauchte und wild mit den Händen gestikulierte:

„Schnell Anna, zieh dich um. Wir müssen sofort ins Kreiskrankenhaus nach Waldkirchen! Der Berti hat sich beim Training verletzt.“

In rasanter Fahrt fuhren sie die Landstraße nach Waldkirchen. Mit quietschenden Reifen kam der alte Nissan der Draxingers vor dem Eingang des Krankenhauses zum Stehen, und wenige Minuten später hatte sich die Familie in der Notaufnahme versammelt. Anna betrachtete voller Mitleid ihren Bruder Berti, der mit schmerzverzerrtem Gesicht auf der Trage lag, während Trainer Brenner auf und ab lief und immerfort jammerte: „Oh nein, jetzt können wir uns die Kreismeisterschaft abschminken!“

Als der Arzt auftauchte, um mit ihren Eltern zu sprechen und Brenner dringend eine Zigarette rauchen musste, waren Anna und Berti plötzlich alleine. Berti erzählte ihr, wie er unglücklich umgeknickt war, nachdem ihn Philipp gegrätscht hatte.

„Das wird nichts mit dem Aufstieg", begann Berti mit trauriger Stimme, „ohne mich – wer soll denn da die Tore schießen?"

„Na ich", antwortete Anna forsch.

Berti blickte sie mit offenem Mund an. „Du? Du bist doch ein Mädchen!"

„Na und!" Keck reckte Anna ihren Kopf nach vorne und flüsterte ihm zu: „Muss doch keiner wissen."

Berti neigte leicht den Kopf, blickte seine Schwester an und begann zu grinsen. „Wie willst du es machen?"

Anna wisperte ihm ihren Plan ins Ohr. Danach verließ sie rasch den Gipsraum, drehte sich in der Tür noch einmal um und zwinkerte ihrem Bruder verschwörerisch zu.

Vor dem Eingang traf sie wieder auf Brenner, der nervös seinen Rauch in die Luft blies. Anna schüttelte missbilligend den Kopf. Wie konnte Brenner nur Fußball trainieren, Vorbild für Kinder und Jugendliche sein und gleichzeitig rauchen.

„Oh Anna, hoffentlich wird Berti bald gesund. Schade, dass wir jetzt nicht aufsteigen."

„Ein Spiel ist erst zu Ende, wenn der Abpfiff erklingt. Der Arzt sagt, dass Berti spielen kann, und dann wird Hintertupfing aufsteigen. Wetten?"

„Na, dein Wort in Gottes Ohr."

„Ich bin sicher. Und wenn wir gewinnen, hören Sie auf zu rauchen, versprochen?"

Der Trainer zögerte kurz: „Einverstanden!"

„Gut, dann bis zum Spiel. Ich muss jetzt zum Friseur", sagte Anna nur noch und flitzte um die Ecke.

Als Anna zum Spiel auftauchte, war ihr Haar stoppelkurz geschnitten. Genauso wie bei Berti standen nun auch Annas Haare wie Igelstacheln in die Luft. Sie sah wirklich wie Berti aus. Anna hatte sich bereits zu Hause umgezogen. Schließlich wollte sie nicht schon in der Umkleidekabine als Anna erkannt und entlarvt werden.

Ihren Eltern hatte es die Sprache verschlagen, als sie plötzlich einen quietschfidelen Berti vor sich gesehen hatten. Es hatte nur wenige Augenblicke gedauert, bis sie die Absicht ihrer Zwillinge erkannten. Hannes Draxinger schüttelte den Kopf: „Ein Mädchen ... oh nein!"

Doch Maria Draxinger, die nicht viel von Fußball verstand, gefiel die Idee, dass ihre Tochter den TSV Hintertupfing in die nächste Liga schießen wollte. Zwar fand sie es nicht richtig, dass die beiden diesen Rollentausch machten. Gleichzeitig war sie aber auch stolz darauf, dass ihre Tochter so einen Mumm in den Knochen hatte.

„Na, hoffentlich hat sie auch ein richtigen Wumm im Schuss", brummte Hannes Draxinger.

Die Jungs waren alle wahnsinnig aufgeregt. Nervös trippelten sie hin und her. Brenner klopfte Anna kräftig auf die Schulter. Fast wäre sie in die Knie gegangen. Oh Mann, hatte der einen Schlag. Verwundert blickte sie der Trainer an.

„Alles klar, Berti?"

Anna hüstelte kurz und nickte ihm stumm zu. Sie hatte Angst, dass ihre piepsige Stimme, die sie immer vor Aufregung bekam, sie verraten würde. Sie reckte den Daumen in die Höhe und grinste schief. Der Trainer schien beruhigt.

Sie stellten sich im Kabinengang auf. Neben ihnen reihten sich die Spieler vom FC Freyung auf. Stille lastete auf ihnen.

Anna hörte ihr Herz pochen, ihre Kehle war staubig und trocken. Sie schluckte hart. Ihre Hände waren glitschig. Hoffentlich würde es klappen. Berti hatte ihr in der letzten Nacht noch einige Infos über die einstudierten Laufwege und die gegnerischen Verteidiger gegeben.

Plötzlich ging ein Ruck durch die Reihen. Anna hüpfte kurz auf und ab, um die Nervosität abzuschütteln. Die Stollen klackten auf den Fliesen. Sie kamen ins Freie. Anna blickte in den Himmel und schickte ein kurzes Stoßgebet hinauf. Das konnte ja nicht schaden.

Der Anpfiff!

Anna rannte, schlug Haken, näherte sich dem Strafraum und versiebte zwei absolut sichere Torchancen. Der Torhüter parierte glänzend. Aber es war wie verhext, der Ball ging nicht ins Tor.

Doch Anna gab nicht auf. Sie forderte den Ball und rannte, und rannte und rannte – dreimal ins Abseits. Es war zum Verrücktwerden. Anna fühlte sich wie im Rausch. Sie nahm die grölenden Zuschauer nur verschwommen war. Die Haupttribüne war aufgestanden, um die Mannschaft anzufeuern. Anna ließ sich von der Welle der Rufe tragen. Da – da kam der Ball. Sie nahm ihn an, lupfte und legte ihn vor, dann deutete sie einen Haken an, auf den der Verteidiger auch prompt hereinfiel. Sie lief frei auf das Tor zu. Der Torwart kam aus seiner Ecke heraus. Anna jauchzte innerlich und schoss. Der Ball erhielt einen Drall und wurde in die Torwartecke gezwirbelt. Versenkt!

Jubel brandete auf. Die Mitspieler rannten auf Anna zu, während die Zuschauer skandierten: „Steh auf, wenn du ein Hintertupfinger bist!“

Sie genoss den Augenblick. Doch ein Pfiff zerschnitt die Stimmung. Der Schiedsrichter gab ihr die gelbe Karte. Das war ja unerhört. Fürs Jubeln? Sie hatte ja noch nicht einmal das Trikot ausgezogen. Na ja, zum Glück!

Jetzt verlegte sich die gegnerische Mannschaft auf Konter. Die Spieler standen hinten drin und machten die Räume dicht. Anna wurde sofort von zwei Verteidigern gestellt, wenn der Ball sie erreichte. Dann geschah es: Ein Hintertupfinger Verteidiger gab schlampig ab, und der Freyunger Stürmer nutzte die Gelegenheit. Ein Torschuss – ein Tor. Es stand 1:1. Nur noch 2 Minuten reguläre Spielzeit.

Tobi murrte neben Anna: „Das war's wohl. Jetzt steigt Freyung auf." Anna wurde sauer. „Wie kannst du jetzt aufgeben? Wir haben noch mindestens vier Minuten – mit Nachspielzeit!"

„Vier Minuten. Wie lange hast du denn für das eine Tor gebraucht?"

Anna spürte, wie sich ihr Körper anspannte. Sie wurde wütend. „Jammer nicht, sondern gib mir Flanken. Das Spiel ist noch nicht zu Ende."

Sie stapfte davon, und Tobi straffte sich und rannte los. Immer wieder blickte Anna zur Uhr. Gleich war die reguläre Spielzeit abgelaufen. Doch dann ergab sich plötzlich eine Möglichkeit. Sie umlief den Abwehrspieler, der ihr nachhechtete. Aber Anna konnte zunächst entwischen. Der Ball war weg, doch der Abwehrspieler ging voll auf Annas Beine. Ein Foul. Sie knickte um und fiel. Gleichzeitig pfiff der Schiedsrichter Freistoß für Hintertupfing. Die letzte Möglichkeit. Der Freyunger Torwart stellte die Mauer auf. Nur drei Jungs. Anna schnappte sich den Ball, doch Tobi stellte sich ihr in den Weg. „Niemals der Gefoulte."

Doch Anna beachtete ihn nicht weiter: „Das gilt nur beim Elfmeter."

Schweigen breitete sich aus, als Anna den Ball hinlegte, kurz über das Leder strich und sich in Position begab. Die Pfeife war im Mund des Schiedsrichters, er atmete ein, die Backen blähten sich auf und bevor die Luft als Ton herausströmte, hatte Anna den Ball bereits ins Visier genommen. Sie traf ihn perfekt. Die Mauer ging auf – er war unhaltbar. Tor!

Hintertupfing war Meister. „Berti, Berti!“, erscholl es aus Hunderten von Kehlen.

Die Mitspieler trugen sie auf ihren Schultern. Anna genoss die Ehrenrunde.

Der Trainer nahm sie in die Arme, drückte sie fest und zwickte sie voller Freude in die Wangen.

„Aua!“ Annas piepsige Stimme protestierte energisch. Der Trainer hielt inne und blickte sie verwundert an: „Anna?“, fragte er leise mit fassungsloser Stimme.

„Pst, muss ja niemand erfahren. Aber mit dem Rauchen müssen Sie jetzt aufhören, versprochen ist versprochen!“

Petra Balzer

Geschlechterkampf

Du spinnst!“ Berti verkniff sich gerade noch ein spöttisches Lachen, als er bemerkte, dass seine Zwillingsschwester Anna nicht zum Spaßen aufgelegt war.

„Ich spinne?“

Anna hatte sich vor ihrem Bruder aufgebaut, die Hände in die Hüften gelegt und wippte auf ihren Zehenspitzen hin und her.

„Wer hat euch denn in die nächste Liga gekickt, mmh?“

Berti schüttelte den Kopf und hob abwehrend die Hände. „Ja, ja, ist ja gut. Du kannst dir deinen Monolog sparen. Wir sind dir alle dankbar."

Das waren sie in der Tat, denn Anna war beim Meisterschaftsspiel in die Rolle ihres Bruders geschlüpft und hatte zwei Tore für den TSV Hintertupfing geschossen. Leider wussten aber nur ihre Familie und der Trainer darüber Bescheid.

„Nenn mir einen Grund, warum wir keine Mädchenmannschaft gründen können?"

Berti seufzte vernehmlich. „Mädchen können nun einmal nicht so gut Fußball spielen." Er machte eine bedeutungsvolle Pause. „Mit Ausnahme von dir gibt es doch gar keine Mädchen in Hintertupfing, die spielen können."

„Na, dann streng doch einmal dein Hirn an, oder schaffst du das nicht mehr? Ich möchte dich nicht überfordern. Vielleicht hast du so deine Schwierigkeiten, klar zu denken. Aber da wären Marie, Laura und ... !"

Berti war genervt. „Lass mich endlich in Ruhe mit deinem Schmarrn!" Er wollte gehen, doch Anna stellte sich ihm in den Weg.

„Schmarrn? Du nennst das Schmarrn? Du spielst doch selbst!"

„Mensch Anna, das ist ja wohl was anderes. Wir sind Jungs!"

Wenn Anna eins hasste, dann war es dieses Machogehabe und die blöden Sprüche ihres Bruders und seiner Freunde. Seitdem sie eine Mädchenmannschaft gründen wollte, hörte sie nur noch dumme Kommentare. Es reichte!

„Halt endlich dein verflixtes Schandmaul, klar!", zischte sie ihm ins Ohr.

Berti drehte sich um, ging auf Anna zu und gab ihr einen heftigen Stoß, sodass sie rückwärts über den nächsten Maulwurfshügel stolperte.

Anna fauchte Berti an, als sie sich wieder aufrappelte. Berti baute sich bedrohlich vor Anna auf.

Dann schlug ihr Berti ins Gesicht, so fest, dass Anna erschrocken den Kopf hob.

„He, he ihr beiden, was wird das denn?“ Vater Draxinger trat zwischen die Geschwister und schob sie unsanft auseinander. „Hört auf ...!“ Verstört blickte er seine Kinder an. Was war nur in sie gefahren?

Die Zwillinge nickten, ließen sich aber nicht aus den Augen.

„Also, fangt jetzt nicht an zu streiten. Ihr sollt euch doch nicht wie Kampfhennen aufführen.“

„Wieso nicht? Alle Fußballerinnen sind Kampfmaschinen. Daran muss sie sich gewöhnen“, erwiderte Berti trotzig. Er konnte sich nicht beruhigen, und gleichzeitig war ihm der Schreck in die Glieder gefahren. So hatten sie sich noch nie gestritten. Es machte ihm Angst.

„Verdammt, müssen wir diesen Tag mit Streitereien verderben?“, fragte Anna mit zitternder Stimme. Tränen sammelten sich in ihren Augen.

„Genau, Schluss jetzt!“

Doch Berti konnte nicht aufhören: „Heulsuse!“

Anna wischte sich die Tränen aus den Augen und blickte ihren Bruder verächtlich an: „Okay, Klugscheißer. Wir werden gegeneinander spielen. Am Sonntag. Deine Mannschaft gegen meine!“ Ohne ein weiteres Wort drehte Anna ihrem Bruder den Rücken zu und stapfte davon.

„Einverstanden“, brüllte Berti ihr hinterher.

Die folgenden Tage war Anna damit beschäftigt, eine Mannschaft zusammenzusuchen, die gegen die Auswahl von Bertis Freunden antreten würde. In den Nächten träumte sie manchmal davon, wie sie als Fußballerin ihren Bruder und seine Elf erfolgreich schlagen würde. Aber dann erwachte sie meistens mit einem flauen Gefühl. Heute war sie mit Marie verabredet. Marie war sportlich und außerdem ihre beste Freundin.

Anna kam völlig außer Atem und mit grässlichem Seitenstechen im Kino an. Dort wartete Marie schon auf sie. Im Dunkeln hatte sie zuerst nichts bemerkt: Maries Haare waren kurz, kurz wie die eines Jungen.

„Guck nicht so!“ Marie kicherte verlegen. „Sieht doch gut aus, oder?“

„Wann hast du das denn machen lassen?“ Am Morgen in der Schule waren die Haare noch lang gewesen. „Und warum?“

„Du bist gut. Beim Kicken schwitze ich schnell. Und mit den kurzen Haaren ist es einfach praktischer, und ich sehe nicht so bescheuert aus“.

Anna seufzte innerlich. Das konnte ja heiter werden.

Nach dem Kino waren sie mit den anderen zum Training bei Maries Oma verabredet. Als Anna am Nachmittag gegen fünf Uhr zum Schrebergarten von Maries Oma kam, lehnten bereits die Fahrräder ihrer Mitspielerinnen am Zaun. Auch Lisa und Marie waren schon da.

Hinter den Kleingärten war eine große Wiese, auf der Anna und ihre Freundinnen kicken konnten, ohne dass ständig jemand vorbeikam und seinen Kommentar abgab. Sie bolzten den ganzen Nachmittag und hatten danach noch eine Lagebesprechung, bei der sie auch beschlossen, dass Anna den Feind ausspionieren sollte, um mehr über Taktik und Mannschaftsaufstellung zu erfahren.

Anna machte sich zunächst einen Spaß daraus, die Jungs eine Weile zu belauschen. Sie schlich weiter, direkt bis zur Wand, an der die Jungs lehnten.

Für einen Moment überlegte sie, ob sie umdrehen sollte. Eigentlich war sie nicht in Stimmung für blöde Bemerkungen von Berti oder vom Trainer Brenner, der nur noch schlecht gelaunt war, seitdem er mit dem Rauchen aufgehört hatte.

Anna seufzte und lauschte den ausgelassenen Stimmen der Jungs, bis Philipp anfing zu reden, und zwar über sie und die anderen Mädchen.

Anna spürte, wie sie rot wurde. Ganz heiß fühlte ihr Gesicht sich an. Sie hielt den Atem an.

„Die soll sich nicht so aufplustern. Bildet sich ein, sie wäre die Wunder-weiß-was-Kickerin, als würden alle in ihr schon die nächste Birgit Prinz sehen. Wahrscheinlich ist deine Schwes-ter auch so ne Lesbe, wie alle anderen ... he Berti, guck nicht so ..."

Anna hörte ihren Bruder antworten: „Mir gefallen Mädchen auch besser als Jungs."

Anna schüttelte ungläubig den Kopf. Sie hätte das gern genauso gelassen aufgenommen wie Berti, doch das Herz schlug ihr weiter bis zum Hals. Sie stieß einen tiefen Seufzer aus, einen sehr tiefen, tiefen Seufzer. Dann ging sie um die Ecke, direkt auf Philipp zu. Doch den hatte ihr Bruder schon in den Schwitzkasten genommen. Beim Anblick der wütenden Anna, wurde Philipp noch flauer im Magen, aber er redete sich trotzdem weiter um Kopf und Kragen. „Ist doch wahr, sagt doch jeder, dass Fußballerinnen alles Lesben sind."

Anna zwinkerte ihrem Bruder verschwörerisch zu: „Ja, genau, wusstest du das noch nicht?", raunte sie Philipp zu. „Wir sind alle ans andere Ufer geschwommen, und jetzt hast du alle Jungs für dich." Dann drehte Anna sich um und ging mit erhobenem Haupt und unter den bewundernden Blicken der Jungs davon.

Seit diesem Nachmittag war die Stimmung im Hause Draxinger wieder etwas besser geworden. Anna war ihrem Bruder dankbar, dass er sie verteidigt hatte. Und Berti bewunderte seine Schwester für ihren Mut und für ihre Schlagfertigkeit. Es herrschte Waffenstillstand. Zu mehr waren die beiden nicht bereit, denn es stand ein wichtiges Match an, in dem es um die Ehre ging. So sahen es beide, Anna und Berti. Und so bereiteten sie sich gewissenhaft vor, konzentrierten sich ganz auf ihre Aufgabe und dachten nur noch ans Spiel.

Es war Sonntag. Die Kirchenglocken läuteten. Das Geräusch schwappte über die grünen Hügel bis zum Sportplatz, auf dem sich fast das ganze Dorf versammelt hatte, um dem Spiel beizuwohnen. Viele sahen die private Fehde zwischen den Zwillingen inzwischen als willkommene Abwechslung in der Bundesliga-Pause. Es waren unter den Zuschauern viele Frauen, die normalerweise mit Fußball nichts anfangen konnten. Doch die Diskussionen in Hintertupfing hatten vor keiner Tür Halt gemacht, und nicht nur bei den Draxingers hatte dicke Luft geherrscht, auch Leinwebers, Hubers und Friedrichs hatten sich heftig gezofft. Eine Unternehmerin hatte den Mädchen Trikots zur Verfügung gestellt, die Lokalpresse hatte Sensationsluft geschnuppert und Brenner, der miesepetrige Trainer von Bertis Mannschaft, hatte neidisch festgestellt, dass sie in der Saison niemals so viele Besucher gehabt hatten wie an diesen Tag.

Vom Anpfiff an entwickelte sich eine mit harten Bandagen geführte Begegnung, die zunächst von Sicherheit geprägt war. Doch ab der zweiten Halbzeit ging es Schlag auf Schlag. Die Mannschaften boten ein mitreißendes Spiel mit vielen Torchancen. Die Stürmer Berti und Anna Draxinger überzeugten durch ihren Torinstinkt. Nur das Glück war nicht auf ihrer Seite, denn die Begegnung endete torlos.

So oder so ähnlich würde auch der Lokalreporter das Spiel am nächsten Tag schildern.

Nach dem Abpfiff ging Berti auf seine Schwester zu, gratulierte ihr zum guten Spiel und fragte schelmisch: „Tauschen wir Trikots?“

Anna schüttelte lachend den Kopf: „Nein, aber jetzt vertragen wir uns wieder!“

Vier Wochen später wurde die Satzung des TSV Hintertupfing geändert. Zur Gründung der Mädchenmannschaft waren nicht nur die Lokalhonoratioren anwesend sondern auch Ralf Peter, der Trainer der U 15 Juniorinnen-Nationalmannschaft.

Petra Balzer

Eine für Alle

Trainer Feldmann klatschte in die Hände, und zwanzig Jungs spurteten los, als sei ihnen eine Hundemeute auf den Fersen. Die Kinder legten sich mächtig ins Zeug, denn das große alljährliche Fußballturnier zwischen Heidelberg und ihrer englischen Partnerstadt Coventry war nur noch sechs Wochen entfernt. Der Trainer blickte anerkennend auf die Stoppuhr. „Klasse! Hervorragende Zeit. Wäre doch gelacht, wenn wir nicht bis zum Turnier fit wären!“

Für dieses Jahr hatten sie sich vorgenommen, Coventry endlich zu besiegen. In den letzten fünf Jahren war ihnen das kein einziges Mal gelungen. Auch wenn sie im letzten Jahr zumindest ein Unentschieden herausgespielt hatten. Bei dem Turnier spielte jeweils eine Mannschaft der fünften, der siebten und der neunten Klasse mit. Die beiden älteren Mannschaften waren meistens einigermaßen in Form, aber die Fünfte war schon immer das Sorgenkind gewesen. Doch diesmal sollte alles anders sein. Herr Feldmann, der sich in den letzten Jahren nur mit den Neuntklässlern beschäftigt hatte, hatte sich bereit erklärt, dieses Mal die fünfte Klasse auf Erfolgskurs zu bringen. Und es sah auch alles hervorragend aus. Die Jungs waren so gewandt und schnell wie nie, und auch in Sachen Dribbeln, Kurzpass-Spiel und Standardsituationen hatte Herr Feldmann einiges verbessert. Jetzt pfiff er kurz in seine Trillerpfeife und gab bekannt:

„Schluss für heute. Geht nach Hause, und macht eure Schularbeiten. Wir sehen uns morgen Mittag wieder hier." Während die Jungs noch auf dem Weg in die Umkleiden waren, setzte sich Herr Feldmann hinter das Steuer seiner quietschgelben Ente und fuhr vom Parkplatz. Doch er kam keine hundert Meter weit. Ein schwarzer BMW schoss aus einer Nebenstraße und rammte Feldmanns Wagen mit voller Wucht. Sein Auto wurde gegen einen Baum geworfen und blieb zerbeult und rauchend stehen. Entsetzt beobachteten die Schüler, wie ihr Trainer in den herbeigerufenen Krankenwagen geladen wurde. Er hatte die Augen geschlossen und eine üble Schramme auf der Stirn. Und das sechs Wochen vor dem Turnier. Das war eine Katastrophe!

Am nächsten Nachmittag fanden sich die Jungs wie gewöhnlich auf dem Sportplatz ein. Sie rechneten zwar nicht mit Herrn Feldmann, hofften aber, dass irgendjemand schon für ihn einspringen würde.

Ihr Entsetzen war riesengroß, als sich plötzlich die Sportlehrerin der Mädchen, Frau Lessing, vor ihnen aufstellte. Sie räusperte sich kurz und erklärte dann: „Wie ihr alle gehört habt, hatte Herr Feldmann einen Autounfall. Er liegt mit ein paar Knochenbrüchen im Krankenhaus und wird erst in sechs Wochen wieder einsatzfähig sein."

Ein Stöhnen ging durch die Reihen. Das Training bei Herrn Feldmann war zwar immer ziemlich anstrengend gewesen, aber er hatte auch stets ein paar neue Tricks auf Lager, die er gerne an seine Schüler weitergab.

„Bis Herr Feldmann wieder da ist", fuhr Frau Lessing fort, „werde ich das Training leiten." Entsetzte Stille schlug ihr im ersten Moment entgegen. Dann hörte sie vereinzelt murrende Stimmen. Aber bevor der Unmut zu groß wurde, gab sie ihre Anweisungen: „Wir wärmen uns jetzt erst einmal auf, Kinder. Und dann schauen wir, wie fit ihr seid." Schon lief sie im leichten Trab vor den Jungs her. Sie hatten keine andere Möglichkeit, als ihr zu folgen. Eine Frau als Fußballtrainer! Wo gab es denn so etwas? Die Mannschaft aus Coventry würde sich schieflachen und ihnen wahrscheinlich drei Tore Vorsprung einräumen. Was für eine Schande!

Aber Frau Lessing verstand ihr Geschäft. Sie hatte vor einigen Jahren eine Mädchenfußballmannschaft trainiert, und sie war ehrgeizig und würde ihr Möglichstes tun, damit die Mannschaft gegen Coventry eine Chance hatte. Und wenn sie die Jungs noch so hart anpacken musste.

Obwohl zuerst viele skeptisch waren, war das Trainingsprogramm von Frau Lessing gar nicht so schlecht, und ihre Begeisterung und ihr Einsatz nötigte den Jungs schließlich doch Respekt ab. Außerdem hatten sie keine Wahl. Sie wollten dieses Jahr unbedingt bei dem Turnier glänzen, und wenn sie das mit einer Frau als Trainerin erreichten, dann wäre das letztlich auch nicht so übel.

Doch dann kam zwei Wochen vor dem Turnier die zweite Hiobsbotschaft. Stephan, der beste Stürmer und Kopfballspieler der fünften Klassen, knickte beim Training um. Mit einem Bänderriss kam er ins Krankenhaus. Für ihn war das Turnier gelaufen. Die Hoffnung der Spieler auf ein gutes Ergebnis beim Wettkampf fiel auf den Nullpunkt. Einen Ersatz für Stephan gab es nicht, da alle Jungs der fünften Klassen bereits im Team waren. Doch Frau Lessing hatte eine Idee.

Als am nächsten Tag ein Mädchen mit kurz geschnittenen dunklen Haaren beim Training auftauchte, maulten die ersten Jungs schon wieder. Nach den Regeln des Turniers war es zwar erlaubt, auch Mädchen aufzustellen, aber ein Mädchen in der Mannschaft zu haben, das war wie Pommes mit Himbeereis. Frau Lessing wusste jedoch aus ihrer Zeit als Trainerin der Mädchenmannschaft, dass Tamara wieselflink war und auch hervorragende spielerische Fähigkeiten hatte. Tatsächlich bewies Tamara bereits beim ersten Training, dass sie mit dem Ball umzugehen verstand. Viele Jungs starrten nur noch mit offenem Mund hinter ihr her. Das Mädchen war nämlich richtig gut! So verstummten die anfänglichen Unkenrufe bald, und Tamara wurde als Stürmerin in die Mannschaft integriert.

Die letzten beiden Wochen vergingen wie im Flug, und endlich war es soweit: Der Tag des Turniers war da. Nervös saßen die Fünftklässler auf den Rängen und beobachteten das Treiben auf dem Platz. Das Los hatte entschieden, dass zuerst die siebten Klassen, dann die neunten und zuletzt die fünften spielen würden. Das erste Spiel ging problemlos mit 2:0 an Heidelberg, und so etwas wie Vorfreude machte sich unter den Zuschauern breit. Die neunte Klasse, die jetzt spielte, war die beste der ganzen Schule, und niemand zweifelte daran, dass sie gewinnen würden. Es kam aber ganz anders. Der Gegner Coventry hatte eine noch stärkere Mannschaft, die die Heidelberger mit 3:1 locker an die Wand spielte. Das bedeutete aber gleichzeitig, dass Gesamtsieg oder Niederlage vom Ergebnis der Fünftklässler abhängen würden!

Das Spiel der fünften Klassen begann verhalten, beide Mannschaften wussten, wie wichtig das Ergebnis war. Dann, nach fünfzehn Minuten, stießen die Heidelberger plötzlich in den gegnerischen Strafraum vor. Tamara umdribbelte die gesamte Innenverteidigung und platzierte einen satten Schuss unhaltbar ins untere Eck: 1:0. Coventry hielt dagegen und drängte auf den Ausgleich. Die Verteidigung der Heidelberger wurde hinten eingeschnürt, und der Torwart musste mehrmals brillant parieren, um einen Ausgleich zu verhindern. Kurz vor der Halbzeitpause hatte er jedoch keine Chance. Nach einem überlegten Doppelpass gelang es den beiden Coventry-Strümern, den Torwart zu überwinden: 1:1.

Frau Lessing hielt eine kurze Ansprache in der Kabine, während die Spieler sich etwas erholten und lauwarmen Tee tranken.

Zurück auf dem Spielfeld machten die Heidelberger noch alle vorhandene Energie frei und drängten zum Tor. Aus einer Freistoßsituation entwickelte sich schließlich nach sechzig Minuten die Möglichkeit. Tamara gab den Ball hoch in den Strafraum. Peter, ihr Mitstürmer, sprang höher als alle anderen und köpfte den Ball ins Netz: 2:1.

Keine zehn Minuten später kam schließlich Tamara an den Ball, sie umkurvte den gegnerische Libero und stand allein vor dem Torwart. Sie war bereit, die Entscheidung herbeizuführen. Doch dann kam von hinten ein Verteidiger hereingegrätscht und holte sie von den Beinen. Mit schmerzverzerrtem Gesicht blieb Tamara liegen und musste zur Behandlung vom Platz. Während die Sanitäter ihr Bein noch mit einem Eisspray besprühten, musste sie untätig mit ansehen, wie Coventry überlegener wurde. Ein paar Angriffe konnte die Heidelberger Abwehr noch vor dem Strafraum abfangen, aber letztlich kam doch ein Stürmer durch und konnte nur durch ein Foul gestoppt werden. Elfmeter!

Tamara schloss die Augen. Auf den Rängen wurde es ganz still. Der Schütze nahm Anlauf und drosch den Ball ins linke Eck. Der Torwart der Heidelberger flog blitzschnell nach unten, mit der rechten Hand konnte er gerade noch verhindern, dass der Ball ins Netz ging, der Schuss war aber so scharf, dass er ihn unmöglich festhalten konnte. Als die Zuschauer schon anfingen zu jubeln, schob der Elfmeterschütze den abgeprallten Ball lässig in die freie rechte Ecke: Es stand 2:2.

Tamara erhob sich und testete vorsichtig das lädierte Bein. Es tat zwar noch weh, aber wenn sie die Zähne zusammenbiss, würde sie durchhalten. Ihre Mannschaft brauchte sie. Sie war kaum wieder auf dem Feld, als Coventry schon den nächsten Angriff wagte. Die Engländer spürten den Aufwind und ahnten, dass der Gegner zu besiegen war. Ein mächtiger Schuss aus sechzehn Metern knallte gegen den Pfosten. Glück gehabt. Aber die Heidelberger waren jetzt vollkommen eingeschüchtert und verunsichert. Klaus verlor im Mittelfeld den Ball, ein kurzes Zuspiel, und schon wieder war der Ball im Netz: 3:2 für Coventry.

Die Spieler ließen ihre Schultern hängen. Es waren nur noch zehn Minuten zu spielen. Wie sollten sie das Match noch herumreißen? Tamara ließ sich etwas zurückfallen. Ihr Bein behinderte sie immer noch beim Laufen, aber Pässe konnte sie trotzdem spielen. Sie kam an den Ball, gab ihn weiter an den Rechtsaußen. Der flankte ihn perfekt nach innen, wo Peter bereits wartete. Der Stürmer stoppte den Ball mit der Brust und zog erbarmungslos ab: 3:3. Die Ränge, die in den letzten

Minuten mucksmäuschenstill gewesen waren, meldeten sich wieder. Jubelnd feierten sie den Ausgleich in letzter Minute. Jetzt gab es noch eine Chance. Verlängerung.

Zehn Minuten nach Wiederanpfiff war es endlich soweit. Eckball für Heidelberg. Der Ball flog herein, Peter sprang hoch und köpfte den Ball an die Latte. Der Torwart faustete ihn weg – genau vor Tamaras Füße. Sie fackelte nicht lange, legte sich den Ball links vor und schoss flach ein. Er war unhaltbar! 4:3 für Heidelberg. Das Turnier war gewonnen! Auf den Armen trugen ihre Mitspieler sie vom Platz. Und niemand erwähnte mehr, dass Mädchen nicht Fußball spielen konnten. Tamara hatte schließlich maßgeblich zum Sieg der Heidelberger beigetragen.

Oliver Höger

Jugendturnier in Malgrat de Mar

7. März

Hallo liebes funkelnagelneues Tagebuch! Ich schreibe in dich hinein, weil ich beweisen will, dass ich existiere und dass ich ein fantastischer Fußballspieler bin.

In einem Monat ist mein dreizehnter Geburtstag. Allerdings habe ich heute Morgen nicht geglaubt, dass ich diesen Tag noch erleben werde. Als ich aufwachte, hatte ich ein unsäglich furchtbares Gefühl in meinem Körper. Ich fühlte mich gelähmt. Als meine Mutter ins Zimmer kam, um mich erbarmungslos aus dem Bett zu werfen, konnte ich nur mit ganz heiserer Stimme sagen: „Ich bin gelähmt. Ich werde nie wieder spielen können."

Meine Mutter sah mich mit diesem Ich-kenn-meine-Pappenheimer-Blick an. Dann blickte sie auf meinen Schreibtisch, blätterte in meinem Kalender und erspähte einen Schmierzettel, auf dem notiert war: Mathe-Ex am 7.3.

Sofort war ihr alles klar. Als sie mir damit drohte, dass ich am internationalen Jugendturnier in Malgrat de Mar nicht teilnehmen dürfte, war ich allerdings flugs auf den Beinen. Zumindest versuchte ich, schnell aus den Federn zu kommen, denn Mama zählte schon den Countdown: „4-3-2 ..." Ich fiel aus dem Bett.

So furchtbar begann mein Tag, der sich während des Mathetests noch steigerte und seinen Höhepunkt beim Nachmittagstraining fand. Mein Knöchel schwoll an, und ich konnte nicht mehr weiterspielen. Ich bekam Migräne.

8. März

Liebes Tagebuch, ich werde dir alles anvertrauen: von meinen Geburtstagsvorbereitungen, meinem Fußballtraining und der Fahrt zum Jugendturnier und vielleicht auch von Ines ...

Ich habe vor, ein super Mittelstürmer wie Michael Ballack zu werden. Das habe ich beschlossen. Das Einzige, was mich gerade hindert, ist der Tape-Verband an meinem Knöchel.

PS: Mark hat angerufen. Irgendwie ist er komisch. Als ob er sauer wäre.

10. März

Training – und ich sitze am Spielfeldrand und schaue zu. Mama hat mich hergefahren, um ein paar Worte mit dem Trainer zu sprechen. Wahrscheinlich möchte sie mehr über das Jugendturnier in Spanien erfahren. Es ist schließlich meine erste Reise ohne Eltern. Sicherlich muss sie jetzt lernen, mich loszulassen. So was in der Art hat sie jedenfalls ihrer Freundin bei einem Glas Wein in der Küche erzählt. Na, wenn sie mich festgehalten hätte, als ich aus dem Bett gefallen bin, dann hätte ich jetzt keinen Verband am Knöchel.

12. März

Und wieder habe ich eine Woche in der Schule überlebt. Die Ferien rücken näher und damit das Jugendturnier in Spanien. Olé! Aber mein Knöchel ist immer noch verbunden, und mein Mathelehrer blickt mich auch nur bedauernd an: schon wieder eine Fünf in Mathe. Heute bin nicht gut drauf. Ich muss mir etwas einfallen lassen. Mein Geburtstag steht vor der Tür, Ines schaut mich nicht an, und mein Knöchel muss heilen.

PS: Mark hat angerufen. Er darf nicht mit nach Spanien: Er hat einen Sechser in Mathe.

14. März

Mein Knöchel heilt langsam. Allerdings darf ich ihn beim Training noch nicht belasten. Also verbringe ich meine Zeit damit, den anderen beim Kick and Rush zuzuschauen. Vielleicht sollte ich ein paar harte Tatsachen recherchieren. Zum Beispiel: Was bedeutet auf Spanisch: Du bist schön! Ines könnte mir helfen. Sie kommt aus Argentinien. Aber keine Spur von Interesse für Fußball. Dabei hat Argentinien einen der größten Fußballer aller Zeiten: Maradona – die Hand Gottes. 34 Tore hat er in 91 Spielen in der Nationalmannschaft geschossen. Aber das ist Ines egal. Sie sagt, Fußballer sind hirnlos und schielt auf meine Mathe-Ex dabei. Na. Das ist ein bisschen unfair, finde ich. Meine Mama würde ihr allerdings Recht geben. Sie war sauer.

PS: Champions League: Auch bei Deportivo La Coruña spielen Argentinier ...

15. März

Ich hole Mark zum Training ab. Spezialtraining für die Jugendlichen, die nach Spanien fahren. Mark war in letzter Zeit gar nicht beim Training. Ich habe mir schon Sorgen gemacht, ob er sterbenskrank ist, oder so. Aber er ist nur sauer, weil er nicht mit nach Spanien fahren darf.

„Hallo!“, sagte er fröhlich. Ich kapiere nichts. Seit Tagen ließ er sich nicht blicken, rief nicht an und beschwerte sich über seine Eltern, und jetzt wirkte er geradezu fröhlich.

„Gehen wir?“ Er lachte gekünstelt und boxte mir dabei freundschaftlich in den Bauch.

Auf der Straße blickte er aber wieder mürrisch drein. „Ich kapier nichts“, sagte ich ihm.

„Ganz einfach. Meine Eltern denken, sie würden mich bestrafen, und ich wäre todtraurig. Und ich tue jetzt so, als ob die Strafe nichts bewirkt, dass es mir nichts ausmacht, verstehst du?“

Mark hatte eindeutig einen an der Waffel. Seine Eltern würden ihn doch nicht fahren lassen, nur weil er so tat, als ob ihm die Strafe nichts ausmachen würde.

PS: Warte sehnsüchtig auf einen Anruf von Ines. Dann frage ich sie, was auf spanisch „Du bist schön“ heißt.

6. April

Hallo! Nur noch ein Tag, dann werde ich dreizehn. Und nur noch drei Tage, bis ich nach Spanien fahre. Und ich bin auf einem guten Weg, so gut wie Michael Ballack oder Da'Alessandro zu werden, sagt mein Trainer. Unfassbar!

Ich habe alle meine Kumpels angerufen und über das Turnier und über die Champions League geschwafelt. Dann habe ich nebenbei erwähnt, dass ich morgen Geburtstag habe. Keiner hat sich gewundert, nur Mark meinte: „Du redest seit Tagen von nichts anderem." Ich hoffe, es gibt ein paar Geschenke. Das Telefon klingelt. Ich muss rangehen.

Am Abend.

Es war Mark – mal wieder. Er bearbeitet gerade seine Eltern. Er möchte unbedingt mitfahren. Bei solch einem Turnier gibt es sicherlich auch Talentscouts, so oder so ähnlich heißen die. Ein Argument, das bei seinen Eltern ziehen könnte.

10. April

Malgrat de Mar

Die Sonne versengt alles. Brütende Hitze liegt über der Costa Brava. Und wir sind in Spanien. Wow!

Mark hat Überredungskünste, denn er sitzt gut gelaunt neben mir. Hier oben auf der Tribüne. Ich habe einen Superblick auf alles, auch auf die Beine der Cheerleader. Das Spiel selbst ist langweilig. Die Jungs aus Italien spielen nur „Carnacchio-Fußball", soll heißen: die Räume eng machen, abblocken und die 90 Minuten überstehen. Argentinier sind weit und breit keine zu sehen, denn es ist ein europäisches Jugendfußballturnier.

Die Cheerleader hüpfen auf und ab. Ich vermisse Ines. Ich will, dass sie meine Freundin ist.

PS: Wir haben Ausgeh-Verbot, wir sind im Viertelfinale.

12. April

Malgrat de Mar

Die Italiener haben uns im Finale eine saftige Packung eingeschenkt. 2:6 haben wir verloren. Von wegen Carnacchio-Fußball! Jetzt geht es ab zum Feiern. Die Cheerleader tanzen.

13. April
Malgrat de Mar
Gestern gab es die Riesen-Jahrhundertfete. Alle Spieler der europäischen Jugendmannschaften waren wieder da. Die Stimmung war megamäßig. Und die Italiener tanzen super. Fehlen nur noch die Argentinier.

14. April.
Malgrat de Mar
Ich bin froh. Ich bin froh, weil ich dreizehn bin. Ich war auch froh, als ich zwölf war. Aber ich bin auch froh, weil ich gestern in der Tombola ein Los gezogen habe: TRAININGSCAMP auf Mallorca mit Rudi Völler. Ich muss Spanisch lernen.

19. April
Ich liebe die Schule. In den Ferien!
Mein Herz ist rein, meine Gedanken sind klar. Nur manchmal nicht, z.B. im letzten Erdkunde-Test. Verbockt. Dabei hatte ich am Abend vorher ins Heft geschaut. Ich werde Ines beweisen, dass auch Fußballer etwas auf dem Kasten haben. Aber das Leben besteht nicht nur aus Büffeln, Haussaufgaben und Angst vor Tests. Sondern auch aus Fußballspielen.

21. April
Zu Hause. Mein Himmelreich ist deins, lieber Fußballgott. Heute kam per Post die Gewinnbestätigung. In den großen Ferien geht es für zwei Wochen nach Mallorca. Mark ist ganz schön neidisch. Und Ines? Sie hat mich heute in der Pause

angesprochen. Kein Traum. Nein, es war echt.

PS: Champions League: Deportivo gegen Porto. Es steht 0:0. Was ist los mit den Argentiniern?

23. April

Das Leben ist schön. Ich habe mich mit Ines in der Eisdiele getroffen. Ich bin außer mir vor Glück.

Das Leben besteht eben nicht nur aus Büffeln, Studieren, Haussaufgabenmachen und Angst vor Tests. Es besteht aus Schlaf, süßen Träumen von Ines und Fußball. Fußballspielen auf Mallorca, Kicken gegen tanzende Italiener und Bolzen mit Michael Ballack.

PS: Ines: „Estas muy quapa."

Petra Balzer

Die Autorinnen und Autoren

Petra Balzer arbeitet seit 1999 als freie Autorin. Sie schreibt u.a. für Reiseführer, belletristische Verlage und arbeitet als Übersetzerin aus dem Spanischen. Darüber hinaus betreut sie die Weltbild Autorenschule, die nach ihrem Konzept entwi-ckelt wurde. Die Autorin ist verheiratet und hat eine sechzehnjährige Tochter.

Oliver Höger, Jahrgang 1968, ist verheiratet und Vater eines Sohnes. Er ist als Industriekaufmann tätig und schreibt in seiner Freizeit Geschichten für Kinder.

Catrin Liebscher, geb. 1962, machte zunächst eine Ausbildung zur Erzieherin, bevor sie zehn Jahre lang im Außendienst tätig war. Die Autorin ist verheiratet und hat zwei kleine Töchter, die es voll cool finden, dass ihre Mutter Geschichten erfindet. Zur Zeit arbeitet sie an einem Kinder- und Jugendbuch.

Ingeborg Mucha, geb. 1956, arbeitete in den Bereichen Personalwesen, Werbung, Presse- und Öffentlichkeitsarbeit. Seit der Geburt ihres Sohnes ist sie freiberuflich tätig.

Regina Münchgesang wurde 1971 geboren und arbeitet als Bürokauffrau. Seit mehreren Jahren verfasst sie Geschichten für Jung und Alt.

Andreas Seiller wurde 1967 geboren und ist von Beruf EDV-Systemberater. Seine beiden Kinder inspirieren ihn immer wieder bei seinen Kindergeschichten.

Kirsti Senftleben, geb. 1969, studierte Betriebswirtschaftslehre mit Fachrichtung Marketing und Werbung. Sie ist verheiratet und hat zwei Kinder. Sie veröffentlichte bereits in verschiedenen Anthologien. Auf ihrer Internetseite www.Kirsti- Senftleben.de, kann man mehr über ihre Bücher erfahren.

Schmökerhits 4 Kids

Fantasygeschichten

ISBN 3-8112-2435-2

Nur ein Druck auf den Knopf, ein seltsames Surren ertönt, und schon dreht sich die Welt, wenn man es mit einer Zeitreisemaschine zu tun hat. Und wer träumt nicht davon, einmal in längst vergangene Zeiten oder aber in die faszinierende Welt der Zukunft zu reisen. Mit diesen spannenden Fantasy-Geschichten können Träume in Erfüllung gehen.

224 Seiten, Format: 15,8 x 22,5 cm

gondolino

Schmökerhits 4 Kids

In dieser Reihe sind bisher erschienen:

Abenteuergeschichten 3-8112-2187-6

Krimigeschichten 3-8112-2189-2

Freundschaftsgeschichten 3-8112-2188-4

Gruselgeschichten 3-8112-2048-9

Pferdegeschichten 3-8112-2049-7

je 224 Seiten, Format: 15,8 x 22,5 cm

gondolino